无污染 无公害

No Pollution
No Public Nuisance

Priest 著

中国友谊出版公司

CONTENTS

卷三 失望 253

卷二 失语 119

目录

楔子　001

卷一　失路　009

浮萍飘浪一样地活着,也是活着,没什么不好

楔子

No Pollution
No Public Nuisance

男孩咽了口唾沫,嗓子像生了锈的铁片,泛着腥,眼前一阵一阵地发黑。不知踩了什么,他脚踝一软,一声不吭地往前栽去。

旁边的少女没轻没重地揪起他的领子,拖死狗似的拽住了他。男孩胡乱在地面上撑了一把,维持住了姿势,好歹算是没躺下,感觉耳边的声音忽远忽近,像隔着一层什么。

"你怎么了?"

"我……我实在……"

实在跑不动了。

这话说了一半,男孩就没了力气,后半句虚虚地悬在嗓子眼儿里,被上气不接下气的吐息吹得七零八落。

"你说什么?"少女没听清,凑过来捏起他的下巴,看了看他的脸色,皱眉问,"他们打你了?"

"没……没有。"男孩软绵绵地抓住她在自己身上乱拍的手,气若游丝地说,"……低、低血糖……姐姐……"

少女听了这个称呼,愣了愣,但也没反对。她在自己身上摸了一圈,不知从哪儿翻出了一块巧克力:"给,好像过期了,我也没别的,你先凑合吧。"

这块巧克力饱经风霜,也不知道融化凝固了几轮,男孩哆哆嗦嗦地接过来,感觉自己就像剥开了一块黏糊糊的裹尸布,但也别无选择,只好强行塞进嘴里,并从里面尝出了浓浓的洗衣粉味。饿到低血糖,本来就容易头晕恶心,加上他嗓子发炎,吞咽困难,这团不知道经历过什么的巧克力不上不下地糊在了嗓子眼儿，噎得男孩干呕了几下，泪流满面。

"不是给你吃的了吗？还哭什么？"

"我……呃……没哭，就是……咽……呃……咽不下去……"

"公主殿下。"少女老气横秋地叹着气，在他身边蹲下，耐着性子等他擦干了眼泪，又问，"哎，问你，知道那些人为什么绑你吗？"

"不……嗯，不知道。"男孩使出了吃奶的劲，才把嘴里的东西咽下去，喘过了这口大气，"我不认识他们，但他们有车，还养着几条大狗，我觉得他们马上就能追上咱们，咱们得报警——你有通信工具吗？我的手机被他们搜走了。"

"没有，我们村都是用喊的。"少女一摊手，"还手机……你可别是有钱人家的少爷吧？他们绑票要钱啊？"

"不是，我父母都是普通人。"男孩想了想，又说，"应该不是为了钱，他们没给我拍照，也没让我给家人打电话要赎金。绑架我的是个团伙，一共有七八个人，我觉得一般参与绑架勒索的团伙应该不会有这么大规模，因为团伙内部如果人多眼杂，就很容易因为利益而发生冲突，团伙很难稳定。"

他说得头头是道，还夹杂了书面语，少女听得一头雾水："哦，这么讲究？"

男孩拘谨起来："……我从书上看的。"

这俩半大孩子在一个很荒僻的地方，不远处有个通往外省的高架桥，这会儿车都没一辆。附近还有个垃圾处理厂，夏末秋初的晚风一阵阵地刮来"销魂"的馊味。男孩被这味道呛得口鼻生疼，生理性地干呕了一下，又连忙捂嘴憋住，小心翼翼地看了旁边的女孩一眼，怕她嫌弃。

少女则穿着一件很旧的男款短袖衬衫，20世纪90年代村委书记的流行款，不过衬衫对她来说太大了，罩在身上像口麻袋，反倒显得没那么土了。她单手挎着个牛仔书包，包上的拉链坏了，自己钉了几颗里出外进的扣子，软塌塌的背带垂着，看起来就像刚从垃圾箱里捡的。

但尽管这样，她居然也并不显得邋遢，反而有种满不在乎劲儿。

"姐姐，你是住在这附近吗？"男孩轻声问，"咱们去哪儿能找到大人？"

"我哪儿知道，我扒在他们车后面跟来的。"少女从地上薅了棵草，叼进嘴里，一边观察周围地形，一边盘算着什么，漫不经心地说，"他们是在泥塘后巷里把你绑走的吧？我买早饭正好经过，不过这伙人下手可真快，我当时都没看清楚是抓了人，就是觉得有点不对劲，才跟过来看一眼，算你命大。"

男孩目瞪口呆。

少女接着说："我还没问你呢，大清早的，你一个小不点，跑到泥塘后巷那个流氓窝里干什么？"

男孩结巴道："你……你自己？一个人？"

"嗯，对，不好意思啊，我一般没有随身带啦啦队的习惯，可能出场不够隆重。"

"你没告诉大人？没报警？"男孩回过神来，毛爹起两尺来高，"你还什么……扒车上？你、你扒哪儿了？万一掉下去会被路上的车碾死的，还有，万一他们发现你……"

少女硬是被他的喋喋不休打断了思路，扭过头，一脸无奈地看着他："报什么警？我上哪儿报去？从泥塘后巷跑到派出所，把事儿跟人家说明白，再跑回来——关键我还说不明白——这么来回一趟，够把你拉火葬场回个锅了。乖，滚一边背你那'小学生行为守则'去，再啰唆，姐姐就把你打哭。"

"我在跟你讲道理，还有，我已经上初中了！"

少女"噗"一声笑了出来："那你学历好高啊，我……"

她话没说完，神色忽然一变，猛地揪起男孩，把他揉进了路边的灌木丛里。男孩下意识地屏住了呼吸，紧接着，一道浑浊的光扫了过来。

是车灯。

好几辆车，引擎和排气管的噪音在空旷的夜色里尤其显声势，轰炸机似的围着他们转，随即在不远的地方停了下来，紧接着，风中传来了人的污言秽语和狗叫声。

他们带着狗追来了！

男孩连忙扭头去看身边的同伴，借着微光，他突然发现她可能并不比自己大多少，甚至可能是同龄人，她脸颊和下巴上还带着一点柔嫩的婴儿肥，只是女孩发育得早一些，她又显得太有"主意"，让人有种成熟的错觉。那张侧脸看上去没有正脸清秀，因为鼻梁上略有一点驼峰，浓眉很长，斜斜地往上飞，岁月还没来得及雕琢她的脸，骨肉尚未长开，却已经显出了一点桀骜不驯的质地。

"他们人多，有车还有狗，抓咱俩……不，抓我很容易。"男孩把声音压得又低又急，"我们应该分开，如果我被抓走了，你千万不要出来。听我说，我觉得附近应该有个垃圾场，大型垃圾场附近肯定有IC电话，你去找人来救我。"

"我没有电话卡。"

男孩额角的青筋都跳了起来："打110免费！你连常识也没有吗？"

"哦，真的吗？"少女露出"涨了知识"的表情，随后她镇定地收回视线，吐出嘴里的草，"好吧，有机会我试试，今天还用不着——你把衣服脱下来。"

"……什么？"

"脱、衣、服。"她转过头来，目光掠过男孩单薄的胸口，"没胸没屁股的豆芽菜，我还能占你便宜吗？快脱，别磨蹭！"

她说着就要亲自动手。男孩面红耳赤地蜷成一团，最后被迫屈服——他穿得不多，摘了棒球帽，褪下T恤和运动裤，浑身上下就剩下了一条内裤，像个剃了毛的小狗崽，又羞愤又委屈。

少女看了他一眼，笑得十分不怀好意："你裤衩上那条狗长得跟你还挺像。"

"你往哪儿看！"

"跟上！"她冲他一招手，弓着腰，借着路边自由生长的灌木掩护，灵巧地带着男孩到处乱钻。

男孩一开始还隐约有点方向感，到后来转蒙了，只知道闷头跟着她走。狗的叫声越来越近，空荡荡的街道上，甚至能听见杂乱的脚步声。

"过来！"前面的少女朝他招手。男孩这才注意到，他俩已经到了垃圾场边缘，前面就是铁丝网。少女话没说完，又一道光扫了过来，两人连忙蹲下。离得很近，少女看见了男孩脚上的运动鞋——非常骚气，两只脚上鞋带的颜色和绑法不一样，还是荧光色系的。

"鞋也脱下来，一会儿从这上面爬过去，动作要快，被人看见你就死定了！"

"你要干什么？"

少女没理他，接着说："进去以后，找最臭的地方躲着，天快亮的时候会有垃圾车过来，叫他们救你。"

"好，那你自己快跑，但是要跑远一点，因为垃圾场也不一定能盖住我的气味。"男孩光溜溜地蜷缩在铁丝网下，竟还在有理有据地即兴科普，语速快得和机关枪一样，"我在一篇报道里读到过，受过训练的缉毒犬嗅觉几乎接近单分子水平，嗅觉细胞数量是人类的三十到五十倍，狗的嗅觉绝对阈值……阿嚏！"

少女突然拿出个巴掌大的小喷雾，劈头盖脸地照着他一通喷。喷在他身上的液体好像是水，无色无味，男孩却莫名想打喷嚏，怕把追兵招来，只好拼命闭着嘴，把声音憋在嗓子里。

"你怎么这么能背书啊，可别是个复读机成的精吧？"喷完，少女一巴掌糊在他后脑上,"就现在,爬!"

跟她的话音一起响起来的,是一声高亢凶狠的犬吠。那狗好像已经近在咫尺,男孩后背上的汗毛集体起立,脑子里一片空白,下意识地服从了她的话,用尽全力顺着铁丝网爬了上去。跳下来的时候,赤脚不知被什么划伤了,他踉跄了一下,没顾上管,慌忙爬起来,看向铁丝网那边的少女:"你快……"

少女用他脱下来的衣服做了个简单的网兜,把鞋袜一兜,随后把他的棒球帽扣在了自己头上。

男孩一愣,随后好像明白了什么:"等等,你要干什么?"

少女转头冲他吹了声口哨:"以后泥塘后巷这种破地方,没事少去,乖宝宝落单会被欺负的。你自己跑吧,姐姐走了。"

"你……"男孩慌忙扑到铁丝网前,想伸手抓她。就在这时,又一道光扫了过来,男孩下意识地缩在了一个垃圾箱后面,女孩却站着一动不动。这次,那光直接扫过了女孩的脸,她侧头眯了一下眼,嘴角却露出了冰冷的笑意,带着点戾气,又像是带着点初生牛犊不怕虎式的跃跃欲试。

只见她后退了几步,压低帽檐,伸出食指竖在自己唇边:"嘘——"

那张脸在晃过来的手电光下分毫毕现,棒球帽遮住了她的眉目,只露出尖削的鼻尖和有些锋利的嘴角,像一团浓烈的火烧云,灼灼地烙在了他的视网膜上。

然后"火烧云"踩着风,从他眼前刮过,转眼就不见了踪影。

卷一

失路

No Pollution
No Public Nuisance

第一章

"泥塘后巷"不是一条街,它是由一整片犬牙交错的小窄巷组成的,本名叫"小水塘"。因为这里地势低洼,一下雨就积水,路边墙脚都是滑溜溜的青苔,有时还会泛起一点返潮的腥臊味。

在过去,这是个流氓扎堆的地方,像什么小偷团伙、诈骗团伙、人贩子……诸多种种,品类丰富,据说警察还曾在半夜三更从里面掏出过一窝跨省作案的杀人犯。当地人都知道要绕着这边走,于是给"小水塘"起了"泥塘"这个浑名。十五年过去了,智能手机已经普及,IC电话几乎退出了历史舞台,泥塘这个著名的"流氓窝",也在几次严打后,"清澈"了不少。

当初那些嚣张的老流氓,有的死了,有的残了,有的亡命天涯,有的去唱"铁窗泪"了,还有的幸存到了中年,茫然四顾,两手空空,于是低头过起了普通日子。

现在的泥塘后巷,还是乱,不法小商贩扎堆,偶尔也有几桩醉酒斗殴事件,但总体上还是很太平的,一到了夏天,傍晚开始,这里就会变成露天烧烤区,辣椒、孜然随风飞舞,十三香一统江湖,泛起"和气生财"的烟火气。

路边小店里,一道玻璃门隔离了旁边麻辣小龙虾的味儿,十五岁的少年刘仲齐背靠玻璃门,歪在一把塑料椅上,捧着手机在网上发帖问:"有一个把'星座指南'奉为圭臬的智障朋友怎么办?"

网上很快有闲人回复他:"本人女,有个把保健品当饭吃的智障老父亲,要不咱俩换换?"

刘仲齐放下手机,从七窍喷出几缕细细的肝火——他的小女同学白悦,已经跟小饰品店里的占星师聊了十分钟了。

"不了解的人,可能会觉得你比较不拘小节,什么都不想,但其实不是这样的,你也有很要强的一面,一旦认真起来,就会有'要么不做,要么做好'的骄傲。"所谓占星师,其实就是个糊弄人的女骗子,她说话略有烟熏嗓,带一点儿不算很夸张的港台腔,声音好像飘在半空,不往下落,听着神神道道的,"你是黄道第一宫的守护下诞生的女孩,我在你的胸口看见了一团明亮的火焰。"

刘仲齐被这句台词雷得一哆嗦,心说,这位神棍,你是想吃烤鸡心了吗?

"火焰就是你最本源的生命能量,"占星师隔空点了点白悦的胸口,又说,"但火是不好控制的,烧得过旺,人就容易急躁冒进、粗心马虎,在人际关系方面,有时你会过于心直口快,事后想起来,自己也常常会后悔说错话,对不对?"

白悦:"对、对、对,我这人就是有点直!"

刘仲齐翻了个白眼:等着,下一步就该让你买东西了。

占星师:"那你有没有想过,要改变一下自己呢?"

刘仲齐想:来了吧!

"有啊!"白悦——这位脑进化失败的女同学——不只咬了钩,还一口把鱼漂给吞了,"您觉得我买一套诞生石好吗?连手链带项链,会有帮助吗?"

刘仲齐:"……"

当代二傻子竟已经好骗到了这种地步!

刘仲齐在市三中读书,这会儿正放暑假,开学就要升高二了。三中跟泥塘后巷在一个行政区,相距不到三公里,骑自行车过来只要十几分钟。

对于这些重点中学的乖孩子来说,泥塘是学校和家长三令五申不许去的地方,于是这里反而成了他们寻刺激的胜地,偶尔来一次,吃两斤小龙虾,去黑网吧打一会儿游戏,或是买两本盗版书,就仿佛能沾上一点"社会"气,借此发泄青春期特有的小叛逆,纾解学习压力。

刘仲齐就是被女同学拖出来"探险"的。他俩先是被乌烟瘴气的网吧熏了个跟头,又让露天烧烤一条街呛得鼻孔发黑,心与肺都饱受了一番蹂躏时,意外发现了这家名叫星之梦的饰品店。

这家店不但不臭,还点了一打香熏蜡烛。幽幽的灯光把那些不知从哪儿批发的小饰品照得很像那么回事,还有个打扮成吉卜赛人的占星师陪聊。

占星师三言两语就把白悦忽悠"瘸"了,这也想买,那也想买,不但自己要当一个欢天喜地的冤大头,还没忘了她的朋友:"刘仲齐,你8月底的吧,要不我给你买一条处女座的?"

"不了,"刘仲齐爱搭不理地回答,"我上火的时候喝藿香正气水就管用。"

白悦小公主立刻不高兴了:"你怎么这么扫兴?"

刘仲齐把双臂往胸前一抱,冷笑道:"我没有扫兴,我是在扫盲。白悦同学,我现在现场给你分析一下,你是怎么上当受骗的——你一进来,她就知道你是4月出生的,为什么呢?因为你在那堆诞生石前上蹿下跳,指着4月份的那块破玩意儿,连说了三遍'这是我的'。

"她怎么知道你是白羊座而不是金牛座?姐姐,因为你那没啥卵用的脑袋上顶着个白羊座的发卡。

"她怎么把你的性格特点说得那么准?因为有个东西叫巴纳姆效

应①，还因为她知道你信星座那一套，只要照着百度百科里的白羊座描述念一遍，你就觉得她直击命运了。

"还有，她怎么知道你'心直口快'的？"刘仲齐炫酷地做出总结陈词，"因为二百五都这样，这有什么难猜的？"

"再不追上去，明天可就没有朋友了。"那骗子占星师心理素质非常稳定，笑盈盈地听完了整场吵架，买卖黄了也不生气。

刘仲齐没好气地看了她一眼："关心你自己的生意吧。"

"做生意，看缘分，今天缘分没到。"占星师淡定地说，递了张名片给他，"你以后有什么困惑，也可以随时联系我，扫码加微信。"

"扫码加微信"这句台词有点穿帮，因为太接地气，港台腔飞了。

刘仲齐这个坚定的唯物主义者正要回敬一个蔑视，就听她又不慌不忙地补了一句："不管你想咨询学业还是感情，前三次都免费，家庭关系也可以问，比如……有个不好相处的哥哥姐姐怎么办。"

刘仲齐猛地一抬头，警惕地问："你认识我？"

"不认识。"占星师一弯眼角，"我的套路你不是都懂吗？猜猜看，我是怎么知道的。"

她很高，皮肤非常白——但不是漂亮姑娘那种水灵灵的白嫩，而仿佛是常年不见天日沤出来的惨白，发冷、没什么光泽，太阳穴附近透出了几根蓝紫色的血管——她穿了条纯黑的长裙，长发遮了半张脸，戴着夸张的首饰，显得很瘦，一阵风来就能直接上天似的。

单就形象而言，这女的长得极具玄学气质，可以说非常适合装神弄鬼。

---

① 1948年由心理学家伯特伦·福勒通过试验证明的一种心理学现象。人们常常认为一种笼统的、一般性的人格描述十分准确地揭示了自己的特点，即使自己根本不是那种人。

她把名片塞进刘仲齐手里,优雅地一欠身:"欢迎下次再来。"

刘仲齐鬼使神差地接了名片,出门走了好几米,他一边觉得自己有病,一边忍不住捏起那张名片看了一眼。

"甘……卿。"

也不知道是真名还是假名。

刘仲齐回头,星之梦门口已经亮起了灯,幽幽的,静静的,真有几分诡秘意味。

就在这时,小巷里的人们忽然莫名其妙地骚动起来,人们你推我搡,纷纷往街边挤。刘仲齐被人一把推到了墙角。他恼火地抬起头,发现小路中间已经腾出了好大一块空地,旁边有人兴奋地小声说"来了,来了"。

紧接着一声巨响,几把椅子被人砸到了大街上,四五个社会小青年旋风似的从旁边的烧烤店里"喷射"出来,嘴里污言与秽语齐下,张牙舞爪地肉搏在了一起,一时间,只见胳膊腿乱飞,也看不出谁跟谁是一伙的。

围观群众兴高采烈,其中一位吃瓜的光是看还不过瘾,在旁边吊了一嗓子,号道:"呜呜呀——牛×!"

刘仲齐:"……"

这帮社会渣滓!

大好的暑假时光,他不在家多做两套数学卷子,跑这儿游荡,真是有病!

刘仲齐心浮气躁地往外挤:"借过一下……"

就在他快要"逃"出去的时候,一个老太太不知被谁搡了一把,摔了出来。老太太满头白发,后背佝偻得像只煮熟的虾,手里拎着根拐棍。周围的人都跟瞎了一样,眼睛都粘在不良少年们的战斗现场里,就是没人过来扶她一把。这一下摔得不轻,老人家在地上挣扎了半天没起来,一边哀哀地叫,一边朝正好在附近的刘仲齐伸出手求助。

刘仲齐一愣,连忙要过去帮忙。就在这时,一只手抓住了他的胳膊。那手冰得他哆嗦了一下,手指细长,但食指与中指好像有点不正常的弯曲,说不好是受过伤,还是单纯因为瘦,总之,让人无端想起荒郊野外孤坟上伸出来的枯枝。

刘仲齐一回头,发现抓住他的赫然就是那个星之梦里的骗子占星师。

占星师港台腔也不装了,压低了声音,飞快地说:"少年,我见你今天印堂发黑,必有祸事,最好少管闲事,赶紧回家。"

刘仲齐想:什么鬼?

这位新时代的好少年挣开她的手,理也没理这江湖骗子,踩着雷锋前辈的脚步,朝老太太走去……然后,他就接受了一次"社会再教育"。

主题是:不听老人言,吃亏不花钱。

是这么回事,助人为乐的刘仲齐扶起了被人撞倒的老太太,还帮着她捡回了拐杖。听老太太捶着腰说自己家不远,刘仲齐就毫无戒心地搀起她,顺着她的指点,一路护送她从乱哄哄的泥塘后巷挤了出去。

等他反应过来不对劲的时候,已经被老太太领到了一条人迹罕至的死胡同里,三个守株待兔的大流氓团团围住了他。

刚才还可怜巴巴的老太太一屁股坐在地上,霸气侧漏地把腿一盘,中气十足地叫道:"就是这小子,撞了我一个跟头,把老娘的腿摔断了!"

第二章

燕宁市开发区。

一排商务车停在路边,打头的车上下来一个胖子,颠着小碎步,殷勤地替后面的人开车门:"就是这儿,您看,周围都是新修的路。前面圈起来的那块地,就是今天要带您了解的,实在是个好项目啊!按说,我那兄弟手头资金这么紧张,该放手就放手,可真是舍不得啊,现在只要启动资金到位,立了项,马上能拿到贷款,以后那真是躺着都能……"

车里下来的投资方负责人,四十来岁,带着礼貌又矜持的微笑,轻飘飘地打断胖子:"王总,您的可行性报告和详规我们都看过,不用再强调一遍啦——兰川,你过来看看。"

胖子赔着笑,目光落在刚下车的年轻男人身上。只见这人身材高挑,仪表堂堂,穿了一件浅灰色的衬衫,鼻梁上架着细金属框眼镜,不知道多少度,镜片看起来很薄。不单镜片薄,他嘴唇也薄,鼻翼窄而挺直,下颌如削——连眼皮都好像比别人薄上三分。因为个高,他看人的时候得略微垂眼,目光从眼角流出来,很有点似笑非笑的意思。

胖子咽了口唾沫,被这位"本座乃一代逼王"的气场震慑了一下,直觉此人来者不善。

"喻兰川,君子如兰的'兰',海纳百川的'川',这是我们风控部的负责人。"投资方负责人指着喻兰川，半开玩笑地对胖子说，"别看年轻，这位手里拿的是'尚方宝剑'，我们大老板谨慎，公司权力最大的就是他们风控部门，咱天天在外面跑业务，也没有这位小爷出一篇报告管用。"

胖子连忙打起十二分的精神，把马屁拍得震耳欲聋："喻总，青年才俊，青年才俊！"

逼王……喻经理关上手里的平板电脑，冲胖子一点头，惜字如金地说了声："您好。"

"不知道喻总对咱们这一片了解多少，"胖子搓着手，"最近这几年，咱们燕宁发展得太快啦，这边十几年前都是荒地，现在也都成市区绝版了，我……"

"了解不多，就来过一趟。"喻兰川刚好在胖子换完一口气，准备长篇大论的时候打断了他，把胖子噎得一哽，"这里以前不是荒地，是个垃圾填埋场。"

胖子眼神一闪，很快接上话："嘿，要不怎么说您懂呢！我刚才正想说，还没来得及。这个项目好就好在垃圾填埋场上！垃圾填埋场改造，这个……土地再利用，它现在有一套成熟的技术，把垃圾粉碎压实以后非常稳定的，对周围环境也好，利国利民啊，国家很鼓励的！开发商那边准备以这个为亮点，应该还能运作来一些政策性支持……"

"不对吧，王总，"喻兰川不温不火地说，"我记得这儿好像是专门处理生活垃圾的，味道特别大。据我所知，很多液体和有毒物会渗入地下，有些东西分解周期还很长，会影响地质。按着您那个规划，地基不会有问题吗？"

胖子明显地卡了一下壳，开始避重就轻："这……这肯定是没问题的。我朋友那边项目公司都成立了，方案都是找专家论证过的，技术上绝对有保障，这您都不用管。现在我们困难的主要还是资金……"

喻兰川低头一笑，彬彬有礼地说："谁不是呢？今年钱荒，大家的资金都很困难,所以更得谨慎,您说对不对?"

"那是,那是……"胖子跟在他身后,面上点头哈腰,却在别人看不见的角度,拿冷冷的目光朝喻兰川的后背刺去,真诚地祝福他遭雷劈。

谁知就在这时,喻兰川好像身后长了眼一样,忽地扭过头来,正对上胖子没来得及收回的视线:"王总,您好像有话要和我说?"

胖子激灵一下,脑门上立刻见了汗。

好在这时有投资方的人插科打诨:"我们兰川有个特异功能,有人盯着他看,他立刻就能感觉到,神不神?王总准是嫌我们这帮中老年人油腻,刚才光看小鲜肉来着。"

胖子勉强跟着笑了几声,之后一路,硬是没敢再胡说八道。

一行人很有效率地完成了实地考察,七座的商务车驶离开发区,朝着高楼林立的中央商务区而去。

"这个事我就不出报告了,没有上会讨论的价值。"回到公司,喻兰川把平板电脑往司机手里一塞,边走边和带队的负责人说,"姓王的靠不住,二道混混一个,估计是先跟开发商说'我有个好项目,就是一时弄不到资质,启动资金我出,你们玩轻资产,只需要派个团队,冠个名,把摊子帮我支起来,根本不承担风险,大家一起赚钱',再跟投资人说'开发商是个大品牌,项目向来做得扎实,这回宁可把资金链崩断也不肯放弃这块肥肉,幸亏缺钱,才给咱们分一杯羹的机会,机不可失',两头骗完,资金到位,项目立项,他再卷一笔走人,空手套白狼。"

"你小子这张嘴啊。"带队负责人笑了起来,随后意味深长地看了他一眼,"二道混混有二道混混的用处,毕竟是李总的朋友介绍来的,哪怕是看在李总的面子上,咱们不跑这一趟也不合适。工作嘛,有时候为着同事面子、人情世故,免不了牺牲一点宝贵时间,做些无用功,也都正常。"

喻兰川笑了一下,没接话。

有谣言说大老板要退休,集团还没动静,公司里几位副总已经斗得乌眼鸡一样,天天互相上眼药,每个人都想拿起他们风控这把大刀,向"鬼子"头上砍去。作为这把繁忙的"刀",喻兰川周旋在腥风血雨中,已经连续一个月没休过周末了。他一侧身,替同事按下电梯:"我还要在会议室跟人碰几个事,诸位先上楼。"

"喻总辛苦。"

"您能者多劳。"

电梯门合上,喻兰川收敛了微笑,神色寡淡地往会议室走去。早等在会议室门口的助理追上来,给他递了一杯咖啡和一沓纸质材料。喻兰川扫了一眼,又把文件夹还给她:"我没时间看了,你跟我口头说说。"

年轻的助理训练有素,立刻有条有理地低声在他耳边简报材料内容。喻兰川一言不发地听,不时有人与他错肩而过,朝他点头打招呼。光可鉴物的大理石地板上,衣冠楚楚的男女行色匆匆。

社会刻板印象认为,那些顶鸟窝头、油光满面、终日以外卖为生的,肯定都又穷又丧,混吃等死,是注定被淘汰的失败者。而与之相反,穿定制西装、每天在CBD夹着电话招摇而过的,一定是都市精英,前程远大,身后跟着一个加强连的狂蜂浪蝶。

然而,"猥琐死宅"搞不好是拆迁户,坐拥好几套房产,过着躺着收租的幸福生活。

"都市精英"却有可能是月月精光的房奴狗,香水用的都是小样,每到月底都面临着断炊的风险,天天加班,然后被各大公众号上关于"熬夜猝死"的文章来回扎心。

世事无常,这都难说。

比如形象与气场都异常高冷的喻兰川,就是这么一位光鲜且潦倒的"都市精英"。

在仲夏的周五傍晚,已经连轴转了一天的喻兰川撑着最后一口气,挨过了一场长达四个小时的电视电话会,吵得脑仁嗡嗡作响。迎着中央空调的冷风,他回到了自己的办公室,关上门,往椅子上一瘫。邮箱里又积攒了一堆待阅待审的文件。喻兰川出了口大气,真是一个也不想打开看,只想回家躺尸。

可是活儿还得干,他丧着脸挨个查邮件,忽然看见头天有一封邮件显示"未读",扫了一眼标题,心更凉了——是银行发来的信用卡还款通知。

喻兰川给自己灌了半杯热茶垫底,借着一点热气,打开了自己的"私人财务管理表"。

"时间管理""财务管理"和"健康管理"三位一体,都属于"精英标配",一个也不能少。那些规整的表格就像安全套,仿佛把生活往里一套,就能掌控节奏,免遭蹂躏似的。

而在喻先生这张私人财务管理表上,最显眼的一栏就是"房贷"。

房,是当代青年的照妖镜。

没买房的时候,青年们个个自觉卓尔不群,迟早能一飞冲天,跟天蓬元帅肩并肩;买了房以后,"天神们"就纷纷被贬下凡间,落入猪圈,成了灰头土脸的二师兄。

喻兰川今年年初买了套房,看房的时候,他先是被市区里豁牙露齿的"老破小"辣瞎了眼,又差点迷失在燕宁市的远郊区县,一开始还很纳闷,怎么满城广厦千万间,就没有一个是给人住的呢?后来他从自己身上找了找原因,明白了,这事不怪市场,就怪他自己钱少事多。最后,经过诸多妥协,他总算定下了一套各方面都能凑合的,倾家荡产地交了首付,成了一名光荣的房奴狗。

每月房贷近两万元，期限三十年……有期徒刑最高才二十五年。银行比监狱还狠毒。

更缺德的是，这处让他一贫如洗的"豪宅"还有一年多才能交房。这意味着，这一年多里，他每月还完贷款，还要另付七千多元的房租。除此以外，他这一周的大额支出还有下半年的停车费八千五百元、两份同事同学的"结婚税"，以及老上司那非得这时候添白事的死妈……

喻兰川对着屏幕发了会儿呆，长出了一口气，摸了摸腰，感觉朝不保夕的肾正在瑟瑟发抖。

就在这时，他的手机响了，来电显示是"咸鱼"。

"咸鱼"大名于严，是喻兰川的小学同学，当时那个班主任普通话不行，"于""喻"不分，老开玩笑说他俩是亲兄弟，于是时间长了，两个脾气秉性完全不同的男孩就莫名其妙地玩在了一起，成了发小。

于严这个男青年，从小到大的梦想，就是要当一条真正的"咸鱼"，不料事与愿违，可能是有梦想的人不配当咸鱼吧——总之，他阴错阳差地成了一名人民警察。别看归属他管的都是些三只耗子四只眼的鸡毛蒜皮，居然也时常忙得脚踩后脑勺，已经有一阵子没骚扰过喻兰川了。

"有事说，没事滚。"喻兰川在发小面前向来没有偶像包袱，果断露出恶劣本性，半死不活地从舌尖上弹出几个字，"不喝、不约、不去。"

于警官忙说："等等，兰爷，你弟在我这儿呢。"

"哦，"喻兰川听说，面无表情地捏了捏鼻梁，"弟弟啊，跳楼甩卖，一万元一只，不还价，支付宝转我账上，从今以后，他就是你弟了。"

于严："别闹，不是在我家，是在我们所，派出所！"

喻兰川一顿，从鼻子里"哼"了一声："他犯什么事了？"

于严义正词严地谴责道："你这浑蛋玩意儿，当的什么大哥？一天到晚就不能盼点儿好吗？这是一个挺好的孩子，好心好意地助人为乐，扶老太太，结果老太太碰瓷，要不是有路人及时报警，刚才差点让几个流氓给打了。别废话了，你快点儿过来，把孩子接走！"

"这是好事？"喻兰川一撩眼皮，"这叫缺心眼儿吧。"

于严："……"

"再说不是'差点儿'吗？那就是没挨打，我还有点事，让他先在那儿等着吧。"喻兰川把笔帽往钢笔上一扣，"你给他喂点食，回头我给你报销。"

于严："喂，你这人渣，你……"

喻人渣已经挂了电话。

第三章

"吃吧。"民警于严把可乐和汉堡推到少年面前。他们所有规定,值班民警没事不许叫外卖,怕影响不好。这点东西是他跑了一站地买回来的,跑出了一身大汗。

少年臊眉耷眼地接过去,抬起手背擦了一下脸,颧骨上有一小块擦伤,被汗浸过,又疼又痒。于严就找女同事借了块消毒湿巾扔给他,一边对着空调口吹冷风,一边数落:"助人为乐也要量力而行,你们老师没教过你吗?哦,她让你跟她走,你就跟她走?刘仲齐同学,你既然那么听话,那为什么大好的暑假时光,不好好在家写作业?你哥天天加班,没人管你了是吧?"

这话不知怎么触动了青春期少年纤细的心,汉堡的包装纸拆了一半,男孩的表情一下子黯淡了下去。

喻兰川姓喻,他弟弟姓刘,因为兄弟俩是同母异父。

喻兰川十岁的时候,父母因生活理念不合,和平分手,喻兰川跟了妈,一年后,亲妈又改嫁继父。不过,这不是一棵小白菜的故事,据于严了解,喻兰川的父母离婚后关系还不错,而且都觉得对不起孩子,连同继父在内,都给了他加倍的关怀。一个人加倍,三个人就是六倍,沉重的关怀差点儿把喻兰川闷死,每天都被大人们烦得想离家出走。

弟弟出生时，喻兰川已经上中学了，于是以"小孩妨碍他学习"为借口，出去住校躲清净。他早逝的祖父有个亲哥哥，喻兰川该叫"大爷爷"，是个孤寡老人，当时老头住得离他念书的中学不远，节假日，他就常常以"陪大爷爷"为由不回家。

兰爷这个人，因为不缺爱，天生又有点冷心冷肺的，再加上一年到头在家住不了几天，跟这个便宜弟弟着实没什么感情。

然而，就在不久之前，喻兰川他妈得到了国外一个实验室的邀请，这位斗志昂扬的老太太，生命不息，战斗不止，悍然决定举家征战美帝。但是在国外得安顿，现在也不确定要待几年，小儿子刚上高中，是个典型的理科偏科选手，英语不行，所以家人决定，先把他留在国内上学，观察一下成绩再说。

这对喻兰川来说，简直是一场飞来横祸，因为继父是他妈的跟屁虫，两口子一起飞了，他成了这小麻烦的临时饲养……不，临时监护人。

"我也不是说你做得不对。"于严见少年可怜巴巴的，语气就软了，"这个……不管怎么说，帮助别人的初衷也是好的嘛，值得表扬，对吧？我刚才给你哥打过电话了，他一会儿就来接你回家，先吃点东西垫垫——想吃冰激凌吗？"

刘仲齐把汉堡的包装纸捏成一团，故作冷淡地说："不用了，我自己坐地铁回去，反正我哥一点儿也不想来接我。"

"不想来他也得来。"正义的于警官脱口说，随后反应过来说走了嘴，又连忙往回找补，"不是，我的意思是，他怎么会不想来呢？你别看你哥那个人脸又冷、嘴又坏，那都是社畜加班狗的正常情绪，他还是很关心你的……"

刘仲齐看了他一眼。睁眼说瞎话的于警官良心一痛，编不下去了。

"我哥脸不冷，嘴也不坏。"少年沉默了一会儿，低着头说，"他没骂过我，也没跟我红过脸，我哥就会给我发红包。"

于严："……"

"我期末考试进了年级前十,他给我发了个红包;为了讨好他打扫卫生,他又给我发了个红包;跟篮球队的同学打架写检查,检查让家长签名,他看也没看就签了,还是给我发红包。"刘仲齐恶狠狠地咬了一口汉堡,"可能哪天我杀人放火了,他也会给我发个红包,让我自己打车去自首吧。"

于警官听完,吧唧了一下嘴,心里非但不同情,还有点羡慕。

刘仲齐:"我哥是个自动红包机。"

"孩子,我现在跟你说这些,你可能还不懂,"于严斟词酌句地说,"等你长大就明白了,爱,是很虚无缥缈的,只有红包才是对你好的真谛。"

他这一番劝解虽然庸俗,但也是肺腑之言,不过,委屈的中二少年没听进去,咬牙切齿地撕啃着汉堡。

"好吧,不爱听我不说了。"于严等他吃得差不多了,就开始问,"那咱们聊聊正事,给我描述一下那几个跟你要钱的人吧。一共几个人?"

"四个,一个老太太,还有三个男的,三个男人里有一个光头、一个刀疤脸,还有一个有点儿瘸,走路一歪一倒的。"

"多大年纪?听得出是哪儿的口音吗?"

"不知道,反正不是本地人。几个男的三十来岁吧。老太太……我不确定,一开始我看她又瘦又小,头发都白了,还驼背,觉得她可能有七八十岁了,"刘仲齐回忆片刻,脸上露出一点茫然,"但是你们来的时候,她是翻墙跑的。七八十岁的老太太……不可能会翻墙吧?"

泥塘后巷里,很多窄路连三轮车都开不进去,所以当时警车只能停在路口,离碰瓷团伙作案地点有两百多米。就这两百多米,等民警跑过去的时候,这伙碰瓷的已经翻墙跑了。

于严检查过死胡同里的墙,墙高近三米,墙壁非常平整,几乎没有可以攀爬借力的地方,墙上只有半个不太明显的脚印。如果不是于严亲眼看见最后一个人人影一闪,从墙头上消失,可能会怀疑有人报假警。

于严悄悄在笔记本上划下了"问兰爷"几个字,又问:"他们拦住你以后,是怎么跟你说的?"

"说我把老太太撞坏了,要赔钱。"

"赔多少?"

"一千。"

刘仲齐的运动鞋和书包都不便宜,能看出这孩子家境不错,手里压岁钱、零花钱不会少。但是未成年的男孩子,家里大人一般也不会让他管大笔的现金,要一千块钱合适。这个团伙碰瓷经验还挺丰富,一眼就估计出这孩子能自由支配的数目。

半大小子,又傻又倔,禁不住吓唬,还好面儿,在外面被人欺负,一般也不好意思回家说,都是优质"肥羊",宰完还想宰。

于严点点头。刘仲齐就接着说:"我说'你们干吗不去抢',那个光头就说,'不然呢,你以为我们是在跟你谈买卖啊',我又说我没那么多现金,他们就抢了我的书包,发现我钱包里真没多少现金,就拿了我的学生证,说让我回去准备好钱,过两天去学校找我要……我想报警,被他们发现了,他们就要抢我的手机,不过这时候你们就来了,手机没被抢走。"

这小子一本正经的,总试图装大人,装得不到位,字里行间老往外冒傻气,于严感觉他跟他那又渣又精明的哥不像一个妈生的。

于严一边听,一边憋着笑,然而憋着憋着,他听出了不对劲:"等会儿,从这几个人围住你,到他们抢你手机,中间大概多长时间?"

刘仲齐不明所以地看了他一眼:"没多长时间,就说了几句话……两三分钟吧,怎么了?"

于警官跟旁边同事对视了一眼——据匿名报警的人说,看见几个流氓围着个学生动手动脚,不知道在干什么,请他们派人看看。但问题是,泥塘后巷的路很不好走,尤其夏天,道窄人又多,他们从出警到赶到案发地,绝对不止两三分钟。也就是说,报警的人在刘仲齐被围住之前,就提前知道了碰瓷团伙的作案地点。

他是怎么知道的?

于严追问:"他们跟你要钱的时候,附近有别人吗?"

刘仲齐摇摇头:"……我没注意。"

"那你知道什么人会替你报警吗?"于严问,"仔细回忆一下,你跟那个老太太走的时候,是不是有人注意到了?"

刘仲齐一愣,无意识地捏了捏兜里那张卷边的名片:"确实有一个人,当时她还拉了我一把,但我不确定……"

一个小时以后,大尾巴狼喻兰川才姗姗来迟,进门时一脸匆忙,装得挺像,就跟在电话里耍大牌的那货是狗一样。

喻兰川开车把便宜弟弟接回家,一路上既没有批评教育,也没有安慰,到了家,就打发弟弟去休息:"今天吓着了,早点洗洗睡,我跟你于哥说几句话。"

刘仲齐磨磨蹭蹭地答应一声,偷偷瞄他,好像在期待什么。喻兰川看见他那小眼神,就暗自叹了口气,从兜里摸出手机:"行吧,那我给你发个红包压惊。"

刘仲齐的脸瞬间就黑了,一言不发,转身就走,还摔上了自己房间的门。

喻兰川有点震惊:"现在的熊孩子犯中二病,连钱都不要?"

于严正好跟同事交接班,他住得离喻兰川的租屋不远,于是蹭了趟车,顺便来发小家坐一会儿,见状立刻觍着脸凑上来:"他不要我要,哥,还缺弟弟吗?要不我给你当儿子也行。"

喻兰川从冰箱里拎出一瓶苏打水扔给他:"让你搭顺风车还没收你钱呢。"

于严顺势往他的沙发上一仰:"子曾经曰过,'芝兰生幽谷,君修道立德',兰爷,说好的不慕富贵呢?"

"不慕富贵我慕什么?慕你吗?起开。"喻兰川踢开于严的脚,把死在沙发底下的扫地机器人拖出来,充上电,"我要是能挤出时间来,早出门拉顺风车去了。不知道你爸爸现在有房贷?不说孝敬,还伸手要钱。"

"那你怎么不回家住?你妈不在,又没人烦你。"于严说,"租房多贵啊。"

"远啊。"喻兰川叹了口气,"住那边,早高峰十大拥堵路段,我得穿过仨。"

他记得自己刚毕业的时候,早高峰还是从清晨七点开始,现在已经提前到了六点半,再过两年,这些人可能都不打算睡了。喻兰川回父母家住了两天,感觉自己不是回家睡觉,完全就是回家签个到,还不够费油的。

于严想了想,摇摇头:"我们坐地铁的赤贫体会不到土豪的痛苦。"

喻兰川一指门口:"没事快滚。"

于严就正色下来:"你弟今天这事,我得跟你说说。"

"那你长话短说吧。"喻兰川待听不听地把眼镜摘下来,放在水龙头底下冲,漫不经心地说,"吃几次亏,以后就学聪明了,吃亏也是见世面。"

"今天这伙碰瓷的,我怀疑是你们那边的人。"于严说,"最近没有冲你来的吧?"

喻兰川一顿:"嗯?"

于严:"我亲眼看见的,三米的高墙,一扒一撑,人就没影了。"

"翻墙有什么稀奇的?大惊小怪。"喻兰川不感兴趣地"啧"了一声,甩了甩眼镜上的水珠,顺手用衣角擦,"成年男子稍微锻炼一下,起跳摸高到三米很正常,部队军训'上墙'你没见过吗?跑酷俱乐部里的高中生都能给你表演五秒翻墙。"

"你是说,有个跑酷爱好者小团体在我市碰瓷……"

喻兰川不耐烦地打断他:"我举个例子说跑酷的会翻墙,没说翻墙的都跑酷,老咸,你这辈子还能学会'逻辑'俩字怎么写吗?"

于严好脾气地摆摆手:"唉,你这个人,遇见蠢货就暴躁,暴躁伤的是你自己的肝啊,再说世界上的蠢货人多势众,你单枪匹马地跟我们生气,不觉得自己势单力薄吗?佛系一点,平和一点,帅哥,别忘了你是养生达人。"

喻兰川:"……"

居然有点无法反驳。

于严:"但你弟弟说,这伙人里有一个满头白发的老太太,身高一米五左右,老年女性,徒手翻三米的墙,这就很奇怪了吧?当然,你们聪明人又要说,她也可能是化装的……"

于警官话没说完,喻兰川已经拿起车钥匙到门口换鞋了:"走。"

于严:"啊?你真要跟我去啊?我这儿还没分析完呢,要是化装……"

"要把你化装成一个老太太,近距离接触还不穿帮?那得缩骨功。"喻兰川想起刚才那段佛系讨论,硬把"蠢货"俩字咽了,"快点,我晚上还得审报告呢。"

半个小时以后,他俩来到了那条死胡同。

"就是这儿。"于严指给他看,"我来的时候,那个人就是站在墙头上这个位置,那儿还有半个脚印。死胡同有三面墙,要是从里面那面墙翻过去,我还能理解,但他是从旁边这侧翻墙走的。"

于严往后一比,窄巷的两面墙之间,将将够一个人展开双臂:"这完全没有助跑空间……卧槽!"

他话没说完,只见喻兰川忽然从他身边蹿了出去,两步就抵达了对面的墙,纵身一跃,轻飘飘地攀上了墙顶,整个人在半空骤然蜷缩,脚尖在墙上一点,借力把自己甩了上去。

与此同时，于严听见"刺啦"一声，有个小东西弹到了他的脸上。于严连忙打开手电一扫，只见喻总表情一言难尽地蹲在墙头，揪住了自己的衣襟——动作太大，衬衫扯了。

地上骨碌碌地滚过了一颗贝壳纽扣。

"骚，"于警官捂着脸说，"少侠，接着骚啊！"

喻兰川："……闭嘴。"

第四章

晚上九点左右，星之梦就该关门打烊了。

甘卿洗了脸上的妆，把浅色美瞳抠出来，五指往长发里一插，就把瀑布似的假发掀了下来，露出一团半长不短的毛，耷拉到下巴附近，让假发压得支棱八叉的。然后她把细跟鞋褪下来，踢进柜台底下，光脚从里面蹬出一双塑料拖鞋跐上，扒下了长裙，里面穿了件篮球背心，还有一条五分及膝的大裤衩。

就这么着，她从神秘的吉卜赛风占星师，解放成了一位很接地气的乡非女青年。甘卿伸了个懒腰，感觉自己的肉体又解放了。她拎起茶壶，把陈茶倒进花盆里，接了壶凉水，对着壶嘴嘬了两口，探头朝隔壁的"天意小龙虾"叫唤："孟叔，有吃的吗？"

"天意小龙虾"的老板孟天意应声而出："吃什么？自己盛饭，叔给你炒个菜。"

"我想吃烤鸡心。"

"嗨，烤串能当饭吃吗？"

"就想吃烤鸡心，"甘卿关灯锁门，"想一下午了，来客人的时候把词儿都说跑了——再给我来两斤麻小吧。"

她说话的声音、腔调完全变了，既不飘忽，也没有了距离感，懒洋洋的。

"馋死你,正经饭不吃,就知道吃零食。"孟天意叹了口气,"行吧,等着!"

这个点,街上没那么多人了,潮热的晚风裹起大炒锅里的油烟气,兜头卷了她一脸。甘卿吸了一口,感觉很惬意,于是露出了一点笑意。除了装神弄鬼的时候,她总是笑眯眯的,有人的时候对人笑,没人的时候就自己跟自己瞎开心。

仲夏夜的小风、嗞嗞冒油的烤串、沉沉的天幕、渐次升起的星星、七扭八歪的小脏巷……在她眼里,好像都是美妙无比的人间盛景,都值得驻足欣赏。

烤串和麻小很快做好了,孟老板怕她上火,还给她拌了一盘凉菜。甘卿找了张桌子坐下,自己撒辣椒面。她似乎有点笨手笨脚的,手一哆嗦,辣椒面就倒多了。她也不在意,随便甩了甩,一边哈气一边啃。

孟天意招呼完最后一拨客人,在围裙上擦干净手,拎着两瓶冰镇啤酒过来。甘卿接过去,跟他碰了一下,直接对着酒瓶喝,一气喝了小半瓶,辣出来的热汗消去了七七八八。她享受地呵出一口凉气:"有回甘,好酒。"

孟天意看她吃肉喝酒,馋虫都被勾出来了,不由自主地也跟着灌了一大口,可是喝到嘴里仔细一品,还是劣质啤酒的马尿味,并没有变成琼浆玉液:"杆儿,明天你也别卖那些破项链了,给我当'酒托儿'得了,就坐这儿喝,我啤酒能多卖三成。"

"您说了算,"甘卿弯起眼睛冲他一笑,"反正都是您自己家的买卖。"

星之梦这个小店,其实是孟天意的亲戚开的,铺面都是他们家人的。老板在网上弄了个"占星师"的营销号,发点神神道道的东西,在淘宝卖点护身符、转运珠什么的,后来发现网上生意更好做,就专心当网红去了,小店没时间管,经营得有一搭没一搭的,雇了甘卿来看店。

甘卿每隔一两个月,就按老板的指示,去小商品批发市场进货,称一口袋几十块钱一斤的小饰品,回来挑好看的放在柜台里,用灯光一烘托,等冤大头来买。她每天上午十点开门营业,戴上假发假眼,穿上"工作服",开始一天的表演,晚上天黑后看心情打烊,孟天意管她饭。这份工作她干得心满意足,因为孟叔手艺好,还让点菜。

孟天意说:"我昨天看你账本,这月生意不错啊,应该让你们老板给你发奖金。"

"夏天好卖,冬天估计就不行了。"甘卿捏着小龙虾细小的爪,给孟老板作揖,"您说发奖金,我可当真了,就缺钱,最近听说房租要涨,我都提心吊胆半个月了。"

孟天意问:"你还租房呢,多少钱?"

"一个月六百块。"甘卿剥小龙虾的手法非常讲究,咔咔捏两下,一拉一拽,整条虾肉就完整地出了壳。她捏着颤颤巍巍的虾肉,在盘子里的麻辣汤汁里一滚,麻辣鲜香,两斤小龙虾就啤酒,一会儿就见了底,可见是个资深吃货。

孟天意:"一个屋啊?"

甘卿扑哧一声笑了:"哪那么便宜,一张床——群租房,上下铺的那种。"

"你也太能凑合了。"孟天意咧咧嘴,随后又说,"说起这个房子,叔跟你说个事呗。"

甘卿:"什么事?"

"我有个二姨,到年七十三岁,守寡四十多年了,以前跟我大哥过,现在我大哥没了,嫂子带孩子改嫁了,老太太就成了一个人。"

甘卿一顿:"哟,您节哀。"

"去年的事了,生老病死,没什么。"孟天意接着说,"大家伙儿本来商量着把她接出来,她又不愿意,说自己有家,不上别人家去。老太太虽然还硬朗,但毕竟这么大岁数了。她家是个小两居,她自己住一个屋,还剩一个屋现在空着,我就想找个靠得住的人陪陪她。老太太生活能自理,家务都不用操心,白天你该干什么干什么,晚上回家给她做个伴就行,有换灯泡之类登高上梯的事,你帮忙支把手,夜里要是万一有个急病,你给她打个120,通知一下亲友。房租嘛,是那么个意思就成,就按你现在的来,以后也不涨价。"

甘卿一听,还有这种好事,就说:"我肯定没问题啊,老太太住哪儿?"

"绒线胡同,"孟天意说,"一百一十号院。"

甘卿先是"哦"了一声,过了几秒才想起什么,手上失了分寸,揪断了小龙虾的尾巴:"是……那个绒线胡同?"

"那边跟以前不一样了,尤其这两年,房价涨得快,好多人都趁高价把房卖了,现在留在那儿的老人没剩几个了。"孟老板连忙压低声音说,"再说,就算是老人,也都不知道你是……怎么,还信不过你孟叔吗?"

"哪能?"甘卿回过神来,避开孟老板的视线,低头一笑,"就是不太方便。我知道您是好意,我听说那边现在成学区房了,租一个次卧都三千起,这也太占您便宜了。"

"哎,这是什么话?"

甘卿把最后一只小龙虾叼进嘴里,麻利地收拾好了餐具,还顺手擦了桌子:"老太太那边要是有什么用得着我的,您说一声,我随叫随到,反正也没什么事,搬去住就算了。我这边刚交了半年房租,人家不退钱的,现在搬家太亏了。没事我就下班走了。"

孟老板:"杆儿……"

"不好意思。"这时,一个男人的声音突然插进来,"这位女士,请问您是这家店的吗?"

甘卿和孟天意一起回头，只见一个民警走到了星之梦门口，圆寸头，一双笑眼，挺白净，长得喜气洋洋的，穿制服也没什么威慑力，属于外地群众一看就想上前问路的那种民警。但孟老板下意识地站了起来，有意无意地用胖墩墩的身体挡了甘卿一下，笑容可掬地问："这是我侄子的店，他现在不在，您……是有什么事吗？我们有执照，您要看，我给您拿。"

民警的目光跳过他，落在甘卿身上。

孟老板忙说："哦，这是我们家雇的收银员，外地姑娘，刚来燕宁没几个月，哪儿都不熟，您有什么事问我就行。"

甘卿没吱声，安静地在墙角站着当摆设，路边摊上被油糊住的灯泡发出暗淡的光，落在她身上，只能看见小半张脸，照得她的肤色像年代久远的白瓷，低眉顺目的。

"别紧张，"民警温和地笑了笑，双手递出自己的证件，"我也是刚调到咱们片区，以后有什么困难，可以随时找我。"

孟天意没敢接，赔着笑，目光飞快地在证件上扫了一眼，哦，这民警叫于严。

"是这样，今天傍晚，这附近发生了一起敲诈勒索未遂事件，受害者就是在这附近被骗走的。"于严和颜悦色地对甘卿说，"受害者自己说，这家店里的姐姐看见了，还拉了他一把，可惜他没听劝，是这么回事吧？我没别的意思，就是想找您了解点情况。"

甘卿抿嘴笑了一下，还是没出声，目光往旁边一偏，像是见了陌生人有点畏缩的样子。

可于严莫名地觉出了一点违和感，说不上来。

"幸亏有热心群众及时报案，我们才能及时赶到。"于严说，"我想冒昧地问一下，是您报的警吗？"

孟老板忙说："那怎么可能……"

甘卿："嗯。"

两人几乎异口同声，嘴快的孟老板被噎成了一根人棍。

甘卿飞快地看了他一眼，低声解释说："现在没什么人用公共电话了，人家一查就知道了。"

"哦。"孟老板尴尬地看了看她，又看了看警察，"我……这……下午客人太多，没注意外面。"

"那几个人不是第一次干这种事，他们一般把人骗到后面的小瞎巷里，讹完钱就跑，我以前碰见过，大概知道他们在哪儿动手。"甘卿轻轻地说，"碰上我就绕路了，怕惹麻烦，没告诉别人。今天这孩子刚从我店里出去，所以我才多了一句嘴。我们不敢沾他们这些人的事。"

于严一愣，这姑娘好像知道他要问什么，三言两语就把自己撇得很清，他直觉自己再要追问，可能也问不出什么了。

果然，甘卿开始一问三不知——

"他们是一直在这附近活动吗？"

"不知道。"

"从后巷翻墙跑，一般会跑到哪儿？"

"不太清楚。"

"上一个受害者呢？有什么特征还记得吗？"

"没什么印象了。"

于严："……"

甘卿的目光往四周一扫，虽然已经很晚了，但附近小摊上吃夜宵的人还没走干净，一个穿制服的警察往这儿一站，把四面八方的目光都吸引了过来。她似乎有些懊恼，小声说："我真的什么也不知道。我要是知道一通电话能把您招来，就不多管闲事了。"

孟老板搭腔说："是啊，警察同志，我们做小买卖的，跑得了和尚跑不了庙，这些流氓干完坏事就跑，也抓不着，万一知道这事，以后常来找我们麻烦，那谁受得了啊？您也放我们一马吧。"

"孟老板都怕的流氓，可不是一般的流氓吧？"这时，停在不远处路口的车门响了一声,喻兰川不慌不忙地下了车。

因为衬衫扯了,他干脆把一排扣子都给撸下来了,下摆从裤腰里拽出一半,松松垮垮地垂下来半边,行动间,胸口到小腹一线若隐若现。为了配合这个狂野的造型,他还把眼镜摘了,头发抓乱,单手插在兜里,一脸冷酷地走过来。

正直的人民警察于严非常羞耻,因为觉得自己的同伴像个夜店头牌。

……卖身不卖笑的那种。

第五章

　　作为一个女青年，甘卿碰见当街敞怀的男青年，不能免俗地要多瞟一眼。瞟完，她觉得这具肉体要胸有胸、要腰有腰，拿出来展览一下也不算过分。就是在这么一个地沟油和炉灰满天飞的小破地方，有必要时髦得这么努力吗？

　　"我小时候在绒线胡同见过您一次。"喻兰川低头，目光扫过孟老板的手——孟老板的手很厚实，因为常年掌勺，沾着一点油渍，可皮肉异常细腻，润得像玉，实在不像一双中年男人的手——对上孟老板迷茫的眼神，喻兰川隐晦地自我介绍说，"我姓喻。"

　　孟天意和甘卿的脸上同时空白了一瞬。

　　"哦，您！"孟天意把一直微微弯着的腰绷了起来，随后又压低了声音，"您……店里坐吧，请进。"

　　说完，他朝一边摆摆手，刻意没往甘卿身上看，装出一副很随便的样子打发她走："杆儿，没你事了，先回去吧，路上小心点。"

　　甘卿在喻兰川出声的瞬间，就往后退了半步，从灯光里退了出去，本来就很低的存在感压得几乎没有了。听见孟老板发话，她幽灵似的点了下头，没吭声，转身就走。喻兰川本来没把她放在心上，习惯性地用余光一扫，正好扫见个模糊的侧影。他心里倏地一跳，脱口叫住了她："等等。"

甘卿好像被他吓了一跳，僵硬地站住，小心翼翼地回头问："叫我吗？"

她睁大的眼睛里满是惊惶不安，肩膀绷得很紧，战战兢兢的，像个受惊的野兔。喻兰川这时看清了她的样子，顿时一阵失望，心里翻腾起来的记忆忽地蒸发了。

"没什么，"他神色淡了下来，疏离客气地说，"今天被他们拦下的是我弟弟，我跟您道个谢。"

甘卿木讷地应声："不、不客气。"

喻兰川从鼻子里喷出口气，心想：哪来的柴火妞？连话都说不利索。

他那点耐性还得留着伺候甲方爸爸们，很不耐烦这种"三脚踹不出一个屁来"的货色，克制地一点头，就不再理会这个路人甲，抬腿进了天意小龙虾店里。

一惊一乍的，甘卿想，眼角余光又一扫喻兰川的穿着打扮，她心里纳闷，喻家怎么出产了这么个"奇行种"？

自己暗地里感慨完，她就低着头，步履匆匆地走了，像一团不起眼的影子。

泥塘后巷里的小路像迷宫，这个时间，除了露天烧烤一条街，其他地方都已经沉寂了下来，连夜风都凝滞了几分，年久失修的路灯亮不亮全看心情，有的还一闪一闪的。人在里面走，脚步声稍重就会起回音。

怪瘆人的。

不知道是不是因为独自走夜路害怕，甘卿的拖鞋刻意在地上摩擦，还哼起了歌。

她走到最背光的地方时，一个人从她经过的小路口冒出来——如果刘仲齐在，就会认出来，这人是敲诈他的三个男人中的一个，那个光头的。

　　光头恶狠狠地对着甘卿的背影盯了片刻,抬脚追了上去。他是个彪形大汉,身高足有一米九,走起路来,脚下却没有一点儿声音。被跟踪的甘卿毫无察觉,顺着小巷拐了弯。静静的小路上,只有塑料拖鞋拖沓的脚步声,以及有些沙哑的女声:"越过山丘,虽然已白了头……"

　　光头略微缩紧下巴,脚步越来越快,攥起拳头,手臂上暴起了狰狞的肌肉和青筋。

　　"喋喋不休,时不我予的哀愁……"

　　光头猛地冲过了路口,然而随即,他脚下又来了个急刹车——眼前是个死胡同,漆黑一片,除了一辆报废的共享单车,什么都没有。

　　人呢?

　　这时,那踢踢踏踏的拖鞋声再一次响起,那声音是从他后面传来的!

　　"还未如愿见着不朽……"

　　光头猝然回头,看见那个多管闲事的"收银员"从他身后的路口溜达了过去。她插着兜,脚也懒得抬,走得东倒西歪的,一眼也没往他这边看。

　　反正这附近也没人,光头干脆不再遮遮掩掩,吼了一声:"你站住!"

　　吼完,他迈开长腿,去追甘卿。光头奔到路口,多说也就是五六步,一晃身就过去了,可是就这么眨眼的工夫,方才的女人再一次凭空消失了。

　　"就把自己先搞丢——"

　　那歌声的调子将跑未跑,回荡在小巷里,响得四面八方都是。光头的后脊梁骨蹿起一层冷汗:"你是哪一路混的?别装神弄鬼!"

　　他这一嗓子吼出来,歌声和脚步声同时消失。一时间,四周只剩下夜风的低吟，窸窸窣窣、鬼鬼祟祟的。

光头的心跳快起来，下意识地屈膝提肘，两手护住头，屏住呼吸，戒备地四下观望。

突然，一种难以形容的战栗感流过了他的全身，紧接着，一道不自然的风直逼他的太阳穴。光头悚然发现，自己无论是躲还是挡都来不及，太阳穴上一阵刺痛，脑子里"嗡"一声，心想：完了。

可是预想中脑壳被打穿的血腥场面并没有发生，光头愣了好一会儿，才发现自己连油皮都没破。他茫然地伸手摸了一把，大好的头颅安稳地待在脖子上。

刚才仿佛只是风卷起了小沙石，正好崩到他的脸上。

光头没头苍蝇似的在小巷里找了一阵，连个脚印也没捡着，正在运气，这时，兜里的电话响了。他摸出来一看，声气凭空低了八度，几乎说得上温柔了："喂，师娘……我啊？我在下午那个小杂巷里，刚才正好看见警察在……您说什么？"

他接完这通电话，顾不上再去找甘卿的麻烦，匆匆忙忙地跑了。

离开泥塘后巷，又过了两个十字路口，跑出了一脑门汗的光头闯进了一家麦当劳。

正在收拾桌子的店员被这凶神恶煞的大汉吓了一跳，猛地往后退了一步。光头没顾上找碴儿，目光逡巡一圈，往角落里的一张桌子走去——傍晚时碰瓷未成年的老太太和另外两个男的就坐在墙角，三个人点了一包小薯条，没有人吃，好像只是摆个造型，脚底下堆着鼓鼓囊囊的行李包。

光头喘了口气，来到同伴身边："钱不都交完了吗？怎么说不让住就不让住了？哪有这种道理？我找他们去！"

"他们把钱退给咱们了。"旁边的刀疤脸先叫了声"师兄"，又说，"没办法，今天突然有人查，房东也不知道怎么回事，不敢租了。"

光头正要说话，老太太却忽然抬头看了他一眼："你遇上什么人了？"

光头一愣："啊？哦，一个小店里当服务员的小贱皮，今天就是她吃盐管闲事，招来了警察，我想追上去收拾她一顿。"

老太太问："追上了？"

"呃……那倒没有……这不是天太黑嘛，我又不如她地头熟，走一半跟丢了，算她运气……"

他话没说完，老太太忽然倾身，伸手在光头太阳穴上抹了一把，抹下了一层淡淡的污渍，仔细看，像是烧烤摊上的炭灰。

光头看清了她的手指，激灵一下，出了一身冷汗。

"能在你脑袋上画道，就能给你开瓢，人家今天是不想和你一般见识。"老太太缓缓坐了回去，叹了口气，"知道那人是哪条街、哪家店的吗？"

光头低声下气地说："知道，在都是烧烤摊的那条街上。"

老太太一点头："她今天既然没伤人，就是除了自家门口，闲事不多管的意思。以后绕开她那儿就行了。"

光头不甘心地嘀咕："一个柴火似的小丫头片子……"

"行了！"老太太略微提高了音量，打断他，"在家的时候，我怎么跟你说的？燕宁藏龙卧虎，碰上同道中人躲着点，别以为自己怪厉害的，井底之蛙！"

光头不敢吭声了，其他两个男人也都跟着低头听训。

小桌一时安静下来，四个人八只眼都落在桌面的薯条上。薯条已经凉透了，渗出来的油浸透了纸包，没人动，孤零零地躺在那儿，旁边却有几袋吮干净的番茄酱包，乱七八糟地"横尸"在桌。

好一会儿，刀疤脸打破了寂静："师娘，咱们老在这儿待着也不是办法，实在不行今天就住旅馆吧？"

旁边一直没吭声的瘸子闷声闷气地说："师娘住旅馆，咱们哥儿仨外面凑合一宿就行,反正夏天不冷。"

老太太似乎有点意动,伸手抓住了身边的小包袱。不知想起了什么,好一会儿,她又叹了口气,摇摇头。

而这时,甘卿也回到了自己的"家"。

她走得更慢,脚步更拖沓了,因为躲那个光头的时候,跑得有点急,左脚拖鞋上的塑料带崩断了大半根,就剩不到半公分惊险地连着,她怕一抬脚,今天就得单脚蹦回去了。老远看见家门口那几个熟悉的路灯,甘卿才松了口气,决定回去先跟室友借一双拖鞋凑合两天。

她现在住在一个非法群租房里,屋里用隔断打出了八个小隔间,每间有一张上下铺,住俩人。室友大部分是女的,大家约好了不在公共空间抽烟,也没人不冲厕所,所以还算干净。至于住她上铺的姑娘整天昼伏夜出,就都是小事了,甘卿是个在桥洞里都能睡着的人,不在乎这点打扰。总的来说,她觉得自己的小窝便宜、干净,离上班的地方又近,什么都好,物美价廉。

除了不合法。

于是这天,甘卿一路哼着《山丘》走回家时,就发现"家"没了。一群人拎着锅碗瓢盆,聚在楼底下。甘卿在其中碰见了她的室友,室友翻出一双拖鞋给她,告诉她,最近燕宁市开始了新一轮的群租房严打,他们的租屋被查封取缔了,马上就得搬,不能过夜。

里面一帮租客,昼伏夜出的"猫头鹰"也好,早睡早起的"百灵鸟"也好,全都给轰到了大街上。

十五分钟后,甘卿抢救出自己简单的行李,蹲在路边的马路牙子上,抱着根煮玉米——玉米也是她猫头鹰室友给的,还挺甜。

乳白色的路灯在她身后一字排开,细瘦的灯杆舒展着,像一排翩翩起舞的天鹅,沿着宽阔的马路延伸,温柔起伏,串起了星星点点的万家灯火。

要说这天夜里,可真是无巧不成书。

碰瓷的和管闲事的,不自量力的和深藏不露的,殊途同归,都在愁云惨雾中琢磨自己该去哪儿过夜。

第六章

喻兰川顺路送了于严一趟,到家的时候,已经晚上快十点了。小崽的屋门一直关着,也不知道是睡了,还是在生闷气。

啧,青春期。

喻兰川懒得理会,总觉得自己这么大的时候,心智比刘仲齐成熟多了。他在穿衣镜前看了一眼自己的衬衫,心如刀绞。要是单纯掉几个扣子,他还能动手缝一缝,可是胸口处沿着布料纹理,还撕开了一条手指长的口子,以他本人的手工水平,肯定是无力回天了。

"为什么非要逞能?"一日三省的喻兰川沉着脸,对着镜子审问自己,"在一条咸鱼面前,就算帅裂宇宙,有价值吗?能抵一次干洗费吗?你真是吃饱了撑的!"

可能是为了迎合兰爷的"罪己诏"——特别是最后一句——他的胃长而曲折地叫唤了一声。喻兰川这才想起自己还没顾上吃晚饭,于是没精打采地把破衬衫脱下来,顺手塞进垃圾袋,掏出手机叫外卖。

他的手机支付连着银行卡,一花钱,就会收到账户余额变动的短信。面对弹出来的余额,喻兰川没敢多看,只扫了一眼,心就和胃一样冰凉了。于是,他又抠抠搜搜地把破衬衫捡了回来,打算剪一剪当抹布用。

这样当然省不出几分钱,但"节俭"本身,就好比是一支麻醉剂，能从精神层面上稍微麻痹一下穷的痛苦。

泥塘后巷的孟老板跟他大爷爷认识，看在老人的面子上，给了他们几句实话。据说那个碰瓷团伙是刚从外地来的，有一点拳脚功夫，老太太最厉害。他们来燕宁，拿一些不入流的江湖手段到处坑蒙拐骗，专挑那种一看就比较"软柿子"的年轻人下手。这几年社会安全教育比较到位，大家都明白命比钱金贵，迄今为止，受害者们都挺配合，一看事情不对，立刻乖乖认倒霉，双方一手交钱，一手放人，还算心平气和，没闹出过什么动手伤人的事。

泥塘后巷的老住户们多一事不如少一事，也没人吱声。

孟老板加了于严的微信，答应以后有什么线索，随时报告给民警同志。这事也就只能先这样了。

外卖还得等半个小时，喻兰川打开电脑，准备干活儿。他出去了这么一小会儿，微信和邮箱里已经跳出了十几个未读。这个世界就像是透明的，每个人都一丝不挂地被绑在一个终端上，各种信息二十四小时轰炸，一刻也不停息，哪怕耳边没有噪音，也让他觉得生活很嘈杂。

喻兰川漫无边际地想，还是古代好，大侠们动辄闭关，找个山旮旯一躲，谁都找不着……不过话说回来，闭关不带手机，就叫不了外卖了，这也是个问题。

他对着自己要连夜审的报告发了一会儿呆，脑子里跟戏台似的，心静不下来，就起来换了身宽松的运动服，到阳台上打了两趟拳。

这套拳一共七式，是剑法的变形——他家阳台太小，练剑施展不开——剑法是喻兰川的大爷爷手把手教他的，叫"寒江七诀"，讲究的是"沛然中正、平和开阔"，要有君子气象。

大爷爷以前总是念叨，"中华武学，博大精深，可惜流传下来的不多了"。这里面有多少失传的学问，喻兰川没有推敲过，他一直拿七诀剑当健身操练。浮躁的时候、疲惫的时候，不管是身还是心，哪儿不舒服，两趟走下来，出一身汗，准好。

大爷爷十五六岁那会儿，正赶上日军侵华，他参加了民间的抗日组织，上过战场，被炮弹碎片炸伤，从那以后就失去了生育能力，所以也就没结婚，把弟弟这一支的后人都视如己出。老头身体很硬朗，每年都跟别人说自己还小呢，才六十九岁，"六"了有好几十年，竟然还有人信。

他晚年过得非常浪，拿着退休金，开着辆破破烂烂的越野车到处自驾游，觉得哪儿好，就在那里住上一阵，这几年行踪越发飘忽，亲朋好友谁都找不着他，喻兰川有将近两年没见过他了。

大爷爷人路广，敢扛事，一辈子急公好义，有远道而来上门求助的，不管认识不认识，他都不嫌麻烦，这会儿，要是他老人家在燕宁，掘地三尺，也得把那个碰瓷团伙找出来，看看他们到底是天生的坏坯，还是遇上了什么困难。

喻兰川的整个少年时代，都是在他老人家身边长大的，最中二的那几年，他也曾希望长成一个老头那样的男人，头顶天，脚踩地，半碗二锅头敬到天涯海角，两袖长风，什么事都摆得平。

可是理想跟现实之间隔着十万光年，看看那些挂高数挂得死去活来的大学生吧，小时候有多少人说过长大要当科学家的话？

喻兰川的中二病来去如风，病好了，就过上了高考、留学、升职加薪的主流人生，回过神来的时候，已经在与理想背道而驰的路上快马加鞭了好多年。

理想这玩意儿，离得太远，就会自动崩塌成异想天开的白日梦。再说，他怎么可能像老头一样呢？根本不现实，毕竟老头有退休金，还没有房贷。

两趟拳打完，整个人好像轻了两斤，喻兰川就把阳台窗户推开，趴在窗棂上吹风消汗。可能是要下雨，空气里渐渐升起一点泥土的腥气，湿答答的。

老头当年教他，一方面是哄他玩，一方面也是怕他久坐对身体不好，逗他起来活动活动筋骨，没指望教出什么名堂来，因为喻兰川不像什么有常性的人，而且"寒江七诀"跟他有点气场不合——"沛然中正、平和开阔"这八个字，连标点都算上，哪个能跟喻总扯上关系？反正大爷爷是没看出来。

谁也没想到，他居然一练就练了十五年。

这时，手机响了，喻兰川以为是送外卖的到了，顺手接起来。
"喂，请问是喻兰川喻先生吗？"
喻兰川："嗯，上来吧，我给你开门。"
那边莫名其妙地顿了顿，说了声"不好意思"，又问："请问喻怀德先生是您的亲属吗？"
喻兰川一愣，胸口无端缩紧了——喻怀德就是他大爷爷的名字。
"是我祖父，怎么了？"
"呃……先生，希望您节哀。"

喻怀德老人去年年底到了四川，有道是"少不入川，老不出蜀"，老头一到那儿，就喜欢上了，决定长住，乐陶陶地在蜀中玩了半年，东游西逛，遍尝川香，然后他感觉自己玩够了，时间也差不多到了，就找了个风景优美的山沟，进去拍了几张照片，把遗书和遗物塞进了相机包里，坐在一条小溪边，脱了鞋，脚丫子泡进清澈的溪水里，休息了一会儿，溘然长逝。三天以后，才有几个自驾游的游客发现了他。

活得非常神，死得也非常神。

喻兰川茫然地放下电话，一时回不过神来。

这时，远处响起一声闷雷，"隆隆"地卷过来，随后起了风，不到片刻光景，憋不住的大雨就毫无预兆地落了下来。

甘卿和她的猫头鹰室友在最后一秒冲进了地铁站,好歹没被浇成落汤鸡。猫头鹰室友跑了一身汗,长发打着绺地粘在脸上,惊魂甫定地喘成一团。

甘卿平时不怎么坐地铁——地铁比公交贵,所以她一进来就赶紧研究墙上的路线图。猫头鹰室友联系了一个朋友,带着甘卿一起去投奔。朋友家比较远,得横跨大半个城区,坐地铁还得换乘。

甘卿看明白了路线图,就说:"咱俩得快点,不然换乘的时候没准赶不上末班车,你……"

她话没说完,猫头鹰室友"嗷"一嗓子哭了。甘卿被这动静吓了一跳,惊讶地回头看她。

那女孩哭得就跟外面的暴风雨一样突然,连点缓冲都没有,一上来就号得忘乎所以。

"怎么这么倒霉啊……凭什么不让我住……凭什么扣我工资?!凭什么下雨?!凭什么来大姨妈啊?!"

地铁站里有回音,把"大姨妈"仨字加持得气壮山河。晚归的乘客稀稀拉拉地经过,有的抬头看她一眼,有的塞着耳机匆匆走路,漠不关心。

甘卿:"要不我……给你找点热水?"

猫头鹰室友捂着肚子蹲了下去,装行李的大包扔在脚下,东西太多,拉链崩开了一点,露出一只娃娃机里抓来的毛绒狗。她余光扫见,一把将那小狗揪出来,泄愤似的砸了出去,差点绊倒一个路人。

甘卿赶紧去跟人家道了歉,趿着拖鞋跑过去,把小狗捡回来,才刚给她放好,猫头鹰室友又给拽出来,再一次把倒霉的小狗抡了出去:"凭什么不让我扔?!我的东西,我就扔!"

甘卿:"……"

没脾气了。

她无可奈何地在旁边叉了会儿腰,然后走到自动贩售机前,搜罗出几个钢镚,买了一瓶热饮,拍了拍猫头鹰室友的头,又把瓶盖给她拧开:"给。"

猫头鹰室友号声一哽,从膝盖上抬起两只眼,看了看她,打了个哭嗝,伸出小爪,磨磨蹭蹭地接过去。甘卿替她拎起行李:"别蜷着,站起来走一走,不然一会儿肚子疼。"

被人哄了,猫头鹰室友张牙舞爪的哭声低了下去。过了一会儿,她冷静下来,有点不好意思,吸了吸鼻涕,讪讪地站了起来。

"好了,别哭啦。"甘卿心平气和地说,"你看,虽然下雨,但是咱俩没挨浇。这么大的雨,长不了,等咱们从地铁上去就该停了,哪儿倒霉了?你还有那么够意思的朋友,大半夜肯收留咱们,是你以前的同学吗?"

猫头鹰室友说:"不是,是我前男友的前女友。"

甘卿:"……"

猫头鹰室友又说:"我前男友是个渣。"

甘卿:"……看出来了。"

猫头鹰室友委屈地喝了一口热饮:"你比我前男友好多了。"

甘卿隐约觉得这话是夸她,被夸得无言以对,只好叹了口气:"快走吧。"

此后一个礼拜,甘卿一边在别人家里打地铺,一边四处找房子。每年7、8月份都是租房旺季,大批刚搬出学校的毕业生要落脚,再加上像甘卿一样被清理出来的人不少,都在找便宜的住处,一时间,市场更是紧俏,房租跳涨。有时候在网上搜半天,才能碰上个价格能接受的,打电话过去,不是已经租出去了,就是房东临时要加价。

一个礼拜以后,猫头鹰室友终于坚持不下去了,把自己攒的优惠券和毛绒狗留给了甘卿,她要回老家了。

猫头鹰室友一走,甘卿也不好意思再在"前女友"家蹭住。

这天,她提前关店下班,到天意小龙虾店里帮人抬了两箱啤酒,无所事事地转了好几圈,这才犹犹豫豫地溜达到后厨:"孟叔……您上回说找人照顾老太太的事,找着合适的人了吗?"

与此同时,处理完大爷爷后事的喻兰川带着老头的骨灰,回到了燕宁。

下飞机后他打了辆车,告诉司机:"师傅,绒线胡同一百一十号院。"

他得先带老头回趟家。

第七章

绒线胡同一百一十号院是个住宅小区，里面只有一栋楼，以前是单位建的"公房"，建筑保留着过去老公房的特点：坐北朝南，每一层的北边都是一条狭长的公共楼道，从东头通到西头，南边一侧，则是一字并排的十户人家，大家共用一部电梯。

后来，单位没了，公房也经过了"房改房"——由住户们自愿买下，成了能在市面上买卖的房产。楼建于1990年，1990年以后出生的娃都已经开始批量秃顶，同龄的楼房当然也没有青春靓丽到哪儿去，墙体斑驳，从生锈的栏杆到狭窄的楼梯，无不陈旧。

不过，虽然楼的年纪大了点，但环境还不错，人少清静，二十多年过去，树也都从容地长了起来，夏天往院里一走，绿荫蔽日，比外面凉快五摄氏度。小区位置也好，离CBD不到两站，走路十几分钟，小区西大门正对着一所双语幼儿园，东大门出来往前走五十米，有个不错的公立小学，前两年才搬来的，于是这里也算是成了"学区房"，一般老百姓还真买不起。

现在，这里的住户有为了学区名额全款买房的土豪，有为了孩子上幼儿园方便，月付上万租金的一般有钱人，也有老单位改制后就失去工作、就剩两间小屋的小院"土著"，凑齐了三教九流。院里停的有百万豪车，也有看着要到报废年龄的小桑塔纳。不过，在这种老小区里,一般都没有停车场,所以豪车也好,破车也好,都只能找犄角旮旯一塞,车轮上统一支起挡狗尿的小木板。

喻兰川到的时候,正赶上有人搬家。有个电动小四轮,在门口传达室引了根电线充电,堵了路,搬家公司的货车堵在门口进不来。

"门口谁家的电动车?劳驾挪一挪!"货车司机一边鸣笛一边嚷嚷,吼了好一会儿没人应声,他就从车上下来,放开了嗓门,"红的!四轮!车上写着'祖传艾灸、针灸理疗,寿衣、花圈优——惠——'谁家的啊?谁家的花圈优惠?挪一挪嘞!"

喻兰川:"……"

还是一条龙服务。

他懒得去跟热烘烘的货车挤,就在门口驻足等他们挪开。

这是他少年时经常流连的地方,小院一进门,有两排大槐树,中间是一条散步的小路,这会儿槐花谢了,只剩下层层叠叠的树叶,烈火似的盛夏阳光给那些枝叶一拦,就剩下零星几颗光斑,掉在地上。老槐曲折的枝干结着沧桑的结,微许潮湿的气息从浓郁的绿意里流露出来,透着几分红尘不扰的清寂意味。

一晃,十年了,楼旧了,老人没了,树也长大了。

大爷爷活了快一个世纪,又是个不走寻常路、动辄失联的老头,作为亲友,喻兰川其实早都做好了心理准备,现在谈不上多么哀恸。只是他捧着老头的骨灰站在这儿,忽然有点物是人非的感觉,好像一个时代就这么在他不经意间烟消云散了。

老头遗物不多,除了那辆快要报废的破车,就剩下一点日用品和相机。他在遗嘱里让喻兰川把最后那几张照片洗出来,作为他老人家的收官之作,并说明了自己包里的东西是留给喻兰川的。老头随身的包里除了遗嘱,还有两本小册子,其中一本是"寒江七诀"的剑谱,喻兰川已经烂熟于心。另一本他没见过,遗嘱里说,那是"寒江"一门的掌门衣钵，老头本人是第一百三十六任掌门，打算传位给喻兰川，让他当第一百三十七任。

不过，这个掌门当不当都无所谓，反正"寒江剑派"也没有门徒。

"掌门衣钵"的内容主要分三部分，分别是"门规""修为"和"独门古方"，都是古时候传下来的。

"门规"一共有二十条，全是古文繁体字，喻兰川大学念的商学院，之后又留学海外，灌了一肚子洋墨水，古文也就高中水平，一看就晕了，走马观花地翻到最后，终于找到了一排手写的简体字，是老头的字。老头知道他的水平，特意写了注解，注解就很通俗了："二十条门规，能逐条做到的都是圣贤，没必要细看，我等凡人，只要遵守国家法律法规和社会公序良俗，就行了。"

"修为"部分，则是历代掌门习武练功的感悟汇总。历代掌门文化水平不同，留下的"遗产"也多种多样，有的是佶屈聱牙的口诀，还有伸胳膊踢腿的火柴人。这一部分，老头把注解写在了前头，注解透着股"心有天地宽"的味儿："我想你大概看不懂，看不懂就慢慢看，慢慢看也不懂，那就拉倒吧。"

最后一部分是"独门古方"，这个喻兰川倒是听说过。相传古时候，不少门派都有自己独门的药方，治外伤、调内息、解毒——什么都有，神神秘秘的，药方不外传，属于门派传承的一部分，就像武侠小说里写的"生生造化丹""九转灵宝丸"之类。喻兰川好奇地翻到最后一部分，想看看本门有什么不传之秘，结果就发现老头用墨水把那几页纸都涂了，还用大红字写道：这玩意儿不科学，有病去医院。

后面跟着仨感叹号。

第一百三十七任掌门手捧这等衣钵，品了品，感觉本门的气数……可能也就这样了。

这时，电动车主总算姗姗来迟，货车司机开始不满意地抱怨，人声拉回了喻兰川的注意力。他抬起头，表情有些复杂地望向院子里的十一层小楼。

老头的遗物大部分是闹着玩的，其中最重要，也最不好处理的，可能就是这套房了。

老头的房子在十层，小两居，套内有七十平方米上下，方才喻兰川在路口的房屋中介那儿打听了一下，这样的房子市场价八百五十万，不含税。

听着让工薪阶层头晕。

喻怀德老人孑然一身，也没有后代，从小和弟弟——也就是喻兰川的亲爷爷相依为命长大，喻兰川的祖父母前些年相继去世，他们家人丁稀少，他爸和他都是独生子。

喻兰川的亲爹喻建华受够了婚姻和家庭的桎梏，好不容易离了婚，就跟自由小鸟出笼似的，现在是个坚定的不婚主义者。大爷爷去世，喻建华赶过去见了遗体一面，帮他一起料理了后事，就挥衣袖走了。至于遗产，他爸说："反正到这一辈，咱家就剩你一个了，有什么东西，将来也都是你的，你自己看着办吧。"

所以——这套房，理论上，是应该落在他手里的。

同一个世界，万千房奴狗做过的同一个梦……差一点就在他身上显灵了。

可惜，这并不是《简·爱》后半本的故事，因为老头在遗嘱里还说了，这套房不能留给自家后人。

这事说来话长，当年"房改房"的时候，要取得房子的产权，得交五万块钱——虽然现在看来跟白给差不多，但在二十多年前，五万对大多数人来说已经不是小数目了。老头是条光棍，一向是赚多少花多少，别说五万，他连五千都拿不出来。这笔买房的钱，是他天南海北的各路朋友听说他有困难，集体给凑的。老头人缘太好，帮过的人太多，给他凑钱的人不知道有多少，有那些囊中羞涩的，只能掏个三五十块,都不好意思留名,也没打算让他还。

后来还没等老头弄明白应该还谁的钱,国内房价就跟经济一起腾飞了,五万的小公房第二年就翻了倍,之后在人们的目瞪口呆中,坐了火箭似的,一路飞上了天。

这时候,再要去掰扯当年那五万块钱,做人就差点意思了。

所以喻怀德老人说,这套房虽然挂在他名下,但不能算他的私产,他绝不会变卖,武林中朋友有事来燕宁,都可以到这儿来。

也就是说,这差一点姓喻的学区房,是个武林盟的"驻燕宁办事处"。

喻兰川一想起这事,心都在滴血——这些不着调的玩意儿,就不能找个远郊区县成立办事处吗?

就在他顶着一张高冷的面孔暗自悲愤时,身后忽然有一阵风袭来,打向他的后脑勺。喻兰川还沉浸在八百万里,没过脑子,身体本能地滑开一步,同时侧身沉肘,往后一撞。一根塑料拐棍游鱼似的从他手肘下溜走,迎着他偏移的重心扫向他肋下。喻兰川以手、肩、肘做剑,眨眼工夫,单手和那根好像要粘在他身上的拐棍过了十来招,直到那根拐棍差一点碰到大爷爷的骨灰盒,才堪堪停下。

喻兰川狼狈地扶了一下眼镜,这才看清,没事拿棍捅他的神经病是个老大爷。

老大爷胳膊上别着红袖箍,手里拎着根绿色的塑料拐棍,洗得很干净的白衬衣上打了几个时尚的补丁,戴着一副玳瑁老花镜。

老大爷一低头,俩眼从老花镜上面射出目光,看了看骨灰盒,又看了看喻兰川,笑了:"喻大哥,宝贝孙子把你送回来啦!小川都长这么大了,刚才老远一看,杨爷爷差点没认出来。"

喻兰川一愣,堪堪忍住了脾气,再仔细一看,想起来了,这位杨爷爷好像住在六层,跟他们家老头关系最好,以前经常一起钓鱼。

老杨把塑料拐棍夹在胳膊底下,也没看清有什么动作,好像只是轻飘飘地一伸手，就把骨灰盒接了过去。

喻兰川："哎……"

"到家了，孩子，你让我送我老哥哥一程。"老杨冲他摆摆手，随后，脸上又有一点落寞，"浮梁月、寒江雪、堂前燕、穿林风……当年五绝，这些年，走的走，没的没，到现在，就剩下我一个老不死啦。"

五绝？这不是才四个吗？

喻兰川胆战心惊地看着老人蹒跚的背影，怕他把大爷爷摔了——因为听说不识数好像是老年痴呆的症状之一。

"后继也没人，就你们家小川有出息一点，还能接住我几棍，其他那些……唉，都什么玩意儿！"老杨絮絮叨叨地跟骨灰盒说话，"三年一次武林大会，你这一走可好，今年大家伙再来燕宁，奔着谁来呢？"

"对了，"老杨想起了什么，转头问喻兰川，"小川的七诀剑，练到几层了？"

喻兰川一头雾水："……评级标准是什么？"

标普？

老杨听完，重重地叹了口气——黄鼠狼下耗子，一代不如一代。

老杨唉声叹气地领着大耗子喻兰川走进电梯间，已经有人在那儿等电梯。喻兰川的目光从那人身上扫过，忽地一愣："是你？"

甘卿实在找不着房子，没办法，只能厚着脸皮，把自己吐出去的话又捡回来吃了，灰头土脸地到孟老板的亲戚家求收留。为了给老太太留下个好印象，她今天特意拾掇了一下，翻出了除"工作服"以外唯一一条连衣裙，好好地梳了头发，别到耳后，露出光洁的额头和五官，看着很有人样了。她本想"悄悄地进村，打枪的不要"，尽可能低调，没想到还没上楼，就碰上了这两位，真是倒霉催的。

甘卿的目光飞快地在老杨手上的塑料拐棍上溜了一眼，没敢多看，局促地给了喻兰川一个格外文静的微笑。她笑起来的时候，露出尖尖的嘴角，不知为什么，喻兰川又有了那天在泥塘后巷里古怪的熟悉感，不由得多看了她两眼，疑惑地问："你也在这儿住？"

第八章

甘卿实在没想到他居然还记得自己，因为这位喻先生的形象气质很突出，一看就属于那种"天下妇女皆为庸脂俗粉，我宁可对着镜子跟自己谈恋爱"的品种。

所以她愣了一下，才很简短地回答："刚搬来。"

"你是在孟老板那儿工作，对吧，"喻兰川说，"我记得他家有个亲戚也住这儿，他帮你找的房子吗？"

他话音刚落，老杨大爷的目光就转了过来，落在甘卿身上："孟……天意那小子？"

甘卿怀疑喻兰川吃错了药，打完招呼不算，居然还屈尊跟她搭起话来了。

老杨大爷打量的目光让她如坐针毡——浸淫武艺一辈子的老人，人身上每一块肌肉、每一块骨头应该怎么动、怎么发力，他都烂熟。别看他一双眼让老花镜放大得像外星人，目光却仿佛含着紫电青霜，扫过来的时候，让人隐隐发疼。甘卿假装没注意，不动声色地吸了口气，想尽量放松自己，谁知就在这时，右手偏偏掉了链子，她那两根微弯的手指不受控制地痉挛起来。

这一点细微的动静立刻落在了老杨眼里，老杨和颜悦色地问："姑娘，手怎么了？"

甘卿抿嘴笑了笑，把行李换了下手，含糊地说："东西有点沉。"

"帮人家一把。"老杨嘱咐了喻兰川一句，又说，"你这手是受过伤吧？"

喻兰川应声一弯腰，接过她的大包，同时注意到了她的手。她手心有茧，即使是夏天，皮肤依然很干燥，疏于保养的指尖稀稀拉拉地长了几根倒刺，有被生活摧残过的痕迹。甘卿扣住自己的右手腕，似乎努力想让僵硬的右手冷静下来，反而因为紧绷而抖得更厉害，簌簌地震起了连衣裙的长袖。

看起来有点可怜。

"小时候在路边摔了一跤，手腕被三轮车碾过，"甘卿说，"我们老家那边医院不行，一直没治好。"

"唉，这不就耽误了吗？"老杨慢吞吞地叹了口气，"年纪轻轻的，筋骨倒是小事，伤了经脉可不得了啊。"

甘卿装没听懂，干巴巴地附和。

老杨忽然往她这边迈了半步，随着他的动作，那根夹在他胳膊肘下的拐棍轻轻一歪。两人相隔大概有一米，在外行看来，其实就是老大爷抱骨灰盒抱累了，换个姿势站。然而对于身在方寸间的甘卿来说，她一半以上的注意力其实都在那根拐棍上，拐棍歪的那一寸，好像隔空封住了她前后左右的活动空间，一种被困住的窒息感压了过来，让她本能地想避开。

无声的较量中，老杨正目光灼灼地等着她的动作，甘卿汗都快下来了。

就在这时，电梯门突然打开，涌出的气流夹着香水味扑面而来，一下子冲散了那种窒息的氛围。甘卿绷紧的肌肉蓦地放松下来，就听有人说："爷爷，您拿的这是什么？"

他们仨一起抬头，只见电梯里出来个女的，长发，绑了个松松垮垮的马尾，一脸玻尿酸，也看不出多大年纪。她穿名牌、挎名牌包，

061

脚底下踩着一双印了大logo的名牌鞋,从头到脚,宛如一个行走的奢侈品展示柜,行动间香风扑鼻,头顶金光闪闪的四个大字——老娘有钱。

"可别再往家捡破烂了啊,"这位女土豪说,"我早晨刚把您那破咸菜缸扔了。"

气定神闲的老杨大爷一见她,血压直线上升,高人风范荡然无存:"谁让你又扔我的东西?!"

"不扔就沤肥了。"女人抿了抿口香糖,冲老头吹了个泡泡,"您老没事打扮成要饭的就算了,我当您cosplay,可是要饭您就专心要啊,跨界捡什么破烂!啧……帅哥,让姐过一下。"

老杨大爷说:"大周末的,你抹得跟个妖精似的,又上哪儿兴风作浪去?"

"健身房啊,一个礼拜没去了,这破针打的,真耽误事。"

"我让你跟我练棍,你不练,非得花好多钱,上那个……那个什么房,跟个傻大个举铁锤,你……"

"爷爷,人家要练的是胸和屁股,练哪门子棍啊!我又不是孙悟空。"女人一甩头发,毫不避讳外人在场,口无遮拦,"再说您看您自己这样,有说服力吗?跟您练能练出什么?搓衣板吗?"

老杨大爷气得脸红脖子粗,可能需要一颗速效救心丸。

女人笑了一声,扬长而去,离开的时候,还顺便朝喻兰川放了个电,引起了喻总的强烈不适——他有点后悔自己今天来得匆忙,穿得太低调。

经这么一搅和,老杨大爷的注意力总算从甘卿身上移开了。捂着心口,他老人家颤颤巍巍地扶住喻兰川的胳膊:"家门不幸,家门不幸啊!"

喻兰川上了电梯,按下"10",扫了甘卿一眼,见她没动,就问:"十楼?"

甘卿："嗯。"

"这么巧？"他想，"还挺有缘。"

杨大爷那口气还没顺过来，在旁边絮叨："看看这不肖子孙，都成什么样！我将来下去，可没脸见祖师爷了……小川啊，我看小辈人里，也就剩下你了。老喻大哥没了，你以后就搬回来住吧，也多认识点朋友。"

喻兰川敷衍地一笑，心不在焉地想：我一点儿也不想认识他们，我就想要那八百五十万。

老式的电梯空间狭小，甘卿就在他身边不远的地方，喻兰川一垂眼，就能看见那张侧脸，她的眉骨平直，鼻梁很高，有一点无伤大雅的小驼峰，脸上一层薄薄的皮覆在骨头上，没有多余的肉，线条干净极了。不知为什么，这个侧影让喻兰川觉得说不出的熟悉，好像在哪儿见过。

"小川啊！"老杨大爷一嗓子唤回了他的注意力。喻兰川连忙收回视线，被自己刚才的想法雷得不轻，心说，自己难道是单身久了，看见个女的就觉得眉清目秀，还好像在哪儿见过……这话要是说出来让于严听见，那小子下半辈子可能就指望这个笑话活着了。

老杨大爷可能平时被自己孙女忽略习惯了，没发现喻兰川走神，继续在旁边喋喋不休道："老喻对这房子感情不一般，平时不少外地朋友来了，找不到地方落脚，都来这里找他。小川，杨爷爷说句管闲事的话，你可能不想回来住，也不想管它，但是能不能别卖给别人啊？"

喻兰川的思绪被打断，注意力重新回到喻老留下的房子上。

"唉，"他一边敷衍老杨大爷，一边无奈地想，"您别考验我的良心了。"

电梯转眼就到，十楼的视野开阔，从楼上往下看，整个幽静的小院都尽收眼底。公共楼道虽然窄，却十分整洁，不知是谁家里正在炖肉，香味飘得满楼道都是，让喻兰川想起小时候，周末到大爷爷家来住,大爷爷总觉得他在学校吃得不好,会专门给他做一大桌子菜,煎炒烹炸,要是有那些家里不常做的"麻烦菜",老头就会一次多做一点,出了锅再让他端着碗给邻居们送。

一百一十号院的邻居,和其他地方的邻居好像不是一个品种,喻兰川现在住的地方,连邻居是男是女都不知道。

他心里忽然一动,这房子要是实在不能卖,搬过来住,倒也不是不能考虑,好歹能省房租,上班还不用开车,就怕老头那些狐朋狗友老来打扰……

"就是这儿,谢谢。"甘卿轻轻地拉了一下喻兰川手里拎的包,"不好意思,麻烦了。"

喻兰川回过神来,把行李还给她,抬头一看门牌——1003——老头住1004,隔壁。

他记得隔壁的邻居好像是……

还没等他回忆起来,1003的门就从里面打开了。孟老板说他二姨姓张,甘卿赶紧站直了:"张……"

"奶奶"俩字噎在了她喉咙里。

只见这位传说中古稀之年的老太太,烫了一脑袋大波浪卷,挑染了几根粉色,化了妆,又卷又翘的假睫毛尤其显眼,指甲上粘了一排能闪瞎狗眼的水钻,居家拖鞋上还打了粉色蝴蝶结。

老杨大爷在旁边重重地叹了口气,表情很是一言难尽。

"对了,"喻兰川面无表情地想,"邻居家是个盘丝洞,住了个喜欢对小男孩动手动脚的老妖婆。"

张奶奶开门一见喻兰川,立刻笑成了一朵花,睫毛扇子似的上下忽闪:"你就是我外甥找的房客?小帅哥有点眼熟哦,以前见过吗?"

"奶奶好,我爷爷让我给您送过炸藕盒。"喻兰川木着脸扶了一下眼镜,"我住隔壁,先走了。"

说完,他迈开长腿,一阵风似的从老妖婆面前刮走了。张老太这才看清甘卿,沉默了一会儿,她气急败坏地拨通了孟老板的电话,怒吼:"谁让你给我找个女的?!"

漏音的电话里传来孟老板更加气急败坏的回答:"行行好吧!我都一把年纪了,不想找个没我儿子大的小二姨夫!"

"还是算了吧。"喻兰川想。

贵武林早该完犊子了。

第九章

"喏，那个屋是你的。"张老太——大名张美珍——虽然对甘卿的性别很不满意，但人既然已经被自家外甥找来了，大概也不好直接轰出去，还是让她进了屋。

因为这个楼北边是楼道，所以所有卧室都是朝南的。虽然是次卧，但空间并不局促，窗明几净，一低头就能望见南小院成排的老槐；窗帘应该是刚刚换洗过，沾着温暖的洗涤剂味道，墙角还有一盆茂盛的玻璃海棠，红得肆无忌惮。

小楼在院落深处，院里茂密的植物隔开了马路上的噪音，汽车鸣笛声远得像针尖落地，站在窗边，以甘卿的耳力，甚至能听见客厅里小座钟的嘀嗒声，安静得近乎奢侈。

甘卿走进一百一十号院的时候，就打过一次退堂鼓；不幸在电梯间撞上喻兰川和老杨大爷，她又打了一次退堂鼓；到了1003，发现张老太不大喜欢她，她其实就已经打定了主意，不在这儿讨人嫌，稍坐一会儿就走。至于住处，她也想好了，可以去孟老板那儿借几个塑料小凳，拼一拼，先在店里凑合睡。她没有传说中"悬绳卧梁"的本事，但塑料板凳大概也不至于摔死她。

一切的心理建设，都在这个房间面前溃不成军。

别说是向阳，连有窗户的屋子，她都好久没见过了。进来看了一眼，甘卿就决定豁出去，不要脸了。

张美珍倚在门口，撩了撩长发，问她："你没有什么不好的生活习惯吧？"

不要脸的甘卿立刻回答："没有，我绝对早睡早起、作息规律，晚上下班回来洗洗就睡，熄灯时间不超过十点半，早晨六点之前一定起，可以给您准备早饭。我不看电视，手机静音，不会带客人来，有快递让他们寄到店里。虽然没有洁癖，但能做到垃圾随时收、桌子随时擦，洗完脸顺带洗水池，头发绝对不堵下水道。您还有什么需要我干的，都可以告诉我。"

张美珍听完，哑口无言了好一会儿："你……出家几年了？"

甘卿感觉这话不像夸她，没敢贸然接，只好微笑。

"我不吃早饭，你不用管我，上午十点之前也别找我。"张美珍摆摆手，"晚上有时候出去玩，回来得晚，我自己会带钥匙，你不用留门——不过，万一喝多了，可能会弄出点动静来，你不神经衰弱吧？"

甘卿消化了一下老太太的话，赶紧敬畏地摇头。

"那就好。"张美珍对着天花板翻了个白眼，没什么话好说了，于是对甘卿念了声佛，"阿弥陀佛。"

这年头，老人都在发少年狂，青年都在哆哆嗦嗦地搜索医疗保险。

厚着脸皮，甘卿在新窝住下了。

这里实在太舒服了，洗澡的时候没有尿急的室友在外面砸门，双人床不但能伸开脚，还能来回滚，洗手间里没有彻夜响个不停的水声，也没有人不停地趿着拖鞋进进出出，安静得让她不习惯，第一天居然有点失眠，于是甘卿披上衣服起来，走到窗边晒月亮。

张美珍女士还没回来，今天倒不是出门浪——她去了隔壁。

隔壁这会儿灯火通明，很多人都在，一百一十号院的、远道而来的，屋里坐不下，他们就挤在楼道里等着，也不吵闹，安静地排队进去，给喻怀德老人上一炷香。

甘卿年幼的时候，曾经见过那位老人一面，记得他非常慈祥，总是未语先笑，辈分高，剑法一绝，人们有事都找他出面调停。有一次聚会，众人喝多了起哄，说是要给老头磕头，拜他为盟主。喻老当然不肯接受，但是从那以后，"喻盟主"就叫开了。

开着窗户，甘卿能听见隔壁南腔北调的人声，人们说话声音都压得很低、很肃穆，然后有人用口琴吹起了《送别》。

单薄而悠扬的口琴声撩拨着仲夏之夜，无伤大雅地走着调。甘卿侧耳听着，有些出神。

问君此去几时来，来时莫徘徊。

猫头鹰室友送的毛绒狗伸着舌头坐在窗台上，胸前挂了个小狗牌。先前甘卿焦头烂额地找房子，没顾上仔细看，这会儿，她才发现，狗牌上还有一行字，是猫头鹰室友歪歪扭扭的孩儿体。

甘卿把狗牌翻过来，见上面写着：你的一生，将以什么立足呢？

不知道这算临别赠言，还是猫头鹰室友自己随便写着玩的，甘卿看完，笑了一下，钻回被子里闭目养神去了。

孟老板说得没错，就算是一百一十号院，也跟以前不一样了。

除了拜别喻怀德老人那夜，来了不少人之外，这里就跟普通的居民小区没什么区别。每天出门碰见的，大多是一脸困顿的上班族和出门上补习班的小学生，还有闲极无聊的大爷大妈们在院里遛狗、锻炼身体、嚼舌根。

一见面就对她不很满意的张美珍女士，跟甘卿也一直相安无事——主要是她俩碰不上面。早晨甘卿去上班的时候，她老人家还没起，晚上甘卿已经睡醒一觉了，她老人家还没回来。同住东八区，她俩中间仿佛隔着一个太平洋的时差。甘卿在这儿住了小一个月，张美珍跟她说得最多的一句话就是"替我收快递"。

除了快递,老杨大爷的孙女偶尔也来送东西。

老杨大爷的孙女就是他们在电梯里碰见的那位女土豪,名叫杨逸凡,据说自己有公司,是个风风火火的老板。公司是干什么的,甘卿不了解,因为大爷大妈们的闲言碎语不讨论事业,他们聊的一般都是:"老杨家那个疯丫头啊,三十大几了,也没个对象,整天在外面瞎混,要多不着调有多不着调,看见她我就发愁!"

杨逸凡跟张老太很不对付,每次被她爷爷派来,都鼻子不是鼻子、眼不是眼的,赶上张老太在家,她就撂下东西翻个白眼;张老太不在家,她就拽着甘卿长篇大论一番,把张美珍女士从头挖苦到脚。

而送走了喻老之后,隔壁就锁了门,喻家那位青年才俊没再来过。

转眼,燕宁短暂的夏天匆匆滑过,两场雨下来,早晚就凉了,秋意露了端倪。

学生们愁眉苦脸地准备开学,社畜们也被即将结束的第三季度敲了一闷棍,在头顶KPI的杀机下瑟瑟发抖。

喻兰川为了给大爷爷办后事,请了一个礼拜的假,回来以后,整个人都被抽成了一只陀螺。屋漏还偏逢连夜雨,公司的风控总监——也就是喻兰川的顶头上司——倒下了。他在去茶水间拿糖的半路上突发脑梗,才四十岁出头,被救护车"呜哇呜哇"地拉走,好几天了,还没脱离生命危险。

兔死狐悲,物伤其类,加班狗们捂着"三高"的肚子,都好像看见了自己的下场,一时间愁云惨淡。部门内部的事更是一多半压在了喻兰川身上,压得他昏天暗地,于是他从每天早起练"七诀剑",改成了早晚各一次,下了真功夫——没办法,想活到退休,不努力锻炼身体不行。

在这种情况下,喻兰川忘了他弟的生日,实在也无法太苛责。

8月30日是刘仲齐十六岁生日，提前一星期，他就开始期盼。父母临走时嘱咐过，大哥生活压力大，不准跟他要这要那。刘仲齐也不想要什么礼物，就希望大哥早点回来，陪他吃碗面……煮方便面也行。他在客厅的日历上把这一天圈出来了，生怕喻兰川没看见，当天早晨还特意起了个大早，在饭桌上搭讪着问："哥，今天星期天，你还加班啊？"

喻兰川头也不抬地"嗯"了一声。

"那你能早点回来吗？晚饭回来吃吗？"

喻兰川右手拿筷子，左手回微信，双线并行，忙得不亦乐乎，根本没听清他说了什么，惯性地又"嗯"了一声，然后把这事忘在了九霄云外。

寒暑假过生日，总不像在学校里那么热闹，特别是临近开学，这会儿大家都在疯狂补作业，没心情关心别的。一整天，只有平时玩得好的几个同学给他发了信息，远在异国的父母给他发了电子贺卡，礼物要好几天以后才能寄到。刘仲齐自己出门买了蛋糕，等到了晚上八点，喻兰川还没有要回来的意思。他试着打了个电话，占线，发信息，对方没回。

九点再打，依然占线。

十点……这次终于通了，电话那头很嘈杂，喻兰川不知跟谁说："……据我了解不是这样，你这个市场价格哪儿来的？我希望大家都严谨一点，行吧？"

然后，他好像捂住了手机，把声音压得很低，飞快地说："你自己叫外卖吧，早点睡，哥哥这边现在太忙，有事回去说啊，乖。"

说完挂了电话。五秒后，手机又振，刘仲齐充满希望地打开微信，期待哪怕看见一句"生日快乐"，结果收到了一个红包。

留言是系统默认的"恭喜发财，大吉大利"。

刘仲齐一个人在餐桌边坐了好久，默默切了块蛋糕吃了，然后背起书包,拿了两件换洗衣服,决定离家出走。

这个点,甘卿已经要睡下了,正要关灯,手机振了一下,有个好友申请,备注写的是"星之梦顾客"。

甘卿觉得这些晚上不睡、早晨不起的顾客有点烦,但顾客毕竟是上帝,她犹豫了一下,还是通过了。"上帝"的头像是个英伦摇滚明星,名字是"是仲不是齐",很快发来消息:"你说前三次咨询免费。"

甘卿叹了口气,缩进被窝里,琢磨着怎么打发讨人嫌的客人。

"上帝"又说:"我在星之梦门口,你家店关门了吗?"

甘卿打了个哈欠,回复:"营业时间是早十点到晚八点哦,亲。"

"哦,"上帝"正在输入"了一会儿,胡搅蛮缠地问,"你能加班吗?"

甘卿:"……"

"上帝"说:"大人不是都加班吗?"

"我的工作是洞察星星的轨迹和宇宙微妙的气场呢,亲,"甘卿开始胡说八道,"宇宙每时每刻都在运转,时间是个很重要的参数哦,只有在合适的时间,才能体察到命运的秘密。谅解哦,亲。"

"上帝"让她亲得不吱声了。

甘卿松了口气,倒头就睡。

第二天上午,甘卿照常溜达到星之梦上班。伸了个长长的懒腰,她正要开锁,突然一顿,星之梦门口掉了一张她的名片,皱巴巴地团着,旁边洁白的小石阶上,有一道人五指抓出来的印——

第十章

　　星之梦店门前的小路年久失修，有一片地砖没了，露着底下的泥土地，最近雨水又多，有不注意的，一脚踩过去，就得沾上一鞋底的稀泥。石阶上有一个已经干涸的泥手印，那片泥地里还有个脚印——不是全脚掌，是脚后跟蹬的，踩得非常深。

　　无论是这个脚印的力度，还是泥土翻起来的角度，都不像路人没事用脚跟在地上蹬的，倒像是有人被拽倒在地，让人拖着走，挣扎的时候脚用力蹬地蹬出来的。甘卿的目光转向石阶上的泥手印——被拖走的人可能发现挣扎没什么用，所以下意识地伸手去抓旁边的东西，先扒了地，没扒住，又去抓石阶，这才留下了手印。

　　仔细看，石阶上的手指印上，好像还沾了一点血迹。

　　甘卿低头踅摸了一阵，在墙角找到了一颗扣子，上面还缠着线头，像是暴力拽下来的。

　　"孟叔，"甘卿回头冲隔壁正在准备食材的孟天意说，"昨天晚上您几点收的？"

　　"昨天啊，收得早，这两天降温嘛，客人都少了，"孟天意说，"不到十点吧。"

　　甘卿又问："昨天有人在这儿打架吗？"

　　"没啊，一天都挺太平的。怎么了？"

"哦，没什么。"甘卿绕过地面上的脚印和指印，怀疑是自己疑神疑鬼——也可能是哪个醉鬼在这儿摔了一跤，平地狗刨半天站不起来。

她开了门，伸手想把门口那个"休息中"的木牌翻过来，谁知才刚一碰，木牌就掉了下来，裂成了两瓣。

孟天意听见动静走过来，捡起裂开的木牌看了一眼，就皱起眉："手劈的——这是什么意思？踢馆，还是有人找你麻烦？"

甘卿莫名其妙："踢……小饰品店的馆？您觉得会是隔壁杂货铺干的吗？"

"去你的，没正形。"孟天意没笑，沉下脸，盯住她，"你最近跟人动手了？"

"怎么可能？大街上碰见劫道的，我要是身上没现金，都主动给人手机转账。张奶奶每天一见我就念佛。"甘卿无奈地一摊手，接过一分为二的木牌，发愁这东西怎么粘起来，"到底哪位英雄喝多了打王八拳啊？找我麻烦——您看我这样的，找我麻烦能有什么成就感？"

孟天意看了她一眼，觉得这倒也是。

俩人摸不着头脑地琢磨了一会儿，没什么头绪，只好各自支摊干活儿。就在这时，几个民警步履匆匆地走过来，逢人就举着张照片问话，后面还跟着喻兰川。

孟天意一抬头："哎，小喻爷，于警官？"

于严把帽子摘下来，抹去一脑门的汗，气喘吁吁地跑过来："孟老板，您在这儿，太好了。"

"又出什么事了？"

"别提，还是上次那倒霉孩子。"于严说着，掏出刘仲齐的照片，"就这小子，昨天跟家里闹脾气，离家出走了，手机定位是在这附近，您见过他吗？"

孟天意凑过去，仔细看了一眼，摇摇头："没有，眼生，等我给你问问——杆儿！"

甘卿正在往眼睛里塞隐形眼镜，不小心掉了根睫毛在里头，异物感一下子把眼泪刺激出来了，听见孟老板喊她，忙泪眼蒙眬地探出头："嗯？"

她还没来得及化那个非主流的妆，嘴唇颜色极淡，脸极白，一点血色都凝在眼周，在素白的底色上非常显眼，让人想起雪地里意外绽开的花。不知道为什么，喻兰川的目光和她碰了一下，下意识地移开了视线。

"麻烦您看一眼这孩子，"于严连忙把照片递过去，"有印象吗？"

甘卿看了好半天："这不是那个……"

于严："对、对，就是上次在这儿被人碰瓷的那个，您还帮忙报警来着，叫刘仲齐。在附近见过他吗？"

甘卿摇头。

于严重重地叹了口气。就在他转身要找下一个人问的时候，甘卿忽然迟疑着叫住他："您刚才说他叫什么？"

"刘仲齐，伯仲叔季的'仲'，齐是……"

甘卿掏出手机，翻出她新加的那个"是仲不是齐"："是这俩字吗？"

泥塘后巷没有监控，只能通过微信聊天记录判断，刘仲齐小朋友在头天晚上十点半左右，来过这里，店门口有几个不祥的痕迹和一颗扣子——喻兰川这个不知道有什么用的哥，看了五分钟，也不能确定这颗扣子是不是他弟弟的。

如果说，就这些还无法断定小孩不是自愿走的，那一个小时以后，他们在垃圾桶里找到的手机，就很能说明问题了。

刘仲齐的手机被人暴力砸在地上，屏幕裂成了渣，机身已经摔散了。

警报升级，青少年赌气离家出走事件，变成了绑架案。

于是大家店也不用开了，菜也不用做了，星之梦门口那一块地方被圈了起来，一大帮警方的人忙进忙出。

甘卿把聊天记录交给了警察，还被问了话，问完，这里也没她什么事了，于是她跟孟老板告了别，准备回家，走到小路口，却看见喻兰川正在打电话。

喻兰川留给她的第一印象，就是那天那个敞胸露怀的德行，眼皮一耷拉，跩得二五八万一样，好像身后跟着一排照相机，等着抓拍他搔首弄姿的硬照。

是个光鲜的少爷。

但"少爷"这会儿对着电话，又客气又有涵养，和周围的忙乱形成鲜明对比。甘卿听见他说："……实在不好意思，我现在家里真的是有点事，走不开……"

他话没说完，就被电话那边的人打断。甘卿隔着几步远，看见喻兰川暴躁地把眼镜摘下来，扔在警车车顶上，反复揉捏着鼻梁，表情就像想砍人，说话却依然是礼貌而且心平气和的，好像嘴脱离身体，出来单干了："我明白……是，理解，您看这样好不好，等我回公司，保证第一时间……"

电话那头就"嘤嘤嘤"地开始吠，没完没了的。

喻兰川就沉默下来，面无表情地抬起头，眯着眼看了看灼眼的晴天。

及至一字不漏地把对方的话听完，他才深吸了一口气："……那好吧，我联系我部门的人处理，您稍等。"

接着，他就开始打电话，遥控部门，指挥下属们干活儿，让这个修改材料，让那个替他去开会。甘卿看见他靠在警车上，半闭着眼，条分缕析地跟同事叮嘱会议要点，手指一直在揉捏着眼镜腿。长篇大论地说完，喻兰川口干舌燥，又回忆了一下，确认自己没有遗漏，这才对同事说:"行,就这事,辛苦了,你去吧。"

同事礼节性地问:"喻总,家里怎么了?没事吧?"

喻兰川:"我……"

我弟弟失踪了,疑似被人绑架。

"啪"一声脆响,喻兰川没控制住手劲,掰断了眼镜腿。

"……事不大,"于是,他又把那句话咽了回去,"处理完我就回公司,随时保持联系。"

没什么好说的,别说是丢了个中二弟弟,就是亲妈死了,又能怎么样呢?

同事也就不痛不痒地说句"节哀",嘴甜的,最多再客气一句"有事您说话",心里一准就得犯嘀咕——他家怎么越忙越有事?上司死了妈,我们是不是还得表示一下?唉,红白事总在月底,不穷不来事。

整个世界都在高速旋转,每个人都得疲于奔命。别人的天灾人祸、生老病死,那都是添乱的不速之客。

喻兰川放下电话,发现了几步之外的甘卿,就冲她一点头:"麻烦了。"

甘卿不知怎么的,一时冲动,脱口说:"你可以找杨大爷帮忙。"

喻兰川惊讶地看着她。

经她一提醒,喻兰川才想起来。据说在很多年前,棍不离手的杨大爷曾是丐帮帮主,后来社会变了,不兴那些帮帮派派了,大家伙儿也都该找工作的找工作、该退隐的退隐了。现在丐帮里的老人们,一般只在衣服上留几个补丁,算是保持传统,平时都过普通日子,偶尔开展"文明行乞,抵制早晚高峰地铁要饭"的宣传教育活动,或是在乞丐们划分地盘起冲突时过问调停一下。

但有这张无孔不入的关系网,他们的消息都是很灵通的。

问题是,她是怎么知道的?

甘卿话一出口,就后悔得差点咬了自己的舌头,飞快地笑了一下,脚下抹油,溜了。钻进泥塘的小杂巷里,甘卿的脚步忽然一顿,想起了那天在这一片跟踪她的光头——不怪她没有第一时间想起来,实在是这事已经过去快一个月了,当时正忙着讨生活,满脑子房租,这些鸡毛蒜皮没放在心上。

甘卿从包里翻出摔成两瓣的木牌,心想:不会真是冲我来的吧?

被她念叨的光头正抱着宿醉的大脑袋,蹲在墙角,像一朵泡发了的大蘑菇。

他的同伙刀疤脸在旁边驴拉磨似的乱转,转一圈叹一口气。这时,瘸子深一脚、浅一脚地跑了进来,气还没喘匀,先看见了墙脚被捆成一团的刘仲齐,差点把另一只脚也崴了。

瘸子七窍生烟,大步颠到光头面前,抬起巴掌,劈头盖脸一顿抢:"你是不是疯了?!昨天是不是喝假酒去了?!是不是把脑浆也一泡尿滋出去了?!"

光头抱头鼠窜:"二师兄,哎,师兄别打,我错了……"

"师娘那么大岁数了,整天在医院伺候大师兄,累得腰都直不起来,你他妈没用就算了,还出去喝酒闹事,我打死你个闯祸精!"

他们一行人被清理出出租屋之后,就来到了一个城中村落脚。

这个城中村早就说要拆迁,有几个钉子户坐地起价,补偿一直没谈拢,还不死不活地放着。其他拿了补偿的住户已经搬得差不多了,见这地方一时半会儿也拆不了,就偷偷收钱,把破平房租给外地人。

光头有酒瘾,那回去堵甘卿就是喝了酒,前一阵子被师哥和师娘看着,还算收敛,昨天晚上,那两位都不在,他一时心里痒,没管住自己,出门喝了个酩酊大醉,越想越觉得上次在泥塘后巷窝囊。酒壮怂人胆,光头把老太太嘱咐他的话丢到了十万八千里,醉醺醺地上门踢馆,结果扑了个空——人家店里早关门了。

光头憋屈得"嗷"一嗓子劈了店门口挂的歇业木牌，正打算砸玻璃的时候，就听见旁边有人说："你要干什么？我报警了！"

一身正气的刘仲齐同学显然没有吸取上次的教训，没学会"闲事不管，小心做人"，于是他这会儿成了一颗愤怒的"粽子"，被人五花大绑、堵着嘴扔在墙脚，试图用眼神"突突"死这些大垃圾。

第十一章

刀疤脸最小,别人都是他师兄,所以拉也拉不住,拦也不敢拦,只好束手在旁边站着,独自承受英雄少年刘仲齐喷火的视线。

"别打了!"刀疤脸崩溃地指着刘仲齐问,"这个到底怎么办?"

瘸腿二师兄这才想起旁边还有这么一笔孽债,愁得要命,也没心情殴打师弟了:"先把人解开!"

"不行,解开他瞎昂昂(嚷嚷)。"光头——因为不敢还手,被师兄一肘子抡肿了脸,说话也大了舌头——他蹲在地上,委屈地露出一双小三角眼,见二师兄抬胳膊,连忙又缩脖抱头,蜷成一坨。

二师兄不信邪,沉着脸走过去,把刘仲齐嘴里的袜子团揪了出来。

刘仲齐嘴还没闭上,就顺势深吸一口气,预备咆哮。二师兄被英雄少年张开的大嘴吓了一哆嗦,本能地又把袜子团塞了回去。刘仲齐的咆哮被堵了回去,只好绕行鼻腔,老黄牛似的"哞"了一声,震得自己太阳穴生疼。

光头哭丧着脸说:"要是被人花(发)现,左(咱)们连则(这)种地方也不能住了吧?"

二师兄:"还不都是因为你?!"

这些违法乱纪的犯罪分子,死到临头,居然还在担心租房的事!刘仲齐听了这兄弟俩担心的重点,气得要炸,于是肚子里结结实实地打了个闷雷——从昨天中午到现在,快二十四个小时了,他只吃了一小块蛋糕。

紧接着,可能是为了配合他,光头的肚子也起哄似的响了一声。

刀疤脸看看这个,又看看那个,细声细气地说:"师兄,快中午了,早饭还没吃呢。"

二师兄没了脾气,一言不发地出了门,买回了几斤包子。然后这三个大流氓围着刘仲齐和包子团团坐下,二师兄跟他谈判:"我们也可以给你吃,但是你不许叫。"

英雄少年被堵着嘴,用一个巨硕的白眼说话:"你做梦!"

刀疤脸就捏了个小包子,放在他鼻子底下。

雪白的发面小包子还冒着热气,有一块面皮被馅里的油浸成了半透明,能隐约看见里面的馅,浓烈的香气流露出来——猪肉大葱馅的。

少年:"……"

由于敌我力量悬殊,刘仲齐不支败北,在小笼包的精神打击下缴械投降。

二师兄很有技巧地给他身上的绳子换了一种绑法,这样一来,他两只手虽然还是绑在一起,但能自己捧着包子吃饭了。半大少年本来就容易饿,刘仲齐一下嘴就发现有点停不下来,埋头啃了十来个没歇气,噎得喘不上气来。

二师兄:"喝水吗?"

刘仲齐又愤怒又羞耻,蚊子似的"嗡"了一声:"……喝。"

二师兄打量了他片刻,有点疑惑地问:"我是不是在哪儿见过你?"

"我的学、生、证,还在你们手里!"刘仲齐出离愤怒了——这帮臭不要脸的流氓,暑假都还没开学,他们居然已经把受害者忘在九霄云外了!

三个大流氓面面相觑片刻,竟然好像都有点过意不去,好像他们也知道薅毛不能可着一只羊似的。

刀疤脸干咳一声:"我师兄……昨天喝多了,也不是故意的,你看,他都被打成这样了。"

光头不肯在小崽子面前展示自己的熊样,听见这话,就背过头,伸出蒲扇似的大手遮住了脸。

"都是误会,"刀疤脸赔着笑说,"我们还请你吃了一顿饭呢。"

他们哥儿仨的文化水平加在一起,大概也就能凑个初中肄业,基本是法盲,但大概的常识还是知道的。比如一般小偷小摸、坑蒙拐骗之类,只要自己小心一点,警察也没那么大精力到处通缉他们,偶尔运气不好被抓住了,也顶多蹲几天看守所。可是绑票就不一样了,这要是在过去,得是土匪才敢干的事,土匪遇上官兵,一般都是什么下场?

"我们可以立刻给你松绑,送你走。"二师兄对刘仲齐说,"反正你也是离家出走的,对吧?"

刘仲齐差点脱口问一句"你怎么知道",好在刚吞下去的十几个包子提供了足够的能量,他死机了一宿的大脑又重启了。

"一看就知道,你们这些没吃过苦的小兔崽子,不愁吃,不愁喝,闲得没事耍脾气。"二师兄摆摆手,"放了你,就赶紧回家去吧。好好念书,生在好人家,还不知道珍惜,啧。"

刘仲齐万万没想到,自己有一天居然会被几个绑匪教训——他亲哥都没教训过他,顿时起了逆反心:"你知道什么?"

二师兄一笑,不和他争辩,随后脸色忽地一冷:"但是放你回去,你得管住自己的嘴,要是敢瞎说,哼!"

这瘸腿二师兄方脸大眼厚嘴唇,是一副憨厚木讷的长相,但一冷笑起来,不知怎么回事,脸上横肉四起,顿时变得狰狞了:"警察没那么容易抓住我们,但是我们要找你可不难,有千日做贼的,没有千日防贼的,你想好了。"

刘仲齐吃饱了,一腔热血都奔着肠胃去了,没在头上逗留,听完确实是有点被恐吓住了,而且他也不能在绑匪有意释放他的时候激怒对方，于是抿了抿嘴，没吭声。

二师兄冲刀疤脸使了个眼色："给他解开。"

刘仲齐被捆了好久，手脚发麻，一下子没能站起来。二师兄就过来，抓住了他的腿。刘仲齐吓了一跳，慌忙想往回缩，可是那瘸腿男人的手像铁钳一样，说什么也挣不开。瘸腿二师兄没吭声，伸出三根手指，在他腿上飞快地按了几下，少年那发麻的腿上顿时好像被一排针扎进了肉里。他差点咬了舌头，活鱼似的跳了起来。

二师兄翻了他一眼："忍着。"

话音没落，又对他另一条腿施以同样的"酷刑"。刘仲齐汗都下来了，张着嘴叫不出声，然而剧痛很快消退。随后，二师兄在他脚踝上轻轻踢了一脚："行了，起来吧，活动活动。"

刘仲齐擦了擦疼出来的眼泪，试着动了一下腿，发现方才那种虚软麻木的感觉奇迹般地消失了，整个人轻了起来。他迟疑了一下，在原地走了两圈，行动已经非常灵活，几乎不受影响了。

刘仲齐震惊地看向那瘸子。

二师兄说："学生娃太娇气，吃不了疼，胳膊我就不给你捏了，晚上回去自己扶着墙拉拉筋，省得明天酸。"

刘仲齐揉着自己的手腕："你是……那种练气功的人吗？"

瘸子二师兄笑了一下："那都是骗人的。"

"那你也会功夫吧？我看见你们翻墙了。"不能免俗地，中二少年心里起了些幻想，刘仲齐问，"就……轻功什么的？"

"雕虫小技，练一两年你也能翻。"

刘仲齐是他们学校广播站的，经常写广播稿，写多了根正苗红的稿，一张嘴就是"讲文明、树新风"的调调，对绑匪说："那你可以去开武馆啊，或者去表演、去当私人教练……实在不行，按摩师也可以。要是真厉害，还可以去打职业赛，你们为什么非得……"

他话没说完，听见"职业赛"三个字，光头不知受了什么刺激，大叫一声站了起来，瞪起铜铃似的眼睛。刘仲齐被他吓了一跳，往后退了好几步。

瘸子二师兄一抬手拦住光头，颇为"慈祥"地对刘仲齐说："你知道个屁！快滚吧。"

放走了乌龙绑架案的受害者，光头仍在愤愤不平，被二师兄按在了椅子上。这会儿肉包子已经有点凉了，瘸子用手捏了一个，托在手里慢慢吃，边吃边说："老三，别惹事了，咱们该走了。"

光头和刀疤脸同时一愣，一起看向二师兄。

"师娘昨天晚上跟我说的，"二师兄没抬头，"苦了你们哥儿俩了。师父没了，大师兄病着，我没教好你俩，照顾也不周，实在……"

刀疤脸呆呆地问："那大师兄怎么办？"

"回家。"

"病呢……不看了吗？"

"手术费起码五十万，得自己先垫，回去才能报销，我跟人打听了，报也不会给你全报，差得远呢。"二师兄叹了口气，"再说，那大夫说，手术也有风险，不做没准还能多活几年，做了，如果失败了，人就过去了。师娘说，那既然这样，咱们就回家吧，卫生所不是有个老大夫开中药吗？慢慢治，剩下看命。"

刀疤脸："不是……咱们好不容易来了，就这么回去？师父和师娘就大师兄这么一个儿子……"

"那你说怎么办？把咱仨穿一块儿卖了，值五十万吗？有人买吗？"二师兄顿了顿，低头看着自己的跛脚，"昨天师娘跟我说，咱们不该来，燕宁容不下咱们这样的人啊。"

光头发泄似的大叫一声，跑了出去。刀疤脸追了几步，又手足无措地回头去看他的二师兄。

二师兄没吭声，一手拿着包子，一手揉捏着自己的跛脚，像是出了神。

光头一路跑了出去，在破败的城中村里徘徊了几圈，不知道去哪儿，也不知道做什么能发泄，有心想找个地方再灌一个酩酊大醉，一摸兜，发现就剩俩钢镚了。

对了，他昨天晚上把钱都花完了。

师娘他们在快餐店里只舍得点一包薯条，怕吃完了被别人赶，谁都不肯动。他居然因为管不住自己，出门喝光了身上所有的钱。光头茫然四顾，正午的阳光细细地蒸着地上的积水，私搭乱接的电线蛛网似的在他头顶打着结，一根歪歪斜斜的电线杆上贴满了各种"无痛人流"和"办证贷款"的小广告。几家钉子户里还有人，聚在村口小卖部里打麻将，地面积了一层瓜子皮，旁边摆着个旧式的小收音机，电台正在播相声。

人们肮脏而惬意。

光头站在旁边听了一会儿，都是老段子，笑不出来，于是丧家之犬似的准备离开。这时，年久失修的收音机突然跳了台，杂音里传来新闻主播四平八稳的声音："下面临时插播一条本地新闻，据悉，昨晚有一少年在小水塘区被绑架，受害者，男，十六岁，身高一米七七，失踪时穿蓝色运动鞋、牛仔衬衫，衬衫掉了一枚纽扣……"

光头一激灵，转身就跑。

"师兄，师兄！"他惊慌失措地跑回他们租的小院，还没来得及跟二师兄说上话，瘸腿二师兄的电话就响了。

二师兄的眼皮无端一跳，朝光头摆摆手，接起电话："师娘……哎……什么？！"

教育他们不要坐井观天的老太太在电话那头哭了起来。光头喘着粗气，不知所措地站在门口，听着电话里漏出的声音在狭窄阴暗的小平房里回荡。

"我这就过去。"二师兄飞快地说，然后他撂下电话，一边往外冲，一边对两个师弟说，"师兄刚才突然全身衰竭，送抢救室了，快走！"

刀疤脸和光头还没回过神来，木呆呆地跟着他往外跑。光头被打肿的脸火辣辣地疼，他忽然意识到，师娘说带师兄回家，不是"看命"。

是等死。

他胸口如有雷鸣电闪，劈得地裂山崩、寸草不生，却无从发泄。

忽然，光头余光扫见了一个狼狈的身影——城中村面积挺大，地形错综复杂，刘仲齐手机没在身上，没个导航，也找不着人问路，在里面迷了半天路，到现在还没走出去。

光头蓦地停住脚步，眼睛红了。

"五十万就能救命，这些有钱人家里，谁还没有五十万？"他想，"反正警察已经在抓我们了。"

甘卿让过了两辆特快公交，终于等来了一辆普通的车，然后打开导航，搜到了那个待拆迁的城中村。

不算很远，五站。

她不用丐帮，不过她有自己的门路。打听刘仲齐不容易，打听光头却不难。光头长得人高马大、凶神恶煞，这种人进了鱼龙混杂的泥塘后巷，一定会被人注意到。她问了几个经常在泥塘喝酒的人，得知这光头也是个酒鬼，酒品还烂，喝多了就找事。

有老江湖不动声色地套过他的来历，光头嘴很紧，但透露过他们在燕宁落脚的地方，似乎就是这个城中村附近。

不管是不是，她决定去碰碰运气。

第十二章

刘仲齐心里知道,这几个当街碰瓷小孩的不是什么好货,可是人的思维是有惯性的,就如同股民看见今天股票涨了,总觉得明天还会继续涨一样,从小没受过欺负的少年看见恶棍的人品略有起色,也总觉得对方也许还能有个人样,所以他看见光头的时候,没想跑,也没什么防备,毕竟这伙人刚刚放了他,还请他吃了一顿早午饭。

光头动手太快了,如同猛鹰从天上猛冲下来,叼走一只野兔幼崽一样让人猝不及防。刘仲齐根本没反应过来,喉咙就被一只大手扼住,随后他双脚悬空,被光头卡着脖子拎了起来,因为喘不上气来,耳畔充斥着心脏的狂跳,眼前一阵一阵发黑。

"老三!"

"师兄,你干什么呢?"

别说刘仲齐,就连瘸腿二师兄和刀疤脸都惊了,目瞪口呆地看着光头。光头脸上泛起隔夜的油光,眼睛里血丝如蛛网,额头暴起青筋,像传说中不小心踩进恶鬼之境,被群魔附体的傀儡。

"五十万,"他低而含糊地说,"叫这小子家里拿五十万来。"

二师兄暴喝一声:"你掐死他了!"

光头咆哮起来:"不然我就掐死他!"

刘仲齐开始缺氧,双手徒劳地扒着光头的胳膊。刚满十六岁的少年，骨架已经蹿起来了，其他的硬件似乎还没跟上，落在光头手里，像根软绵绵的面条。

刀疤脸脱口说："可、可是你也不能在拿钱之前掐死他啊！"

二师兄："闭嘴！添乱！滚蛋！"

但刀疤脸这句有点"就事论事"的话，光头反而听进去了，果然略微松了松手。一口急促的空气卷进了刘仲齐的肺，呛得他直想吐。

"老三……志勇，"瘸腿二师兄往前挪了一步，他嘴角两条法令纹垂下来，看起来又苍老又疲惫，"别犯浑了，都什么时候了，算我求求你了，你让师兄省点心吧！"

光头的手在哆嗦，嘴唇在哆嗦，全身似乎都在哆嗦。

"快放开他吧！"

"我不。师兄，你们都别管，今天这事跟你们没关系，出事了，我自己去坐牢。"光头摇着头，忽然，他那又疯狂又冷静的话里带了哭腔，"反正师兄弟四个，我最没出息，我最讨人嫌，从小师娘就最不喜欢我，师父也嫌我脑子笨，我进去不亏！我给大师兄一命换一命！"

"你说的是人话吗？"瘸腿二师兄气得面红耳赤，"你是不是非要气死我才甘心？！"

刀疤脸意意思思地探出头："就……就这事吧，你把那小孩掐死，他家也不见得给钱，给钱……那大师兄也不见得治得好……你说一命换一命，这、这买卖不一定成啊……"

瘸子一抬手，推了他一个趔趄。刀疤脸缩脖端肩，不敢吱声了。

就在这时，身后突然传来一个声音："我觉得这话有道理啊。"

在场三个绑匪与一个人质集体一震。

与此同时，丐帮发了密令，一张深深埋在城市地基里的大网被拽了出来，捕捉着四面八方的风吹草动。

杨大爷的水开了，他让喻兰川稍坐，伸出一双布满老年斑的手，慢吞吞地泡起了工夫茶，烫杯、干壶、倒茶，行云流水："来。"

喻兰川心不在焉地接过杯子，刚要开口，老杨大爷一抬手打断他："别急，等。"

茶水蒸腾起来，老杨大爷就在水雾里轻轻地说："我年轻的时候，喝酒不喝茶，还看不起喝茶的，老来，被小辈逼着戒了酒，慢慢才知道自己错了，喝酒是修行，喝茶也是修行，行走坐卧是修行，喜怒哀乐也是修行，你得把心沉下去。杨爷爷今天帮你，明天指不定就蹬腿西去了，武林大事小情，就得交到你们年轻人手里了。小川啊，你得学会修自己的心。"

喻兰川就着茶品了一下，并没有接受这番仙气缥缈的长者之言："杨爷爷，我认为您归因不准确，所以您的建议不具备可行性。"

老杨大爷一下子从寒山古刹，被他拉到了写字楼会议室，一时有些找不着北。

喻兰川："我弟弟失踪，大概率被人绑架，大概率会受到人身伤害，由此可能产生的伤、残或者死，任何一个恶劣结果我都不能接受，也没法跟我爸妈交代，所以我现在非常焦虑。您之所以遇事淡定，是因为您在贵帮里有权力感和控制力，而控制力往往是对抗焦虑的有效武器。所以当您回首往事，发现自己变得风轻云淡，其实很可能不是因为您修了所谓的'心'，而是您随着年龄的增长和能力的提升，获得了更多的控制力。"

老杨大爷："……"

玄学课变成了社科理论课。

喻兰川："不好意思，我现在说这么多废话，其实也是在对抗焦虑。"

就在这时，老杨大爷的老人机响了。喻兰川倏地坐直了，一直在外面抽烟的于严也冲了进来。

老杨大爷给了他俩一个少安毋躁的眼神，接起来。片刻后，他挂断电话,报了几个地名:"这几个地方的兄弟报说,看见过可疑的人,但不确定是不是咱们要找的,得你们警察确认。"

于严一跃而起:"明白,我们分别去调附近的监控!"

"燕宁这种地方是有很多监控的,真的,不骗您,也就泥塘后巷那种小旮旯没有,能让你们侥幸逃脱。昨天晚上,这位扛着这么大个人,大摇大摆地从泥塘回到这儿,不知道被多少镜头拍到过,只要警察缩小调查范围,他们有的是技术能找到你。"甘卿停下脚步,在距离流氓三人组不到两米的地方站定了,从包里摸出被光头砸断的木牌,很有礼貌地询问光头,"另外我请问一下,这是您给我留下的吧?"

刚才还恨不能手撕了光头的瘸腿二师兄见到外人,却上前一步,挡在光头面前:"是哪一路的高人?"

"哪一路也不是。"甘卿无奈地摊开手,露出细伶伶的一截手腕,右手还在轻轻地颤抖,"那天这位光头大哥一直跟着我,我有点害怕,所以装神弄鬼来着,没什么高招,就是那一片我熟您不熟,有几个看着像死胡同的地方,其实里面有小缝能钻过去,人瘦就行,快跑两步的事。哦,对,我还拿小孩玩的塑料枪打了您一下,能打中,我也没想到,可能是您那天喝酒了吧。"

光头:"……"

"大概就是这么回事,您要是没地方撒火消气,觉得打女人也心安理得,那您打我一顿也行,反正我来都来了,也还不了手。只要打不死,以后没人找你们麻烦。"甘卿低声下气地说,"把那孩子放了吧,等警察来了,这事性质就变了。"

刘仲齐听完,又不知道从哪儿攒了一把英雄胆,剧烈地挣扎起来:"你快……呃……快跑!"

甘卿叹了口气——这孩子记吃不记打,应该是没打疼的缘故,还好,看来也没受什么罪。

"撒你妈的火!"光头带着哭腔,跑着调说,"让这小子家里拿五十万来,少废话!"

"我不知道您要五十万干什么,"甘卿又朝他们走了几步,很平静地和光头对视,"但是现在警察已经立案了,您看过电视也知道,警察肯定不会让你们一手交人,一手交钱的。那到时候您打算怎么办呢?您其实也不知道,对吧?"

刀疤脸下意识地推了她一把:"别过来!"

甘卿就像个轻飘飘的风筝,被刀疤脸这一巴掌推得连退了好几步。城中村的地不平,她脚下一绊就摔了,肩头的破布包也滚在地上,滚了一层浮土。

她手忙脚乱地伸胳膊撑住自己,手掌立刻搓破了皮。甘卿"嘶"了一声,狼狈地苦笑起来:"大哥,您还真跟我动手啊。"

瘸腿二师兄略微提起肩,若有所思地站直了——怎么摔跟头,是小时候师父教的第一课,基本功,练过的人,往后摔的时候,绝对不会伸胳膊撑地,因为这样很容易受伤。

可能是怕再摔一下,甘卿干脆坐在地上没起来,拍了拍手上的尘土。她笑了一下:"我总觉得,真想要钱的人,做事会更有计划一点,您不是想要钱,就是在撒火——您怨要钱的人,怨花钱的人,怨自己本事不够大,赚不来钱……借酒浇了愁,酒一醒,又怨自己管不住嘴,您仔细想想,是不是这个……"

"闭嘴!"光头满口污言秽语地喷了起来。

甘卿神色不变,好像入耳的只是一段狗叫。就在这时,瘸腿二师兄突然出手,却不是对付甘卿,而是一掌侧切,砸上了光头的手肘。这一下正中麻筋,光头勒着刘仲齐脖子的胳膊倏地脱力,瘸腿二师兄一把将刘仲齐拽了出来。几乎同时,光头反应过来了,大吼一声,不依不饶地扣住了刘仲齐的肩膀,师兄弟两个一人拽着倒霉的人质一边,像是要表演手撕肉票。

瘸腿二师兄："松、手！"

光头梗着脖子喘粗气。

甘卿的嘴角轻轻地一翘，对这种内讧情节非常喜闻乐见。她感觉火候差不多了，就拿出了在店里忽悠冤大头的神棍腔，幽幽地在旁边插了一句："大哥，您借酒浇愁，酒醒后悔，借人撒火，事后更得后悔，这两件事本质上没什么区别。您既然这么痛恨自己的酒瘾，为什么还老干这种事？一个坑到底能绊你多少次啊？"

光头倏地一颤。

甘卿又说："警察来之前，一切都来得及。你现在放了他，不算绑架勒索。有时候一步走错，这辈子等着你的就都是荆棘小路，你看着别人的康庄大道，再也转不过来了，值吗？"

光头不知道听进去多少，瘸腿二师兄却微微一愣，仿佛出了神。

刀疤脸急得要哭："三师兄，你快放了他吧！"

二师兄回过神来，目光微闪，放轻了声音："钱的事，大师兄的病，咱们哥儿仨一起再想办法，听话。"

秃头两颊绷得死紧，片刻后，快要掐进刘仲齐肉里的手指终于渐渐地卸了力。

在场所有人都松了口气。

瘸腿二师兄把快要吓哭的少年往自己身边拉："志勇，你啊……"

然而就在这时，异变陡生，锁定了绑匪位置的警察们偏偏在这一刻赶到了。

早几分钟，他们会见到穷凶极恶的犯罪分子，抓他或是打死他，都理所应当；晚几分钟，瘸腿二师兄会把刘仲齐还给甘卿，这事或许能大事化小，小事化了。

然而……可能是命运也欺软怕硬吧，老天爷专挑倒霉的蛋玩。

甘卿愣了一下，不喜反惊，心想：坏了！

瘸腿二师兄和光头在惊骇之下，下意识地做了同一件事——他俩同时下了死力气,把刘仲齐往自己这边拉。瘸腿二师兄一把抓向少年的脖子,光头则因为高,张手一搂,正好卡在刘仲齐口鼻间。

瘸子想的是:老三还年轻,这罪名我这残废替他担。

光头想的是:我不能连累师兄。

他们常年游走在社会边缘,一见穿制服的人,下意识就觉得自己有罪,一时间,脑子里除了"负隅顽抗"与"认罪投降",好像就没有第三条路。只有活得游刃有余的人,思路才开阔,那些走投无路的,都不知道变通。

可这二位手里抢的是个大活人,这一左一右要是拽实在了,刘仲齐的小细脖非得当场折断不可!

就在刘仲齐快要伸舌头时,一道幽灵似的影子倏地掠过,枯瘦的手凭空插了进来——

第十三章

传统上,过招之前得先亮明兵刃,不管兵刃是"明刀"还是"暗箭",亮明了,几丈的长刀和半寸的绣花针都可以使。但如果大家默认了用拳脚,你打到一半,突然袖里藏刀,冷不丁地扎别人一下,那这就是卑鄙无耻、不讲规矩了,属于地痞混混一流。

甘卿走的就是"地痞混混"路线。

谁也没看清她是怎么从地上蹿起来的,众人眼前一花,她已经到了光头和瘸子之间,手肘撞向瘸腿二师兄的手腕,与此同时,她指间寒光一闪,像是捏着把小刀之类的东西,带着厉风,削向光头的小指。

动作极其刁钻、极快。

手腕处有脉门,光头更是不可能徒手抓凶器,两人同时一凛,各自退避。甘卿的手肘虚虚地磕在了瘸子的手指尖上,"指间刀"也落了空。这时,两人才发现不对劲,原来她只是动作唬人,手肘却软绵绵的,根本没什么力气。随着她手指间"哗啦"一响,那俩人也看清了,她捏的根本不是什么"指虎""指间刀",而是一串钥匙!

甘卿跟变魔术似的,手里的钥匙一闪就不见了,她又不知从哪儿弄出了一个小喷雾,没等绑匪反应过来,就是劈头盖脸地一通狂喷。瘸子和光头正在应激状态,拳架已经拉开,眼睛特意瞪得比平时大,被辣椒水彻彻底底地"滋润"了一遍。

那一瞬间，两位绑匪爆出来的惨叫好像要震碎苍穹。

甘卿敏捷地压着刘仲齐的脖子一弯腰，从光头胡乱挥过来的胳膊底下钻了过去……姿势有点像传说中的"就地十八滚"，非常没有高人风范。

随后，赶来的警察们趁机一拥而上，把绑匪团伙控制住了。

刘仲齐还没从刚才那可怕的生死一霎里回过神来，呆呆的，甘卿就伸手在他面前晃了晃："哎，没事吧？"

她手里的辣椒水喷雾没来得及收起来，余威尚在，刘仲齐："阿——阿嚏！"

他涕泪齐下地连打了五六个大喷嚏，差点把两只眼珠一并喷出去，尊严全无，于是干脆破罐子破摔，抽噎两声，在众目睽睽之下，咧嘴大哭了起来。

没人给他过生日，明天就要开学，一天被绑架了两次，还差点被个光头狗熊勒死……桩桩件件，哪个破事拎出来，不值一场大哭呢？

可是值得哭的理由太多，能哭的机会太少，总是不够分。幸好，今天这些事都攒在一起发生了。

喻兰川大步朝他走过来，本来在"揍这小子一顿"和"哥哥错了么哒"之间举棋不定，一张脸时阴时阳，结果被刘仲齐这一嗓子吓了个趔趄，隔着一米远没敢靠近，跟旁边的甘卿面面相觑。

他心里一动，有很多话想问甘卿——你怎么知道老杨大爷是丐帮的？为什么能在丐帮和警察之前就找到这伙人？你早知道是他们干的？为什么一个竹竿似的女孩子敢单枪匹马地来找一伙绑匪？你到底是什么人？

可是旁边有个张着大嘴哭成蛤蟆的傻弟弟，实在也不是问话的时机，喻兰川只好先冲甘卿点了个头，跟她一起不知所措地看着刘仲齐。

警车把这一干人等都卷了回去，围观群众也都各自回了麻将桌，这个开头很惊悚，结尾有点滑稽的闹剧就此尘埃落定。

于严来到喻兰川家的时候，天已经快黑了。

于严："你弟呢？"

"睡了。"喻兰川给他倒了一杯可乐，指了指紧闭的卧室门，"昨天一晚上没合眼。"

"这倒霉孩子，算了，我跟你说说大致情况吧。"于严坐下来，把光头跟踪甘卿、被甘卿整，到发泄怒火绑走刘仲齐的整件事情始末，从头到尾讲了一遍，"其实一开始是乌龙，后来发展成见财起意，想跟你要五十万……唉，我觉得这几位今年可能是犯太岁，看他们挑的人，你长得像有五十万的人吗？"

连五万也拿不出来的喻总心里很凄凉。

于严："不过这回你得谢谢那个饰品店的姑娘，当时要不是她机灵，随身带了自制的防狼喷雾，你弟弟现在早就在医院里躺着了。"

防狼喷雾要是真那么好使，哪还有那么多恃强凌弱的暴力犯罪事件？

喻兰川朝于严翻了个白眼，心想：你自己喷一个试试。

半瓶辣椒水解决两大高手，眼力一定得非常准，动作一定得非常快，绝对不是"碰运气"能碰出来的。甘卿……那个甘卿一定有秘密，只不过既然她自己不想透露，又刚刚出手帮了他，喻兰川也不方便在别人面前多嘴，于是岔开话题，问："他们要钱干什么？"

"说是给他们师父的儿子看病。"于严叹了口气，"这哥儿仨都是他们师父养大的，师父前些年出车祸没了，留下一对孤儿寡母……他们的称呼还怪江湖的，叫'大师兄'和'师娘'。原来在老家开拳馆，不过他们那种小地方，也没几个学生，这几个人业余时间就瞎混，收点孝敬、保护费什么的，本来过得也还算滋润，后来大师兄生了重病，当地治不了，只好凑了二十来万到燕宁来。听着是挺不少，可是钱嘛，到医院里就是纸了。"

喻兰川冷冷地皱起眉："没钱还不找个正经工作，继续在燕宁收保护费？"

"也可以这么说吧，"于严抓了抓头发，"郑林——就那瘸子，年轻时候为了钱，去打过那种噱头很足的格斗比赛，唉，其实就是黑拳。别人骗他说这样能快速提高知名度，能帮他抬身价，将来进个好俱乐部打职业赛。郑林没什么文化，听人吹得天花乱坠，他就信了。"

喻兰川跷起二郎腿，不耐烦地"啧"了一声。

"他也算是有点功夫，刚开始一直赢，这个'虎'那个'龙'的，外号满天飞，捧得他忘乎所以，结果有一次就被人阴了。那次他们让他跟一个体重有他两倍的人对打，事先说好了，为了让比赛精彩好看，他得先故意挨一下，假装倒地，然后再绝地反击，对手也打点好了，打他那一下是做样子，不会来真的。等真上场的时候，对手给他使了个眼色，郑林就做好了假摔的准备，谁知道对手突然不按说好的来，直接一脚高扫把他踢蒙了，然后一顿暴揍，他差点让人打死在擂台上，抬下去的时候一身血，从那以后一条腿就不行了。后来这哥儿仨去报仇，对方报警，一人留了一个案底。"

喻兰川："……"

"他们仨那形象你也看见了，一身社会气，尤其那个刀疤脸，看着就吓人。"于严叹了口气，"出门安检，别人走过场，这三位得被拦下来查五分钟。找单位应聘，老被人要求带着无犯罪记录证明，拿不出来，就没有工作……时间长了，大概也是有点自暴自弃吧。"

两人好一会儿没说话。玻璃杯里的碳酸饮料浮起细小的泡沫，上蹿下跳的。喻兰川觉得这故事的核心思想是"傻×年年有，今年特别多"，一点儿也不引人同情，只是不知为什么，听完很容易勾起自己的烦心事——刘仲齐新手机的包装盒还没来得及扔出去，这事兄弟俩有默契，一致决定不告诉父母。刘仲齐是嫌丢人，喻兰川是监护不力，交代不过去，于是买手机的钱当然也没地方报销。他自己配副眼镜,也不比手机便宜到哪儿去,好在他度数不深,可以先凑合活两天,数着日子等工资和季度奖……对了,听说这回的季度奖还不太乐观。

于严把冰镇饮料喝了:"说真的,兰爷,你有没有差点失足的经历?"

喻兰川撩起眼皮看了他一眼,这会儿没戴眼镜,他那"衣冠禽兽"气质里的"衣冠"就没了,在人民警察看来,就像个正在失足的。

就在于严以为自己要收一个"滚"字的时候,喻兰川说:"有。"

于严差点从沙发上滑下去。

"我……前些日子跟我爸要了一份自愿放弃遗产声明,"喻兰川沉默了好一会儿,才说,"我大爷爷留下的那份遗嘱没公证过,也没有备份,遗嘱信封上写了我的名字,我爸全权交给我处理,连看都没看过。"

遗嘱里写了什么,天知,地知,死人知,剩下的,全看喻兰川的良心。

于严张了张嘴。

"放弃声明刚寄到,"喻兰川低头看着自己搭在膝盖上的手指,"我爷爷奶奶的死亡证明也都盖好章了。"

于严:"也就是说……"

喻兰川意味不明地朝他笑了一下:"也就是说,我现在离八百五十万,还差一个碎纸机。"

于严咽了口唾沫,发现人民警察的直觉没有错,这个青年就是正在失足!

可是他没法站着说话不腰疼,因为易地而处……算了,也别易地了,那是八百多万人民币啊,一个月拿几千块钱的小片儿警想都想象不出来。而对于喻兰川来说,没有这笔钱,他就是个负债三十年,暗无天日的房奴狗,天塌下来也不敢任性辞职。拿到了这笔钱,他可以立刻把贷款清干净,凭他的收入,只要不沾黄赌毒,以后随便花天酒地，想辞职就辞职，想改行就改行，随时可以来一场说走就走的旅行。

大家都鄙视为了荣华富贵出卖良心的，可这不是"荣华富贵"，是自由啊。

人一辈子，有几个三十年呢？

于严跟他一起长大，知道喻兰川中二时期的座右铭就是"不自由，毋宁死"。

"兰爷……"

他话还没说完，喻兰川的电话响了，老杨大爷打来的。

第十四章

　　喻兰川绕着绒线胡同转了八圈，也没找着能停车的地方，最后只好把车停在了八百米外的商场下面，再自己走回去，感觉还不如不开车。

　　一百一十号院的东院门出来，是一条很窄的单行线，马路对面有一排沿街的便民小店。刚跟于严坦白完自己对这房子心怀不轨，就被叫到这边，喻兰川觉得自己可能需要冷静一下，于是他在一家饮品店里点了杯凉茶，站在路口慢慢喝。

　　这时，他余光扫见了一个熟悉的人影——甘卿在隔壁水果店里，拿起这个，放下那个，挑挑拣拣，不时往对面的一百一十号院看。

　　喻兰川顺着她的目光一瞥，发现一百一十号院门口有两个乞丐打扮的人，正蹲在墙脚说话。两个乞丐聊了好半天，其间，甘卿在水果摊上磨磨蹭蹭，把一箱橙子挨个摸了一遍。终于，两个乞丐一前一后地走了，她这才直起腰，抠抠搜搜地摸出三个钢镚，顶着老板娘要咬死她的目光，买走了俩橙子。

　　怎么回事？她看起来好像在躲丐帮的人？

　　喻兰川脚下轻轻一滑，无声无息地跟了上去。可是追上去说什么，喻兰川没想好。他是个典型的冷漠都市人，"关我屁事，关你屁事"协会的骨灰级会员，最讨厌管闲事。不管甘卿是躲丐帮的人、还是躲城管，跟他有什么关系呢？

这么一想，喻兰川又觉得自己今天有病。

甘卿走路的样子非常懒散，脚好像一直懒得抬，放松的双肩一摇一晃的，但仔细看，腰腹间又是绷着劲的，那一点微妙的紧绷让她整个人就像一把捆起来的柴，再怎么晃，架子不散。喻兰川看着她的背影，出了神，想起大爷爷从小教过他，人可以不用舞刀弄枪，当代社会，就算手无缚鸡之力也不影响什么，但行立坐卧，必须有规矩，虽然这些都是不费力的小事，但水滴都能穿石，姿势不对，该放松的地方紧张，该紧绷的地方松弛，那就是一年三百六十五天，每天坚持破坏自己的骨和肉，不用等到老，必先等到病。比如走路，一口精气神都在腰腹间，要是塌了腰，脊梁骨就没了正形，人就不稳，不是上身往后仰，就得肩颈往前缩。越往后仰，肚子越大，腿脚越不堪重负，腰椎、膝盖、脚踝、脚后跟，一个都别想好；越往前缩，后背越弯，身上的贼肉就都往后背跑，胸口会越来越薄，气越来越短，后背则越来越厚，慢慢地，就会像肩头、颈后驮着个沙袋。

这根脊梁骨，今天无关痛痒地消磨一点，明天无关痛痒地消磨一点，短则几年，多则三五十年，先天再优越，也迟早给消磨坏了。脊梁骨坏了，肉身就算是完了。

那些年，大爷爷领着他在一百一十号的东小院里散步，讲过很多类似的话，喻兰川小时候不懂，听完就算，大一点，才因为繁重的学业和事业，开始琢磨老人的养生之道，及至入了世，沉浮几年，偶尔想起，又觉得大爷爷当年说的那些"养生之道"，其实也都意味深长。

武学一道，先是强身健体，沟通自己的筋骨，因此自视、自觉、自醒，再由此看万物与百态人间。

等喻兰川回过神来的时候，已经跟着人家一路进了一百一十号院，马上要走到电梯间了。他自觉尴尬，正想超过她，假装只是碰巧同路,甘卿忽然回过头来,从塑料袋里掏出个橙子递给他。

喻兰川一愣,不明所以地看向她。

"看在你弟全须全尾的分儿上,"甘卿压低声音,"今天在那个城中村你看出了什么,不要跟别人说。"

喻兰川本来也没打算多嘴,就说:"你放……"

"放心"俩字没说完,甘卿就把那橙子塞进了他手里。

"给你点贿赂,"她似笑非笑地眨了一下眼,眼波倏地流动起来,瞬间,一个木讷寡言的"乡下姑娘"就变了,气质扑朔迷离起来,"万一透露出去,会有仇家来追杀我的,到时候你的良心和我的阴魂可都不会放过你的哦。嘘——"

喻兰川:"……"

直到上了电梯,喻兰川才回过神来:"你行贿就拿一个橙子?"

甘卿不再跟他装模作样,懒洋洋地说:"我明天才发工资,身上就剩最后三块钱了,那橙子一块五,给你的是我一半的身家性命,这还不够?那好吧,这个也给你,算我倾家荡产了。"

逗完他,甘卿戳了戳电梯的关门键,往后退了一步,笑了笑,消失在了关上的门后。她那一边笑,一边往后退的姿势,莫名触动了喻兰川记忆深处的某些东西,他下意识地抬脚要追上去。

就在这时,身后忽然有人说:"来了啊,进去吧,老头等着你呢。"

喻兰川一回头,看见老杨大爷的孙女杨逸凡叼着根烟走了出来。杨逸凡含含糊糊地说:"一把年纪了,就他最忙,一天到晚有莫名其妙的人上门,不知所谓。"

说完,她朝天花板翻了个白眼,把包往肩上一甩,踩着羊皮底的小高跟走了。

两句话的工夫,甘卿已经回屋了,只剩喻兰川一个人站在原地,非常茫然,不知道自己哪里得罪杨小姐了,进门一看,才意识到杨小姐针对的不是他——老杨大爷家里,来了个老太太。

这个老太太年逾古稀，满头白发，干瘪瘦小，脸上的肉顺着两腮垂下来，跟嘴一并，组成了一个三角，透着几分凶相、几分刻薄，还有点可怜的苍老。喻兰川还没来得及细想她是谁，就见老太太扶着沙发站起来，然后"扑通"一声给他跪下了。

喻总虽然在外面总是一张"都给哀家跪下"的嘴脸，却还是第一次有人真给他行此大礼，吓得他扶着门框足足愣了两秒，才手忙脚乱地跑过去扶她。

"有……有、有、有话好好说，您这是干什么！"

老太太看着顶多八十来斤，喻兰川伸手一扶，却发现她跟长在地上一样，他两只手也没能把人拉起来。

"钱大娘，"杨大爷叹了口气，在旁边发了话，"他是小辈，您这不是折他吗？有什么事，快起来说吧。"

喻兰川这才觉得手里一轻，连忙提心吊胆地把老太太端起来，安放在沙发上。

这时，他已经大概猜出了这老太太是谁。

果然，杨大爷说："这位是钱大娘，以前与丈夫并称'二钱'，在南边是有名的义士，腿功卓绝，过去烧煤的那种旧火车都不如她快。早年间，西南一带有地痞匪帮沿铁路打劫，直接钻窗上车，抢了东西就跳车跑，那时候乘客都不敢开窗户，就是这贤伉俪牵头护路，帮着抓了不少坏坯。只可惜……"

"杨帮主，别提了，我无地自容啦。"钱老太打断他，"我家老头的脸面，都被我这老不死和几个劣徒丢光了，以后死了下去，我都得躲着他——小喻爷，对不住，实在是不知道那天泥塘后巷里的孩子是您兄弟，我那几个徒弟还……还……"

喻兰川有点不高兴，心想：这是人话吗？难道别人家孩子就能随便碰瓷、随便绑？

但是教养使然，老太太这么一大把年纪了，他也不方便张嘴开喷，于是淡淡地说:"没什么,警察说了,后面的事您也确实不知情。要是普通的民事争端,我们肯定也就算了,但是上升到刑事问题,不是我们说一声'算了',警方就不予追究了,我也无能为力,您理解吧?"

钱老太的眼泪一下子就下来了,连声说了三遍"我知道",又说:"不敢厚脸皮求您。"

"国有国法,小川,坐吧。"老杨大爷说,"钱大娘今天过来,主要是过意不去,想见见你,和你说几句话。她没有别的意思。"

钱老太一边抹眼泪,一边断断续续地说话。喻兰川从她车轱辘似的道歉和话里,大概拼出了老太太的生平——

钱老太和她过世的丈夫,早年是当过真英雄的,也风华正茂、意气风发过,后来丈夫一场车祸没了,只给她留下了一个病秧儿子和三个收养的小徒弟。一个女人养活四张嘴,本来就已经举步维艰,紧接着又赶上时代剧变。

时代送一些人上青天,一些人沉下地,有人一夜暴富,也有人失业下岗——钱老太不幸就是后者,90年代,她就没了工作和稳定的收入来源。

再后来,意气这玩意儿,就像不良姿势消磨脊梁骨一样,被日常琐事日复一日地消磨,磨着磨着,她就没了人样,晚节不保。

只有在昔日的旧友向小辈人提起"二钱"的时候,她才依稀回忆起了当年,几十年积累的厚颜无耻被过去的荣光轻轻一照,竟一溃千里。

钱老太说着说着,就泣不成声。她一时恍惚,想不通自己怎么会这样。

可能英雄就不该活这么长吧。

喻兰川抽了几张纸巾递过去,没吭声。

老杨大爷等钱老太哭声渐小,才伸手一指楼上,对喻兰川说:"小川可能不知道,当年你大爷爷买这房的时候,钱大娘听说,不远万里地托人捎来了两百块钱。她哪有钱啊,那都是从牙缝里抠出来的。"

喻兰川:"……"

"×。"他心里骂了句脏话,"债主!"

第十五章

因为儿子暂时进了ICU，钱老太才有时间从医院里出来，到一百一十号来见喻兰川，见完还要赶回去，病人情况不稳定，晚上还不一定会发生什么事。

她年纪太大了，没有精力在照顾垂死病人之余，再去想办法打听三个徒弟的情况，只好先顾着一边。

ICU门口就像旧时的春运火车站，躺满了打地铺的人，角落里一条小被铺就的地方是钱老太的，那条小被子红粉相间，是她结婚那年自己做的被面。几个病人家属在一边轻声说话，可能是在商量住院费用的事，说到一半有点气急败坏，被路过的护士提醒了，于是各自散开生闷气，泾渭分明地分成了几拨，跑到外面去抽烟。还有人在打电话，坐在地上，背靠着墙，说话都用气声，听着也像垂危病患。更多打算在这儿过夜的人都已经躺下了——单是躺，除了流浪汉，没几个人能在这种地方安睡，有人翻来覆去，有人面壁一动不动，有人缩在外套里一刻不停地按手机，躺累了就要起来坐一会儿。

这里没有人哭哭啼啼，也没有什么关于生命的神圣与思考，大家看起来都很累。

躺下的时候，钱老太想：又抢救过来一次。

她自己听着，觉得自己心里这声音既不是庆幸，也不像感激，于是没敢细想，翻了个身，把随身的布包紧紧地按在怀里，里面有杨帮主刚刚取给她的两万现金。

杨帮主送走了钱老太，拎着他的绿拐杖，从路口的自动取款机慢慢地往回走。喻兰川在旁边陪着他，垂下眼。他不紧不慢地开了口："爷爷，我明天还得上班，送您回家，我就先走了。"

老杨大爷看向他。

喻兰川优美的侧脸像是流水线上生产的，烙着高级白领标配的表情——左半张脸是"我赶时间"，右半张脸是"不感兴趣"，脑门上顶一个"哦"。

"需要受害人谅解书，我可以给，没问题。"喻兰川说，"需要我帮忙，我可以提供几个朋友的联系方式，都是在筹款平台工作的，可以帮他们做一个募捐项目。项目上台，我还可以帮忙证实筹款真实性。"

老杨大爷没听说过这种新鲜的东西，今年过年，他老人家就学一个收发红包，家人教了三遍，忘了四遍，差点把孙女逼得上吊，于是忙问："还可以这样？能筹到钱吗？"

喻兰川避重就轻地说："有人捐就能筹到。"

至于有没有人捐，喻兰川不太乐观，大家都"身经百骗"了，现在上网搜索公益组织的名字，下面的关联问题里准有"××靠谱吗？是骗子吗"之类。

"别做梦了，肯定没人捐。"旁边忽然有人插嘴。两人一抬头，见杨逸凡从自己的车里爬出来，正在跟代驾挥手，一看就是出门应酬喝了酒。她晃晃悠悠地走过来，没大没小地伸出一条胳膊，往老杨大爷肩上一搭："这个故事要多无聊有多无聊——中年男子，没钱治病，生命垂危——爆点在哪儿？生命垂危的中老年男子满世界都是啊，爷爷！他有什么地方能吸引流量啊？"

老杨大爷被她的香水味熏了个喷嚏，肩头一耸，把她抖落下去：

"你给我好好站直了,二流子似的,没个人样!"

"现在跟以前不一样了。"杨逸凡才不听他那套,当着老头的面叼了根烟,"您没听说过那句话吗?'穷则独善其身,达则买包买表',别人的事,让社会公共服务机构去管,我既然纳了税,就已经尽到了我的社会义务,等于间接帮过他们了!他们还有困难,那也没办法,只能说是公共福利不够分,有比他们更需要帮助的人排在前头,您说,是不是这个道理?"

老杨大爷:"滚、滚、滚……滚!屁事不管,还说风凉话,滚回去自己醒酒!"

杨逸凡笑了一声,手插着兜,吞云吐雾地走了。

喻兰川——因为和老杨大爷没有那么熟,不好像人家亲孙女一样口无遮拦,只好用面部表情和肢体语言表达了对杨小姐的赞同,礼貌地跟老杨大爷告了别:"那我先去十楼看一眼有没有需要清的水电费,先走了。"

对于当代年轻人来说,"管好自己的事,不给别人添麻烦",就是最高的自律和道德准绳。老杨大爷扶着拐杖站在院子里,一抬头,看见将圆的月亮,就知道是快到十五了。这月十五是中元节,居委会提前半个月就挂出了海报,提示人们"文明祭扫,禁止焚烧纸钱",连死人都要"文明"了。

他觉得自己老了,江湖也是行将就木,意气尽了。

喻兰川把大爷爷家检查了一遍——上次走的时候忘了关窗户,屋里落了一层浮土,他盘算着等下周末请个钟点工过来,以后每月打扫一次。他心不在焉地关灯锁了门,还是没想好该怎么处理这房子。

离开的时候正好经过隔壁,他脚步顿了顿,想起了那个一身秘密的甘卿。他神色有些复杂地注视着1003的门牌——喻兰川是很少正眼看人的,过了青春期,对异性的兴趣也都差不多湮灭在了快节奏的都市生活里，偶尔碰上个比较欣赏的，多聊上几句，往往也就觉得索然无味了，毕竟当代青年关注自己都关注不过来，哪有多余的心去牵挂别人。

可这个甘卿身上不知道有什么奇怪的迷魂药，好几次了，只要她在场，喻兰川就发现自己的视线总被她吸引过去，他百思不得其解。就在这时，1003的门从里面开了，喻兰川吓了一跳，下意识地整了整袖口。甘卿探出头来问："什么事？"

喻兰川十分尴尬，尽量不动声色，冲她矜持地一点头："路过。"

说完，他抬腿就走。甘卿却忽然叫住他："哎，等等。"

喻兰川心里无端一跳，扭过头去，就看见甘卿在兜里摸了半天，摸出一卷皱巴巴的零钱。她把其中面值二十元以上的票挑挑拣拣，捋成一沓，递给他："麻烦帮我给那几个人的师娘送过去吧，我不方便露面，我也没几块钱，就当给老太太买顿饭。"

喻兰川一挑眉。

"我今天要不是为了省几块钱，非得等普通公交，说不定能早点到，早五分钟，这事也不一定是这个结果。"甘卿带着坦然的穷酸气，有点过意不去地捏了捏剩下的毛票，"主要是……我看见'特'字头的车抬不起脚，条件反射，不是故意的。"

喻兰川接过那一沓零钱："你不是说你身家性命就剩三块钱了吗？"

"是啊，"甘卿似笑非笑地说，"可你不是都知道我骗你了吗？怎么那么天真可爱的，居然还信了。"

喻兰川："……"

这好像不是他的错觉，这女的在调戏他！

正常来说，喻兰川不怎么欣赏这种轻浮随便的风格，可是理智不喜欢，他却惊觉自己的手心微微热了起来，植物性神经竟跟理智发生了冲突。

"我他妈内分泌失调了吗？"喻兰川在心里恶狠狠地喷了自己一

句，端起高贵冷艳的姿态，转身就走。

　　回去以后，喻兰川说到做到，先是跟刘仲齐聊了聊，出了份谅解书，然后找熟人，在网上给钱老太挂了个"大病筹款"，就把这事撂下了。

　　有了这么个可怕的经历，麻烦精弟弟终于老实了，学校一开学，他就被拴住了，每天喻兰川加完班，他还没写完作业，总算是没时间出去惹是生非了。工作上，之前悬而未决的几个事都有了眉目，压力源短暂地减少了一些，也让喻兰川松了口气。周五下班之前，他跟自己部门的人宣布"周末没事不用来公司"的时候，办公室里喜庆得跟过年一样。

　　而钱老太的筹款项目，也意料之中地，没什么人关注。

　　大款孙女就知道"买包买表"，一毛不拔，老杨大爷只好找了他的几个老伙伴，大家数着退休金，凑了十几万。让人比较意外的是，刘仲齐居然从他的零用钱以及红包机哥哥的日常打赏里攒了两千多块，想要捐给钱老太。喻兰川的季度奖刚下来，有钱买眼镜了，于是给他弟添了点钱，凑了个一万的整数送过去，算是聊表心意。

　　除此以外，甘卿给了一沓毛票，还有喻兰川部门的几个下属，看见他朋友圈里转发的链接，点进去一人捐了三五百，用的是"拍马屁专项用款"。

　　然后再无人问津了。

　　这点钱听着不少，然而都是杯水车薪，不要说治疗费和手术费，都赶不上ICU烧的住院费。

　　可是大家真的都已经仁至义尽了。

　　周末，喻兰川约了个钟点工，去大爷爷家打扫卫生。钟点工干着活儿，他就搬了把椅子坐在门口吹过堂风，浏览一堆投资项目的资料，效率不高，目光总是往隔壁瞟。隔壁的门一响，喻兰川就下意识地坐直了,板起脸,头也不抬地盯住自己的电脑屏幕。

隔壁说:"哟,稀客,小川来了啊?"

喻兰川:"……张奶奶早。"

浪费感情。

就在他索然无味地收回目光时,电梯间"叮"一声轻响,有人上来了。

来人是个壮年汉子,一身风尘仆仆,背着个巨大的蛇皮袋子,茫然地打量了一下狭长的楼道,看见喻兰川,就操着浓重的外地口音问:"我打听一下,喻盟主是住这一层吗?"

喻兰川站起来:"我祖父已经去世了。"

"唉,我知道,我在老家还给老盟主上了香呢。那你就是小喻爷吧?我就找你!"大汉一边说,一边风风火火地跑过来,把大蛇皮袋从肩上抡下来,往喻兰川手里一蹾,那玩意儿足有好几百斤。喻兰川莫名其妙地接过来,手腕猛地一沉,连忙提了口气才拎住,差点砸了脚。

大汉一抹汗:"我坐了两天的火车,唉,跑一趟真远!"

喻兰川这才反应过来,1004是个"办事处":"哦,您请进来坐……"

"不坐,不坐,"大汉一摆手,"我还得坐下午的车回去,一天就这一趟火车。小喻爷,燕宁我人生地不熟,你是老盟主的后人,东西交给你了,我放心!"

喻兰川:"什……"

大汉根本不给他说话的机会,往后退了半步,"扑通"一声跪了,冲他磕了俩头,砸得地板咣咣作响。

喻兰川:"……"

干什么?要报警了!

大汉说:"三十多年前,我妈怀着我,坐火车回娘家,路上反酸想吐，开了窗户，碰上了扒窗的，从外面伸手，一把抓起她的行李要跑。我妈年轻气盛，又仗着自己会点把式，不愿意舍财，动手跟他们抢，逼得扒窗的贼动了凶器，要不是钱大爷他们正好埋伏在那儿，世上就没了我妈，也没有我了！这些年我们都不知道钱大爷已经没了，钱老夫人过成这样，我们对不起恩人，没脸见她，磕俩头，劳驾小喻爷带到。"

喻兰川服了："不是，我怎么带？等等，别跑！你还没说你是谁呢！"

大汉不答话，一跃而起，冲他一抱拳，然后跟被大狼狗追似的，撒丫子从楼梯跑了。

结实的蛇皮袋也不堪重负，"刺啦"一下裂了个口，东西掉了一地。里面有干货山珍、土特产、被褥、手工点心，还有满地滚的二十多个大苹果和一缸自制泡菜！

喻兰川："……"

而在这一堆匪夷所思的鸡零狗碎下，是几摞摆得整整齐齐的人民币，用小纸条捆着，纸条上写着："结草衔环，无以为报。"

近四十年，当年无意插的秧，竟然有了果。

第十六章

  甘卿这个时间本来应该在星之梦，但今天正好是进货的日子，张美珍女士对小饰品很感兴趣，要求她先拿回家给自己挑，所以她刚拎着好几斤小饰品上楼，就被一排远道而来的苹果拦住了去路。

  她顺着苹果往前一看，只见喻先生穿着熨烫平整的法式衬衫，钉着珠贝母袖扣，新眼镜的镜片泛着蓝绿色的光，活像是准备出席博鳌论坛的派头……然后他左手拎着一只塑封的熏鸡，右手捧着一袋快要碎成渣的点心，脚下一条小花被，裹着个密封良好的泡菜缸。

  甘卿被这种超级混搭冲击了一下："日子不过了？"

  喻兰川不知道假装自己正在帮张奶奶捡东西还来不来得及。

  张奶奶显然不愿意背这口土锅。两个小青年撅着屁股满楼道捡苹果的时候，她老人家就对着门口的穿衣镜搭鞋子、抹口红："早听说那天有个单身老女人来找杨清，原来是她呀。"

  杨清就是老杨大爷的名字，喻兰川在他送给大爷爷的挽联上看见过。甘卿背过身，伸手往楼下一指，又斜眼示意妖娆的张美珍女士，做了个口型——"老头是她备胎"。

  喻兰川刚想拿着苹果站起来，腿一软，差点又跪回去。

  甘卿回头问："美珍姐，她是谁啊？"

  喻兰川又难以置信地看向她——现在的人为了巴结房东，都能这么不要脸吗?"

张美珍美滋滋地往头发上打弹力素,挺有耐心地说:"她叫钱小莹,年轻时候脾气又烈又暴,有人叫她'飞腿小辣椒',后来长大嫁人了嘛,'小辣椒'听着不太尊重,大家伙就给改成了'满山红',也是个美人,当年有几个无聊的闲汉排过美人榜,我记得她排第五还是第六。"

甘卿很淡定地说:"哦。"

张美珍奇怪地问:"你个小丫头知道什么?"

甘卿找来一根很粗的针,上了五股棉线,利索地把撕开的蛇皮袋缝上了,来回走了两趟针。她头也不抬地说:"这种榜有什么好新鲜的?反正榜首肯定是您。"

喻兰川:"……"

这女的到底有没有廉耻之心了?

张美珍一愣,然后笑得花枝乱颤,也没否认,探头问喻兰川:"她怎么了?"

喻兰川三言两语把事说了。

"啧,好惨。"张美珍退后两步,打量着自己的全身造型,一点儿也不走心地说,"那她不是要变成孤寡老人了?"

喻兰川不愿意在背后拿别人的难事消遣八卦,于是没接茬。

"这也没什么呀,"张美珍轻飘飘地呵出一口脂粉气,"谁还不是孤寡老人呢?"

甘卿和喻兰川听得同时一愣,张美珍已经捏起小坤包,款款地走了。

等钟点工收拾完,喻兰川就雇了几个人,把重新封好的蛇皮袋搬到了钱老太他们的临时租屋里,然后把钱单独拿出来,亲自护送到了医院,并且仔细看了看,没能从那张脸上找到昔日"满山红"的蛛丝马迹。

喻兰川没有要多说的意思，放下东西就走。他留下的纸包太大，钱老太一开始还以为是包吃的，撕开密封口一看就疯了，撒腿追出去，喻兰川的车已经没影了。

当代机动车，毕竟是比几十年前在山里拉煤的破火车先进多了，飞腿小辣椒也赶不上了。

钱老太在路口站了好一会儿，发现纸袋封口处有一行字。

写着：二十万整，"磕俩头"兄送，喻兰川转交。

送完钱回去，喻兰川整理完周一例会的资料，没事了。下午天高日朗，是个难得的好天气，一般这种休息日，他都会约几个圈里朋友去打高尔夫，像在游戏里刷关卡一样，很功利的社交。

今天，喻兰川突然提不起兴致了，回想起来，他本来就对任何球类运动都不感兴趣，连比赛都懒得看，下场纯粹是陪着别人玩，而和那些朋友聊的所谓"政策趋势与时代脉络"，乍一听挺高级，其实跟中学小女孩聊明星八卦没什么本质区别——都是捕风捉影地瞎扯淡。至于靠打球和饭局发展的"人脉"，别说真有用的时候能不能用上，就连在朋友圈里转个大病筹款，都没有人点进去看一眼随便给个咖啡钱，可见也是虚无缥缈。

喻兰川漫无目的地上了一会儿网，两只手突然自作主张，去搜索了"扒火车党"，没搜出什么结果，他就按着杨大爷给他介绍的"二钱"事迹，翻查当地旧闻，找到一点蛛丝马迹，就保存下来，然后在当地的论坛和帖吧里发帖。

一开始没人理他，喻兰川也就把这事放一边了。过了几天，他无意中想起来，回头看了一眼，却发现其中一个帖子被置顶了。有个人写了一篇好几千字的长篇大论，讲自己老列车员外公的见闻。

接着，类似的留言多了起来，有些是真的，有些大概是凑热闹自己从传说里杜撰的。

"他们几个人分别坐在不同的车厢里,快到地方了,就站起来在车里溜达,互相使眼色,满山红故意坐在角落里,戴个头巾,在小桌上放个小布包,窗户打开一点。那些贼眼睛都很尖,看她孤零零的一个女人,也不知道防备,立刻盯上她。车速一降下来,他们就扑上来扒车窗,钻进来抢她的东西。满山红可不手软,一看有贼上钩,一把攥住贼伸进来的手腕,把窗户往下一压。贼一看上当,狗急跳墙,从怀里摸出匕首捅她,她一脚扫出去,匕首就飞了,车上埋伏的几个兄弟跳车抓贼的同党。"

钓鱼执法,居然跟她后来碰瓷的套路差不多。

"我外公说,满山红把拖上车的贼抓住,按在地上,膝盖顶住了贼的后背,就朝赶来的乘警笑。她头巾掉下来,露出一把又粗又长的大辫子,唇红齿白的……

"她坐几站以后,看车里平安无事了,就下车,她丈夫保准已经在站台等她了。据说钱老先生总是让别的兄弟押送扒窗贼,自己穿山里的近路,用两条腿能赶在火车之前到站接她。不知道传说是不是真的……"

喻兰川想了想,联系了公司的暑期项目实习生,实习生已经回学校上课了,是他大学师弟。喻兰川托师弟在大学里找了几个写校刊的学生,把这些都市传说似的留言收集起来发过去,让他们有偿写一篇满山红的传记。

然后他拿着这篇传记,联系了他们以前投过的几个文化传媒公司和自媒体小团队,包装了一下,又在当年闹过扒车党的地方论坛里定点投放。

据说后来"买包买表"的杨总看见,也在里面掺和了一脚,买了一拨营销。这是喻兰川听人说的,并没有得到杨总本人的承认。

终于,在"磕俩头"兄的二十万也已经耗得差不多时,"满山红"

的故事,从一众筹钱求医的乏味新闻里脱颖而出了,虽然阅读量到底没有突破"十万加",但只要让记得她的人知道,就已经够了。

秋意开始浓重肃杀起来,三兄弟里的刀疤脸,因为从头到尾没有参与绑架,还一直试图阻止师兄弟,查明后被放出来了。"满山红"的故事虽然被一个又一个的社会热点覆盖,但钱老太儿子的治疗费也筹措得差不多了。

然而……生老病死毕竟是天命,人,力所不及。

钱刚刚到账,还没等交给医院,钱老太的儿子就突然恶化,她签了不知道第几次病危通知单,习惯性地坐在急救室外等。

窗外忽然起了一阵风,楼道里紧闭的窗户被悍风狠狠地摇动了几下,院里的大梧桐哗地响了一声,钱老太的心没有章法地乱跳起来,急救室的灯灭了。

苟延残喘地挣扎了几个月,钱老太成了孤寡老人。

喻兰川接到电话的时候,正赶上一场暴雨,全城大堵车,雨刷赶不上擦,前面的车流一动不动,隔壁车主也不怕被淋湿,拉下车窗,卷着袖子往外弹烟灰。

钱老太就在一百一十号院等他等到深夜,雨停了,喻兰川才赶到。钱老太让刀疤脸磕头,被喻兰川制止后,就扶着拐棍,颤颤巍巍地给他鞠了一躬。

因为天气不好没出门的张美珍女士,倚在自家门框上,见此情此景,忽然出声,叫了一声:"小辣椒。"

转身要走的钱老太愣了半天,才回过神来,用一种难以言喻的目光看向张美珍。

张美珍张了张嘴,忽然想起了什么,又笑了:"没事了,其实我刚才想跟你说'都会好的',想了想还是不说了吧,反正也不是真话。"

天不好,慢走。"

　　一切都会变好吗?
　　不会的,变好还是变坏,都得听天由命。
　　可不管什么样,不还是得活着吗?
　　钱老太带着刀疤脸下楼,消失在了东小院的树荫下。
　　张美珍转过头来,叫住喻兰川:"小喻爷,我们几个老东西都想让你搬过来住,你杨大爷托我问你一声,你方便吗?"

卷二

失语

No Pollution
No Public Nuisance

第一章

"你不是嫌弃那边是'老破小',连个停车位都没有吗?"于严低头用筷子戳着一块"糖醋小排",试着咬了一口,发现骨头是藕做的,肉是豆制品,浸了话梅汁,口感也算是筋道脆爽,酸甜适度……可仔细品,还是觉得差了点儿什么。

刘仲齐同学开学第一次月考进了年级前五,刷新了个人最好成绩。由于有了前车之鉴,喻兰川这回没敢拿红包打发熊孩子,所以抽了个周末,带他出来庆祝——虽然喻兰川不明白这有什么好庆祝的,他自己上学的时候从来没有掉到过第二名。

喻兰川跟青春期的中二病弟弟实在没什么话好说,不想尬聊,于是把于严请来作陪,让人民警察给小崽子加强一下安全教育。餐厅是喻兰川让助理帮他挑选订位的,他自己也没来过,进来一看,发现里头装潢的格调非常高,小桌旁边环绕着水系,水下藏着干冰,水不停地循环,白雾就从四面八方往上浮,人坐在里面,感觉自己是来开蟠桃会的神仙。

一打开菜单才发现,这是一家纯素食餐厅。

于严想不出喻总平时在同事面前是怎么端架子的,助理可能认为他靠吃花饮露活着,拉屎都是大吉岭红茶味的,只有这种仙气缥缈的餐厅,才配得上仙气缥缈的喻总。

"那倒没关系,"喻兰川心不在焉地戳了戳绿油油的盘子,"那边近,我以后上班走过去就行,可以不用开车。小齐上学也方便,地铁都不用坐了。"

"那就去啊!别的不说,先省你一大笔房租,一个月七千多,谁白给你?我一个月到手都没有这么多钱!"于严这货,穿上龙袍也不像太子,在禅意十足的云山雾绕里,喷出了满嘴的俗话,"不用开车,以后车位费、油钱不都省了?你再把你那车连牌一起租出去,都是外快啊。兰爷,发家致富靠节俭!"

喻兰川后悔领着这人出来吃饭了,有点现眼。他没滋没味地夹了一筷子杏鲍菇冒充的鲍鱼:"不是搬个家的问题,那房子有象征意义,你不懂,住进去就等于是……"

"我懂,"于严打断他,"你们道儿上的规矩,不就是房产证上写谁的名,以后谁当盟主吗?自古江湖险恶、争权夺势,有靠德行上位的,靠武功上位的,靠阴谋诡计上位的,靠自宫'咔嚓'上位的——你,兰爷,今天靠房上位,前无古人,充满了时代气息。"

喻兰川懒得理他。

"那片儿的治安也归我们管,以后有什么事,我就能抱盟主大腿了。"于严瞄了认真喝汤的刘仲齐一眼,凑到喻兰川耳边小声说,"我听说隔壁还住了一个跟你特有缘的美女。"

喻兰川:"滚!"

于严伸手拍他肩膀:"去吧,别辜负老一辈的重托啊,兰爷。"

"我都忙成狗了,哪有工夫掺和他们的闲事。"喻兰川嫌弃地躲开了他的爪子,仿佛是为了表示他和隔壁半毛钱关系也没有,他正襟危坐片刻,高冷地说,"我还是不了,省得给自己找麻烦……"

他话没说完,电话忽然响了。喻兰川一看来电显示,脸色就有点不好看——房东来电。

房东不是什么爽快人,一通电话打了足有五分钟,拉着黏的声音来回缭绕。于严一碗假红烧肉都吃完了,那边才说完。

"什么事?"于严觑着他的脸色,抖了个机灵,"不会是要涨房租吧?"

一身仙气的喻兰川放下电话,当着未成年的面,把脏话咽回去了。

于严掐了掐手指,依稀记得喻兰川的租房合同是一年一签的,好像快到期了:"呸呸呸,乌鸦嘴,童言无忌……不会真要涨房租吧?"

他俩说话声音很小,周围水声又"泠泠"响个不停,大厅里还有个弹琵琶的,因此刘仲齐没听清哥哥们关于"国计民生"的讨论。英雄少年已经忍了一顿饭,终于忍无可忍地放下了菜叶子,对喻兰川说:"哥,我没吃饱。我想吃炸鸡排,真鸡。"

于严:"我也想吃,哥,我还想吃羊肉串,真羊。"

喻兰川:"……"

6月的天,是房东的脸,说变就变。

汹涌上涨的房租好似龙卷风,永远比爱情来得更突然。它就这样浩浩荡荡地奔将过来,把洋气的喻总冲到了一百一十号院。

大爷爷的房子,喻兰川维护得很好,刚打扫过,也不用重新装修。

月底,喻兰川被生活所迫,放弃了挣扎,拎包入住——包里装着拖油瓶刘仲齐同学。

甘卿听张美珍说了两位少爷移驾隔壁的事,不过她是游手好闲的小打工仔,上午十点才慢腾腾地开工,跟那些上了发条似的白领和高中生时空不交叠。隔壁搬来了好几天,她只在吃早饭的时候听见过隔壁门响,没碰见过人。晚上下班前,她一边啃着孟老板给她烤的玉米,一边翻着手机上的日历发愁——距离这个月发工资还有四天,开支没计算好,她没钱了。

甘卿把啃干净的玉米棒子往垃圾桶里一投:"孟叔,借我二十块钱，发了工资还你。"

孟天意听见，嘀嘀咕咕地出来，在围裙上擦了擦手，掏出五十块钱来塞给她，数落道："怎么又没钱了？你一个人吃饱，全家不饿，一天三顿，两顿在我这儿吃，房租就收你六百，一天到晚那么两件破衣服，也不知道打扮打扮，你钱呢？都花哪儿去了？"

甘卿把五十块钱收起来，伸了个懒腰，没正形地说："我也奇怪呢，您给我看看后背上，是不是有穷神附体？"

孟老板怒其不争地捆了她一巴掌，甘卿连躲都懒得躲，清脆地挨了，用桌沿起了瓶汽水喝。

除了吃和喝，她对自己的力气吝啬得很，一年四季都透着一股冬眠没醒的劲儿，能省一个动作就省一个动作，能转眼珠，不扭脖子，连点头都比别人省事——别人点头，是下巴一缩，然后回归原位，她点头，就是把头往下一低，什么时候需要抬头了，再抬起来。

孟天意叹了口气："你还年轻呢，总这么混哪行啊，得为将来想想吧？人还是得融入社会，得过日子啊！"

甘卿哼唧了一声："正想着呢。"

"你想什么想！要么你去学点儿什么，我听说有那个什么……是成人高考还是自考的？你去报一个，好歹是个学历，不愿意念书，就跟你孟叔一样，学一门手艺也能糊口，学费我给你垫，将来慢慢还。"

甘卿："我手艺还行啊，会做饭，能帮厨。"

孟天意："你行个屁！你会吃！"

甘卿听完一笑，死猪不怕开水烫地喝了口冰镇汽水，既不因虚度年华而悔恨，也不因碌碌无为而羞耻。①她眼窝略深，稍有些"眉压眼"，但笑起来的时候，眉目倏地舒展，眼尾弯成月牙，又有种特殊的甜。

---

① "不因虚度年华而悔恨，也不因碌碌无为而羞耻。"——《钢铁是怎样炼成的》

孟天意苦口婆心："就算你什么都不想干，那你好好收拾收拾，嫁个人，成个家，好好过日子，这总可以吧？"

"嗯，这个好！"甘卿一伸大拇指，"您看看，长成我这德行的，想傍个大款有戏吗？以后天天在家躺着，汽水一次点两瓶，掺着喝。"

孟天意有点气急败坏："你师父要是活着……"

"孟叔，"甘卿听到这儿，脸上怠懒的笑容忽然消失了，神色一冷，"您说什么呢，我哪来的师父！"

她把空瓶往身后一抛，那玻璃瓶极准地落在一米以外的塑料筐里，正好卡进了一个空位，堪比杂技。扔完，甘卿转身就走。

"杆儿，你师父闭眼之前都放心不下你。"孟天意在她身后说，"怕你这脾气，怕他没了，以后没人管得住你，惹了事没人给你收拾。"

"我早就不惹事了。"甘卿手插着兜，路灯把她长长的影子拖在身后，她冲孟天意摆摆手，"早就惹不动了。"

有了孟老板借给她的五十块钱，早饭又能买得起煎饼了，连啃了三天馒头咸菜的甘卿走出泥塘后巷，心里这么盘算着，刚吃饱，又馋了。这时，她的手机振了几下。甘卿接起来，里面传来一个非常虚弱的女声："喂……是、是我。"

听了这个声音，跟谁都笑眯眯的甘卿脸色突然冷淡下来，爱搭不理地"嗯"了一声。

电话里说："我上次治阑尾炎的那个钱，报销下来了，我……我是上银行给你打过去，还是……"

"不用，"甘卿说，"自己留着交暖气费吧。"

"哦，那……"

甘卿打断她："还有别的事吗？"

"没有，就这个……"

"那就这样吧，你有事再找我。"甘卿说完，不留情面地挂了电话，一点儿也不担心对方脸面挂不住……因为知道对方没有脸面。

她今天在店里跟客人念叨了一天"水逆"，可能是被反噬了，一晚上连着两个人让她不痛快。进了10月，燕宁的夜风再也不惬意了，开始露出了一点凛冽的前兆，甘卿裹紧了身上的运动服外套，尽可能地把注意力转移到煎饼上，这样，她就能对明天充满期待。抱着"煎饼"这根精神支柱，甘卿回到了一百一十号院，刚一上楼，就看见几个熟悉的人堵在她家门口。

甘卿揉了揉眼，还以为自己是思念煎饼思念出了幻觉——那几个人泾渭分明地站成两伙，一伙是路北边摊"山东煎饼"的，一伙是路南边摊"煎饼果子"的，两伙人吵吵闹闹地把刚下班的盟主堵在了家门口。

"小喻爷，你评评理，他们山东帮的先动手打了我们的人！"

"谁先挑衅的？"

"谁先越界的？"

"越你妈的界，老子一摊一个月纯利过万，用得着跟你们这帮穷皮抢地盘？你们那破煎饼，能摊就摊，不能摊滚蛋！"

喻兰川夹着笔记本电脑，木着脸看着月入过万的两大帮派撕扯。

"到这儿了还敢动手是吧？好，奉陪！"

"明天谁也甭做生意了，什么时候比画出个黑白再说！"

"怕你？"

"怕你！"

甘卿："……"

不、不要啊！

第二章

　　为了自己的精神支柱，一向不出头的甘卿忍不住插了句嘴："别，生意还是要做的啊。"

　　她经常去买煎饼，山东煎饼帮的老大一回头就认出了"老主顾"，顿时来了底气，声音洪亮地说："那也得卖的东西好，才有脸开张，姑娘，你说是不是？我做的是饭，他做的是屎，你们吃早点的，当然知道是该吃饭还是该吃屎。"

　　煎饼果子帮的老大也认出了甘卿，冷笑一声："谁是屎谁心里清楚，顾客心里也清楚。"

　　"呃……"甘卿十分尴尬，她其实是一三五去路北，二四六去路南，周日偶尔换口味吃包子，脆的、软的来者不拒，实在不知道该站哪边。

　　看来今天这口屎是吃定了，甘卿只好干巴巴地和稀泥："都挺好的，两种口味嘛。"

　　"谁跟他们两种口味？！"

　　"他们压根儿不是煎饼！"

　　墙头草甘卿不合时宜的劝架反而激化了矛盾，说话间，两大煎饼帮的老大就从"文斗"上升到了"武斗"。

　　武林风气每况愈下，特别是在社交网络大规模流行起来之后，年轻后生们没事乱跟风，好像约架不去一百一十号，这场架打得就没有格调一样。喻兰川搬过来才不到一个礼拜，在他日常早出晚归的情况下，这已经是第二场闹到他面前的冲突了——上次是凌晨五点，门口洗衣店的老大爷和修补皮具的老大爷联袂来敲门，表示他俩要决斗，还要签什么"生死文书"。

喻兰川总算明白，大爷爷晚年为什么老是萍踪浪迹了。

两大煎饼帮派围成一圈，连吵带掐，可能是来得急，都没摘套袖，打架的两双大套袖上下飞舞，葱花和酱料味也跟着四处飘散，狠狠地刺激了胃里只有咖啡的盟主。

喻兰川因为低血糖，怒从心头起，顺手把眼镜扒下来，跟笔记本电脑一起，塞进旁边人手里。这时，山东煎饼兄横肘撞人，煎饼果子兄一脚低扫，喻兰川直接撞进他俩中间，一抬手点了"山东煎饼"的麻筋，另一只手按住"煎饼果子"的肩膀，在他撑地的脚踝上一带——"山东煎饼""嗷"一嗓子，捂着麻了半边的胳膊肘蹦开了，"煎饼果子"四脚朝天地仰在地上，傻愣愣地回不过神来。

喻兰川这才后退半步，把解开的袖口扣子重新扣上，冷冷地扫过安静下来的两大煎饼帮派。

要是喻怀德老人还在，这种狗屁倒灶的破事，他们是不敢闹上来的。只是最近听说十楼来了个小喻爷，既然是"小"，那当然就好欺负得多，传闻还是个留过洋的人物，大家一听，怀疑他是个跟老外练过几年拳击就回来人五人六的棒槌，于是各路妖孽纷纷冒头，寻衅滋事。两个煎饼帮的矛盾由来已久是一方面，另一方面，他们闹事，也是想试试这个小喻爷是软是硬。

没想到小喻爷这个"寒江雪"的后人，真有两把刷子，才刚一照面，两位老大就扑地了。老大没了脸，方才起哄的小弟们也纷纷偃旗息鼓，一起又心虚又紧张地看向喻兰川，等他发作。

"楼道是公、共、场、所，"喻兰川一字一顿地说，"诸位'月入过万'的土豪，能不能稍微文明一点？"

山东煎饼帮的老大还没缓过劲来，揉着胳膊，搭讪着上前一步："小喻爷……"

"有矛盾，是吧？"喻兰川不给他说话的机会，摸出手机，"等着，我给你们解决。"

两大煎饼帮伸长了脖子，好奇新盟主的处世之道。

就见喻兰川在手机上按了几下，然后对着电话说："喂，您好，市民投诉——我想投诉我们这儿的流动早餐车，这些人素质极差，乱扔垃圾，还为了抢地盘，到居民小区里打架斗……"

"素质极差"的煎饼侠们差点给他跪下，大惊失色地扑上去，七手八脚地拉开喻兰川的嘴和手机，求他收了神通。

山东煎饼帮的老大："小、小、小、小喻爷，有、有、有、有话好好说！"

煎饼果子帮的老大："不至于！不至于！"

"有话好好说？"喻兰川伸出一根手指，隔空点了点山东煎饼帮，又转头问煎饼果子帮，"不至于？"

煎饼侠们怕了他，一边愁眉苦脸，一边赔着笑。

喻兰川："打架的打坏了吗？打坏了去医院验伤，验完伤我给你们报警，该怎么赔，就怎么赔。"

"没有，没有，没打坏，切磋，日常切磋，不是个事儿。"

喻兰川："那就好，地盘的事，以前没有规矩吗？有规矩，就按规矩来，别跟我扯别的，以前行，以后就行，不行也得行。"

煎饼侠们面面相觑。

喻兰川冷笑一声："工商局电话多少来着？"

煎饼侠们头一次碰到这种投诉狂，不敢说"不行"，最后当着喻兰川的面，捏着鼻子互相拥抱了一下，都觉得自己的清白遭到了玷污，一起垂头丧气地走了。

甘卿狗腿地迈着小碎步颠过来，把电脑和眼镜还给喻兰川："小喻爷威武。"

她方才一直握着一条眼镜腿，金属眼镜框，一边的眼镜腿冰凉冰凉的，一边沾了她手心的体温，悬殊的温差从喻兰川一边的太阳穴流向另一边的太阳穴。喻兰川看了她一眼，又被她那似曾相识的眉目蜇了一下，绷着脸冲她一点头，寒暄道："这么晚下班？"

"不晚，"甘卿面对拯救了她早饭的恩人，好话不要钱，"回来得正好，不然都没机会帮您拿东西。"

这女的怎么这么油嘴滑舌的？

喻兰川不知怎么，想起了她哄张美珍的嘴脸，无端又不高兴了，凛若冰霜地走了。

才一进门，不会看人脸色的弟弟就一脸崇拜地跑过来给他叼拖鞋，"哼哼哈嘿"地伸了伸胳膊腿："哥，我刚才从'猫眼'里看见了，你也练过吗？什么时候练的？以前都没听你说过，能教教我吗？我前一阵儿还去星之梦找过那个姐姐，结果磨了半天，她就给了我一个报警器，还教了我一招'撩阴脚'，我觉得有点下流……"

喻兰川额角青筋暴跳，伸手一指里屋："写作业去！"

刘仲齐就跟误食了猫薄荷似的，连蹦带跳地"飞"回了他自己屋里，还跳起来摸了一下门框。

这时，公司同事紧急呼叫，说某个就要签合同的投资项目政策有变，大老板突然反悔，召唤风控部门线上会议。喻兰川只来得及用微波炉热一个三明治，就开始接受各部门的电话轰炸。正在他焦头烂额时，阳台窗户忽然"嗒嗒"地响了几下，喻兰川吓了一跳，不小心把培根整条拖了出来，伸着个长舌头似的转过头，看见他家十楼阳台外趴着个"蜘蛛人"，穿着紧身衣，手里拎着钢爪和吸盘。

"蜘蛛人"从怀里摸了摸，摸出一张皱巴巴的信纸，"啪"一下拍在了窗户上，上面歪歪扭扭地写道："我是'堂前燕'传人，我要向你挑战。武林大会,一决胜负。"

喻兰川:"……"

这都哪儿跟哪儿!起码这一刻,他无比怀念自己冰冷的出租屋和无情的房租。

对了,说起这个遭瘟的"武林大会",老杨大爷已经跑来催了好几次,说是场地和海报都做好了,随时可以给他看。

武林大会三年一度,以前都是他大爷爷主持。老杨大爷说:"我们都老了,跟不上时代了,也该让年轻人出头了,大家伙也都想见见小喻爷。小川啊,这回就你来主持吧。"

老杨大爷是好意,好得喻兰川头痛欲裂,委婉地建议道:"杨爷爷,我今年真的没有年假了,咱们聚会能换个时间吗?春节长假怎么样?"

"不行啊,"老杨大爷说,"春运的火车票买不上啊!"

喻盟主无话可说。看着这个莫名其妙的"蜘蛛人",他决定开始找新房子,宁付房租,不当盟主!

就在这时,楼下突然传来"咔嚓"一声玻璃碎裂的声音,紧接着,有女人凄厉的尖叫声响起,扒在他窗外的"蜘蛛人"人影一闪就不见了。房龄大的老楼,隔音固然差一些,但这会儿已近深秋,家家夜里都是关着窗户的,这个声音却仍然能从窗户缝里钻进来,刺得人一激灵,好像垂死时爆发出的惨叫。

叫得太惨了,不止喻兰川,周围好几户同时推开了窗户,探头寻找声音来源。

隔壁的甘卿也被这声惨叫惊动了。她刚洗了头发,正在阳台上收衣服。这惨叫似乎让她想起了什么,甘卿皱了皱眉,靠近窗边,把窗户略推开一条缝。

外面的声音清晰起来,她听见邻居们七嘴八舌地互相喊话:"出什么事了?哪儿的动静啊?八楼还是九楼?"

"八楼,好像是804,他们家窗户都碎了!"

"哟喂！幸亏是晚上，楼底下没人，怎么回事啊？"

"是不是进贼了？我刚才好像看见一道黑影闪过去了。"

"不可能吧……这可是八楼。"

好半晌，804的人才出了声，是个很虚弱的女人的声音，颤颤巍巍地从碎裂的玻璃窗里飘出来，她说："是……是有贼。"

"什么？八楼也有贼！"

"这还没到年底呢，有点穷凶极恶了吧！"

"我805的，"旁边一个挺胖的中年男子说，"我看看去。"

邻居们连忙喊他："等等，万一贼没跑呢？先报警，大家一起过去。"

住在一百一十号院的，大部分都是后来搬进来的普通人，大家纷纷紧张起来。

喻兰川收起自家窗户上的字条，目光在周围逡巡了一圈，嘱咐刘仲齐关好门窗，也披上外衣出去了。

第三章

喻兰川下楼的时候,正好碰上甘卿。甘卿裹着一件可能比自己年龄还大的大连帽棉袄,从头裹到小腿,帽子扣在头上,几绺掉出来的头发湿淋淋的,脚下露出睡裤的边,一副已经准备睡下的样子。

喻兰川觉得有点奇怪——因为甘卿相当能躲热闹,她不像是那种听说邻居家闹贼,就非得去看看的闲人。

整栋楼只有一部电梯,大家都要用,就会很慢,所以他俩是从楼梯间走下来的。走在前面的甘卿忽然低声说:"挂在你窗外的那个人,后来往上跑了。"

"你看清了?"喻兰川一愣,随后他不知怎么想的,又脱口问,"你听说过'堂前燕'吗?"

甘卿从十楼一直沉默到八楼,就在喻兰川以为她不想回答的时候,她竟然低低地"嗯"了一声:"飞燕点水,踏雪无痕……没想到,现在成大壁虎了。"

灯光昏暗的楼道里,从喻兰川的角度,只能看见她一个剪影,恍惚间,那剪影仿佛是一幅优美的旧迹。他看了她一眼,挪开目光,片刻后,忍不住再次看过去。他的教养教他闲事少管、少问,不要窥探,可她就像是一块被岁月……与什么别的东西层层包裹的琥珀,影影绰绰的看不分明,只有在强光下,才能瞥见里面复杂的层次,不可思议地引人注视。

他俩下来的时候，804门口已经聚集了一帮邻居。

说来奇怪，这会儿刚过十点，连甘卿这种"带发尼姑"都还没睡下，对于当代都市人来说，十点也太早了点儿，入室盗窃怎么会选择这个时间？邻居们七嘴八舌。

"我想啊，那贼盯上的没准是803，"有个邻居有理有据地发表看法，"看老太太今天自己在家，睡得早，耳又背，他胆就大了，没想到摸错阳台了。"

隔壁803的老太太出来围观，正好听见这一句，吓得脸都绿了。

"别瞎猜，别吓着老人家。"804门口的男人摆摆手，"是我们家今天屋里灯泡坏了，一直黑着，可能是那贼以为家里没人吧。"

804的男主人有三十七八岁的模样，高个，长得挺端正，说话慢声细语的。喻兰川看他有点眼熟，正琢磨是不是在哪儿见过的时候，男人无意中朝着他的方向看了一眼："哎，您是……喻总？"

喻兰川反射性地挂起一个职业化的微笑。

"我是IMI的Nicholas啊！他们叫我Nick的，跟您report过会展中心的项目！还记得我吗？"

喻兰川被紧急会议、武林大会和甘卿搅成一锅粥的脑子里蹦进了一串字母，太阳穴狠狠地跳了几下，灵光一闪，想起了这人是谁——毕竟，他们"白骨精"圈里好几年前就不流行这种"语言混搭风"了，偶尔遇见一位"画风古朴"的，印象还挺深。

这男人叫聂恪，是另一家投资公司的，以前投一个项目的时候想拉喻兰川他们入伙，两家公司因此接触过。喻兰川没记住聂恪的职位，不过反正出来混的，称呼"某总"肯定出不了错。喻兰川于是矜持地一点头："聂总好。"

"我们家原来在郊区，太远，赶上早高峰，上班得两个多小时，今年也是为了孩子上这边的幼儿园，才一狠心，租了市里的房。幸亏今天幼儿园放假,孩子送回他奶奶家了。"聂恪客客气气地请邻居们进屋,他家客厅的灯果然是坏了,家里黑漆漆的,他把声音放轻了八度,"小满,你要不要紧啊?"

众人这才发现,屋里还有个女人,整个人几乎化进了黑暗里。尽管聂恪已经把声音放得很低,却好像还是吓着她了。女人僵硬地从沙发上一跃而起,像个脱了水的僵尸。

"这是我太太。"聂恪叹了口气,"当时我在厨房烧水,她自己在屋里,正好撞上那个贼。她也是,不赶紧跑,还要去抓人家——你说说你,就你这样的,能抓住谁啊?万一他有刀呢?我一眼没看见,你就能出事,可怎么好?唉——幸亏那贼也没想到有人,吓了一跳,就推搡了几下,赶紧跑了,还撞碎了我们家一扇窗户。"

甘卿打开了楼道和门厅的灯,借着光,众人看见聂太太手里拿着块纱布,正按着自己的额头。她额角和眼角都有没擦干净的血痕,颧骨上一块很深的瘀迹。不知道是不是一直举着手很累,她拿着纱布的手不停地发抖。

"这是撞的。"聂恪揽住她的肩膀,对邻居们说,"头撞桌角上了,我说带她去医院,她还不肯。"

聂太太不吭声,蜷在他肩上,躲躲藏藏的。

邻居们也没在意,不管是谁,好好地在家里坐着,突然有贼闯进来,也得给吓一跳,过后好几天都得睡不好觉,于是纷纷催着聂恪报警。

甘卿在门口没进屋,越过人群,往阳台看去。阳台一扇打开的窗户碎了,有风从那儿漏进来,窗台上掉了几个零星的玻璃片——从里面往外撞的话,大部分玻璃碴应该是掉下去了。

这会儿已经基本不堵车了,警方很快赶到,热心邻居们立刻把警察包围了,不等别人询问,就七嘴八舌地往人耳朵里灌自己的看法。淹没在群众大海中的民警只好奋力地往外游:"让一让,劳驾都让一让,我们要找被盗的受害人问话!"

聂恪摸了摸聂太太的头发:"我太太是家庭妇女,不太会说话,今天受伤吓坏了,让她先去休息吧,我来跟您说。"

警察问了女人几句话,她都只会点头摇头,都是男人在旁边替她补充,果然一副常年居家、不见外人的样子,于是再三确认她不需要救护车后,也就不问她了。

聂太太就绕开人群,低着头,打算进里屋。这时,一只手拉住了她。聂太太一激灵,惊惧地回过头,发现拉住她的是个很清瘦的年轻女人。

甘卿轻轻地捏住她的下巴,别过她的脸:"头是在桌角上撞的,脸又是在哪儿蹭的?"

甘卿总是懒洋洋的,很少像现在这样,把眼睛完全睁开,她的眼睛里映着门厅的灯光,随着眼珠轻轻转动,那光略有些闪烁,像冰冷的燧石上跳动的火花。女人僵硬地后退一步,躲开了她的手。

甘卿不在意地把手缩回棉衣袖子里,垂下眼皮,遮住了眼珠里的光:"是不是你抓住他的时候,被他用力按在墙上撞,然后才没站稳摔下去,撞上桌角的?"

女人胡乱一点头,避开她的视线。

"下次遇到这种事,要及时喊人啊。"甘卿说,"我就住楼上,1003,平时也很闲,有空去找我玩。"

女人木着脸,没应声,飞快地钻进了卧室。

甘卿的目光在聂家大开的阳台窗上停留了片刻,又看了一眼正被警察问话的聂恪,悄无声息地避开人群,离开了聂家。

喻兰川看着帽子被挤歪的于严:"怎么又是你?"

"我哪儿知道。"于严说,"兰爷,你还有没有养生的组合拳?教我两套呗。"

"刚才有人说看见那个入室飞贼了，"于严问喻兰川，"还有人说那贼穿得跟蜘蛛侠似的，手里还拿着个大铁钩，你看见了吗？唉，不瞒你说，最近我们接到好几起高楼失窃案了。"

喻兰川问："金额大吗？"

"要不说奇怪呢，几起高楼失窃，基本都是未遂——就有一家报案的说是丢了个卡包。你说这小偷，偷卡有什么用？他又没有密码。到现在为止，今天这起是最严重的，伤人了。"于严说，"失窃的人家都在六层以上，还都是从窗户进去的，世界上有这样的轻功吗？不会真是蜘蛛侠吧？"

喻兰川想了想："你跟我来。"

他带着于严从人群里挤出来，下到六楼。老杨大爷就住608，他孙女杨逸凡跟他一起过，嫌老头狐朋狗友太多，不肯跟他住一起，前些年买下了隔壁的房子，就这样，爷孙俩还是天天吵架。

老杨大爷好像早知道他们要来，早早地准备好了茶水等着。

喻兰川把那张字条展平："他们说的那个'蜘蛛侠'爬到我阳台窗外，贴了这张纸。杨爷爷，这个'堂前燕'传人是谁，您知道吗？"

于严大呼小叫地跳起来："这是证物啊！你怎么乱碰？！"

"我哪知道这是证物，我撕下来的时候又不知道有高楼失窃案。"喻兰川翻了他一眼，"不过，他是在我那儿贴完字条，八楼窗户才碎的，而且是从里面往外逃的时候撞碎的，我觉得伤人逃逸的那个应该不是贴字条的人。"

"那也不能说明之前的失窃案跟他没关系。"于严说，"你们这楼，阳台那一面很平整，他当时扒在十楼窗户外面，如果有人从八楼进去，他不可能看不见，所以很可能是一伙的。入户盗窃的本来就是团伙居多。"

"入室盗窃就算了……还团伙。"这时，老杨大爷拿起那张字条，好一会儿，他长叹了口气，苦笑了一声，"这简直、简直……唉！"

这里头好像还有故事，喻兰川和于严连忙坐直了听。

"当年江湖朋友们奉承，冠了'五绝'的名号给我们几个老东西。"老杨大爷慢吞吞地说，"小川，你大爷爷这么多年，为人处世无可指摘，有'寒江七诀'，剑光如雪，所以人称'寒江雪'。'浮梁月'说的是当年一位老兄长，姓韩，练的是道家一派的功夫，祖上在武当山拜过师，后世又融合了奇门、八卦的绝学，仗义得很，抗日战争时期救过你大爷爷的命，不过老兄长比我们大不少，二十多年前就过世了，家里有个孙子辈的，以前也住这儿，当公务员，现在搬走了，我看那体形都快'三高'了，祖上的功夫肯定是早撂下了。

"'穿林风'是我这一支，我啊，没什么本事，本来也不配跟其他几位相提并论，因为以前在丐帮管过几年事，所以大家伙给我面子。至于'堂前燕'……我记得他姓闫，大名叫闫若飞，本来避世很久了，战乱年月被人请出山，我见过他几次，为人很腼腆，一笑就脸红，像个书生，可真是千里无踪的好功夫。他一个人，从好几层带着枪的卫兵里神不知鬼不觉地闯进去，手刃了三个大汉奸，通缉令挂得大街小巷都是，多少穷凶极恶的人因为他睡不着觉。"

喻兰川问："后来呢？"

"后来啊，牺牲了。"老杨大爷说，"日本人和汉奸到处抓他，有人出卖了他跟几个朋友落脚的地方，他觉得自己有轻功，能跑，就给其他人打掩护，让别人先走……可是堂前燕子，快得过无影的清风，没快过枪子啊。"

第四章

"爷爷老了，有些事看法可能不太对，"老杨大爷很诚恳地对于严说，"若飞兄当年是孤身一人来的燕宁，家人我们都没见过，但我想，他那样的一个人，后辈儿孙再不肖，也不至于做出这种事啊。"

这听着像个烈士后代，没根据的罪名，于严也就不好挂在嘴上瞎猜，就问："那您看，这个自称堂前燕传人的，有没有可能是冒充的呢？"

老杨大爷一愣："这……"

喻兰川忽然问："高楼失窃案什么时候发生的？"

于严翻出手机，查了一下工作日志："凌晨一点到四点之间。"

"现在还不到十一点。"喻兰川敲了敲自己的表盘，"案发时大概十点，这楼上有一百多住户，所有人家的阳台都朝一个方向，十点钟的时候，至少有一半以上的人没有熄灯睡觉，如果是一个盗窃团伙，你不觉得他们太显眼了吗？"

于严皱了皱眉。这时，他收到了同事的呼叫，一个女警找他："于哥，你去哪儿了？"

于严："楼下，问问目击者，怎么了？"

女警声音略微压低了一点，好像有什么不好说的事情："有点情况，你能上来一下吗？"

于严冲喻兰川晃了晃手机，两人一前一后地站起来，跟老杨大爷告别。临出门的时候，喻兰川忽然想起了什么，摆手让于严先走，转头问老杨大爷："杨爷爷，您一直说'五绝'，可数来数去只有四个，还有一位呢？"

老杨大爷一愣，沉默下来。

喻兰川问："我问错话了，不能提吗？"

"倒也不是，只是说来话长。"老杨大爷想了想，"五绝中这最后一位……嘿，怎么说呢？当年我们那是特殊时期，所以各路好汉都能不计出身、不计门第地凑在一起——要是在太平年月里，这位朋友……其实不大算是咱们正道上的人。"

喻兰川听了他的用词，头都大了，没想到21世纪了，武林还有正邪之分，他这"盟主"，以后不会还有带小弟围剿魔教的义务吧？

"当然，这都是很多年前的事了。"老杨大爷又说，"这位朋友当年没透露过自己的姓名，因为人送绰号'万木春'，江湖朋友尊一声'春先生'，长得特别好，秀气到什么程度呢？他票过戏，能唱男旦，一扮上行头，满堂彩。人也柔柔弱弱的，一两百斤的粮食口袋，你要是让他扛，能把他后背压弯了，走一阵就得放下歇一阵，脸也白了，气也虚了，手无缚鸡之力。可你知道他是干什么的吗？"

喻兰川心想：……狗头军师？

老杨大爷叹了口气："'万木春'这三个字，落在'春'上，取的是'随风四散''润物无声'的意思——就是他跟你错身而过，客客气气地冲你点头一笑，你还没来得及答应，咽喉就裂开了。他们这一门，有个绝活儿，把人大卸八块，就像传说中的庖丁解牛，手里拿一把小刀，解完大气不喘、谈笑风生，刀刃一点儿都不能卷，也就是说不能费劲，费劲了，那就是功夫、眼力不到家。"

喻兰川问："杀手？"

"对。当年啊，提起'万木春'这仨字，听见的人都打个寒噤。"

老杨大爷神色微微一黯,"虽说也是个义士,但跟我们终归不是一路人。后来'万木春'金盆洗手,武林大会的时候偶尔也过来坐坐,来了就喝一盏茶,喝完就走。后来春先生年纪大了,收了个关门弟子,让徒弟替他来。那小子也是一身邪性气,来了就跟老人们打声招呼,和他师父一样坐下喝茶。有后生年轻气盛,看不惯,私下里叫了一帮人去堵他,结果……唉。"

喻兰川奇怪地问:"怎么?"

"这伙后生被他挨个挑断了手筋。"老杨大爷说到这儿的时候,大半张脸藏在阴影里,看不清是什么脸色,可喻兰川无端觉得他的表情有些晦暗。老杨大爷不知想起了什么,出了一会儿神,好半晌,才又接着说:"他们这一门,练的就是杀术,断筋不是断喉,可能已经算'点到为止'了吧。这梁子结下,他也就不跟咱们这边来往了。念着老一辈的旧情,二十年前,他过来看过你大爷爷一次,我远远地扫了一眼,看见他身边还带着个小家伙,说是收养的徒弟,现在也不知道怎么样了。不是一路的人,可能终究是走不到一处去吧。"

喻兰川听完,对多年前的传奇故事毫无感想,只是头更疼了。他希望"武林大会"是个和谐太平的大会,最好是大家坐在一起吃点水果瓜子,叙叙旧,聊聊股票,然后互相交换一下土特产,就友好地各回各家。像这个"万木春"这样的"幺蛾子代言人",到时候可千万别来。

于是他揉着太阳穴,匆匆上楼了。

于严被同事叫到八楼,呼叫他的女警把他拽到一边,小声说:"于哥,我觉得不太对劲,我怀疑那个聂恪是个'安嘉和'①"

于严一皱眉。

---

① 安嘉和是电视剧《不要和陌生人说话》里的角色,由演员冯远征扮演,是个经典的家暴男。

"向小满——就是那个聂太太,她一天二十四小时基本都在家,聂恪下班也还算规律,回来就把车停楼底下,看他家车就知道男人在不在家。按理说高楼行窃的贼肯定都是老手,作案之前没踩点吗?而且那个向小满躲躲闪闪的,基本不正眼看人,一有人问话,她就往后缩。听说他们都搬到这儿一年了,她从来没跟邻居主动打过招呼,这么一个人,突然有贼闯进家里,她第一反应是上去抓?我不信。"女警语速很快地说,"头撞成那样,脸还破了,不肯去医院……我怀疑她身上还有别的伤。"

于严问:"你的意思是,他家根本没进贼,是聂恪打老婆撞碎了窗户,惊动了邻居,就坡下驴找了个借口?"

"对,"女警义愤填膺地说,"男人没有一个好东西!"

于严:"……"

"不是……于哥,我没说你,你不算。"

"行吧,我就当你是夸我。"被同事开除"男籍"的于严假笑了一下,没跟不会说话的后辈一般见识,又问她,"邻居都问了吗?"

"问了,都说不知道。"女警说,"大家关着门过日子,就算听见动静,也说不清是夫妻吵架还是家暴,不会随便跟警察说的。再说那个聂恪,平时挺会做人的,出门还经常给邻居带东西,在这楼人缘不错,抓不着他的把柄。除非女的自己报案,跟我们去医院验伤,可是她根本不跟我们说话。于哥,你快想想办法。"

于严无奈地看了她一眼,心说:我能有什么办法?

别说受害人自己不想让人知道,就是那些主动报案的,又有多少中途反悔没下文了?家是人灵魂的一部分,因此家庭暴力里往往杂糅着多重复杂的心理问题,再被漫长的时间、外界的舆论与物质条件等打成一个死结,这事不是"男人打女人"一句话说得清的。这些刚工作不久的小青年,总觉得自己穿上制服,就能拯救世界,把"工作的意义"看得至高无上。

可工作能有什么意义？不就是养家糊口吗？

管能管的事，不渎职，已经是最高职业道德了。

但于严也是年轻过的，他是个温柔人，不想端着世态炎凉往后辈的热血里泼，想了想，他就说："咱们也不能按着头让人报案，但是今天这事可能有目击证人，找到证人，说不定……"

女警眼睛一亮："那个'蜘蛛人'？"

"对。"于严糊弄她说，"当时这个'蜘蛛人'就趴在窗外不远的地方，804的动静那么大，他肯定看见什么了，我们可以先找到这个人。你要是不放心，可以试着给聂太太留一个私人联系方式。有时候人们不见得愿意报警，但要是有个可以求助的人，她走投无路的时候说不定会试试。"

小女警信了他的邪，干劲十足地去了。于严看着她的背影叹了口气，走到楼道尽头点了根烟，心里隐约觉得这一宿是白忙了。

聂恪家没丢什么东西，而除了聂太太向小满脸上的伤，"贼"也没留下什么痕迹，警察们查了一圈、问了一圈，果然没什么收获，只好让他们登记一下，然后撤了，等着看这个给喻兰川下战书的"蜘蛛侠"还会不会出现。

一百一十号院的居民沸沸扬扬地讨论了好几天，除了楼下宣传栏里多了一个提醒大家"锁好门窗，注意安全"的通知外，再没有别的水花了。

"聂太太，早啊。"

"小向，出门呀？"

"天气这么好，是该出来转转，别老在家里闷着。"

向小满低着头，步履匆忙地穿过东小院，别人打招呼，她也不搭话，只是敷衍又仓促地笑一下。

小风把东小院里三姑六婆的声音吹过来，细细地灌进她的耳朵。

143

"……命好呗，家里有房有车，老公能挣钱，天天在家躺着，班也不用上。"

"人家那不叫'家庭妇女'，叫阔太太，家庭妇女不得管家干活儿啊？她们家孩子在门口上幼儿园，没见她接送过一次，每天不到快中午不起，吃饭都是在外面买，一礼拜请一次小时工……这不是，去门口洗衣店里拿衣服去了，哎哟，花钱洗衣服，啧！"

"人家老公好，有本事你也嫁。"

"我嫁你爸，给你当后妈好不好……"

说笑声刮过向小满的脸，像大耳刮子，然而她仿佛已经是挨惯了的，并不在意，木着脸来到了街角的洗衣店。洗衣店是个老头开的，雇了个二十来岁的小青年打杂，这个时间，老头去吃午饭了，小店员接待了她。

说起这个店员，大家怀疑他不是哑巴就是结巴，因为基本没听他说过话，有人问，他就只会点头摇头，逼急了"嗯"一声，一年四季戴口罩、插耳机，好像不遮着脸，他就没安全感似的，穿一件画着卡通小人的旧T恤，从不跟人对视。

向小满掏出收据条，放在柜台上。店员就对照着收据，找她送洗的衣服，俩人谁也不出声，谁也不看谁，跟演默剧似的，店里只能听见烘干机转动的声音。完事后向小满清点了衣服，头也不抬地略微一颔首，转身要走。

可是这时，店员居然出声叫住了她。

"等等。"店员有一米八，是个高大的小伙子，说话声音却又虚又弱，像猫叫，"你……您等一下。"

向小满回过头去，看见店员从柜台下面摸出一个小纸包，纸包里是一把小刀片。

他的手哆哆嗦嗦的，声音也哆哆嗦嗦的："这……从您兜里捡的，是您的吗？"

第五章

向小满一回头,店员的上半身就下意识地往后仰,好像她的目光是飞溅的热油,得拿个锅盖挡住脸才安全。接着,他又似乎鼓足了全身的勇气,磕磕巴巴地"喵"道:"您……您要冷静,还有小朋友呢。有什么事情……有过不去的事情,可以找别人帮忙的呀……我……"

他的声音低而迟缓,还有些口齿不清,像个智障。向小满不等他说完,就面无表情地走过去,连着纸包,抢了刀片就走。店员闭了嘴,不知所措地望着她的背影,主动和陌生女人说两句话,好像已经透支了他所有的体力。直到她走出洗衣店,他狂飙的心跳也没有要降下来的意思,连腿也跟着一起发抖了。

好一会儿,他才从门口的镜子里看见了自己的形象——他五官端正、身材高大,但"端正"得并不美观,没什么特点,过目即忘;"高大"也不是"器宇轩昂"和"孔武有力",不知道为什么,他明明不是个胖子,就是看着有点蠢笨,头帘遮住了眼睛,明明早晨刚洗过,这会儿已经油得打绺了,整个人的气质紧绷而畏缩,好像时刻预备着给谁鞠躬。

"丑男。"他想。

看不下去自己的形象似的,他移开了目光。

洗衣店门口人来人往,他每天看见别人谈笑风生,都觉得纳闷,怀疑这些人私下里都有台本，说的话都是事先写好背下来的，否则怎么可能那么轻松，一点儿磕绊也不打呢？每一次被迫和别人说话，他都得像把脑袋别在腰带上一样"豁出去"。

语气、语调、手放哪儿、眼睛看哪儿、说什么，这些他都得在心里彩排好几遍，可是彩排也不管用，一旦开了口，一心八用，他还是难免左支右绌。越说不好，他越慌，越慌越说不好，而人们也往往没有耐心听完他吭吭哧哧的表述，他们会打断他、忽略他、敷衍他……或者干脆转身走开。

他就像个格格不入的怪物，每次试图伸出触角碰周围的世界，都会遭到一场电击，久而久之，"伸出触角"就仿佛有了生命危险。

洗衣店的外间有个接待柜台，柜台后面是洗衣间，旁边还有个很小的杂物间，清洁工具、店里用的衣架和塑料袋之类都堆在那儿。这些杂物空隙里，塞了一张窄小的行军床，那就是他的窝了。

窝里有一台型号很旧的笔记本电脑和一个绫波丽的手办——就一个，也不是什么限定版，网上那些大神动辄一个展示柜的收藏太奢侈了——这个普通的手办虽然不怎么贵重，却一直陪着他，就像一个熟识亲近的朋友。他通过动漫了解她的故事，而她也在日复一日的陪伴中，明白他在想什么，无须赘述。

"闫皓！闫皓！"洗衣店老板回来了，大着嗓门叫他，"又跑哪儿去了？"

店员一哆嗦，小心地把绫波丽放好，转身走了出去。

"哎，吓死我了，你这小子，走路不出一声呢？"洗衣店老板拍了拍胸口，扔给他一个小本，"115号到121号的衣服好了，打电话催他们来取。"

闫皓听见"打电话"仨字就头皮发麻，比起打电话，他宁可徒手火中取栗。于是低头接过小本，他阳奉阴违地作个弊——把通知编成了短信，照着电话号码本群发。

老板看见，就唉声叹气地说："让你打个电话怎么了？两句话的事，现在广告那么多，好多人根本不看短信的。小訚啊，你这么内向可不行啊，你看你，没事就在屋里玩电脑、摆弄塑料小人，多大人了还看动画片，时间长了，心理都不正常了。人得跟别人交流，得出去交朋友。天天在屋里闷着，你连对象都找不着，会被社会抛弃的！"

訚皓默默地在旁边听，三脚踹不出一个屁的样子。老板一看他这副德行，头发都愁掉了一把。

"这回再开武林大会，你可不能在后面缩着了，去的年轻人也不少呢，多认识几个没坏处，听见没有？你家人把你托付给我，我就得负责任。"老板一边数落，一边看訚皓缩头缩脑的样子生气，于是气沉丹田，暴喝一声，"腰杆挺起来！你家祖上是英雄，不是打洞的地鼠，给谁作揖呢！"

訚皓吓得一激灵，后腰倏地一下挺直了，站成了一张棺材板，然后贴着墙，姿势很晦气地溜了。

向小满离开了訚皓的洗衣店，却并没有像往常一样直接回家。她拎着装满了衣服的大塑料袋，沿着满地黄叶的林荫路走了一段，拐进了一条小胡同。胡同口有一家网红甜品店，常年排队，向小满犹豫了一下走过去，站在了队尾，目光却很不安地四处打量，似乎在寻找着什么。

这时，一个中年女人向她走过来，排在向小满身后，轻轻地拍了拍她的手肘，问："这家卖的东西有点贵啊，好吃吗？"

向小满本能地瑟缩了一下，但是并没有躲开。

中年女人很慈祥地朝她笑："不过真正的好东西，贵也值得，对吧？"

她说着，若有意若无意地摆动了一下手臂，不动声色地把一个纸包塞进了向小满手里。向小满好像碰到了什么可怕的东西，脸上稀有的血色也褪净了。

"11月11号，记着。"中年女人收了笑容，音量低得近乎耳语。她狠狠地握了一下向小满的手，然后转身走了。

向小满怕别人听见，慌里慌张地往周围看。排在她前面的，是几个不知道什么原因提前放学的中学生，统一地插着耳机，都全神贯注地低头玩手机，没人注意她，她这才松了口气——也是，谁会把稀缺的注意力放在她身上呢？

没有的，三十多年来，从来没有过。

向小满匆匆看了一眼女人塞给她的东西，那是一个信封，信封里有个纸包，装着一些药粉，信封上印着行宋体字：为什么是你？为什么不是别人？

她看见那行字，抿了抿发白的嘴唇，从队伍里走了出去，把信封塞进外衣兜里。这时，她又在兜里摸到了什么东西，掏出来一看，是一张字条，字条上清秀而有些稚气的字体写着一个私人电话号码，以及一句话：有什么困难随时找我，我随叫随到。

这是那天来她家的女警临走时悄悄塞给她的。向小满脚步微顿，脸上一瞬间闪过动容神色，可是这一点犹豫稍纵即逝。很快，她的眼神又恢复了麻木坚定。向小满把小女警留给她的字条团成一团，扔进了旁边的垃圾桶。

纸团没扔准，砸到垃圾桶边缘又弹了出来，滚到了小路中间，向小满没有回头看。

她刚一走，甘卿就靠着墙，从一条小岔路的土墙后面转了出来，眯着眼目送了向小满片刻。她走过去捡起了那张字条，脸上和煦愉快的笑容消失了，若有所思的眼神有些阴郁。一个刚买完东西的男孩闷头往前走，不小心撞了她，刚想道歉，一偏头，正好撞见她的眼神，莫名一哆嗦，匆匆走开了。

不过，人走了，那男孩手里的肉松蛋糕味却留下了。甘卿回过神来，皱了皱鼻子，阴郁的眼神馋没了。她随手把那张字条揣进兜里，转到小店窗口前看产品价目表。浓郁的奶油香味从窗口源源不断地钻出来，勾勾搭搭地不让她走。甘卿一边看，一边捏了捏兜里的零钱，感觉单薄憔悴的人民币正含泪控诉主人不珍惜自己。她良心上有点过不去，于是脚朝前、头往后，一步一挪地准备往回走，盘算着下个月多坑几个冤大头，拿了提成，一定要过来吃一顿。

正在这时，迎面过来几个中学生。甘卿眼睛一亮："小齐齐！"

说冤大头，冤大头就到！

刘仲齐他们学校开秋季运动会，所以才提前放学。他刚代表班级跑完三千米，不知是累着了还是怎样，反正眼皮一直在跳，被甘卿一嗓子吓了一跳。

"过来，过来。"甘卿笑得高深莫测，冲他勾了勾手指，"少年，请我吃下午茶，我教你一招万能防身术。"

刘仲齐一听，屁颠屁颠地就跑过去了。

十五分钟以后，阳光明媚的甜品店里，再一次上当受骗的少年出离愤怒了："这就是你说的万能防身术？！"

"这就是世界上最有效的防身术。"甘卿咬了一口皮薄馅大的雪媚娘，软绵绵的奶油馅裹着巧克力豆，口感层次分明，巧克力豆有些融化了，丝绸似的，一抿就化，而最里面的奶油却还带着细小的冰碴，刚好解了这一口甜食的腻，回味悠长，甘卿觉得吃完这一口，天塌下来都不算事了，于是很有耐心地跟刘仲齐解释，"逃跑的学问可大了，你不单得能跑、跑得快，还得能眼观六路，耳听八方，你要利用地形甩开对方，绝不能让别人有机会绕路堵你，不能完全跑直线，否则他们一扔东西就很容易砸着你……"

刘仲齐愤怒地打断她："你这个骗子！"

上次，她用报警器骗他请了一顿麦当劳，上上次，她用卑鄙下流的撩阴脚骗他买了一条二百五十块的转运手链。

他居然不长记性,又上了第三次当!

没脸啊!

"我真没骗你,山外有山,人外有人,再厉害的高手也总有失手的一天,没有什么功夫是万能的。"甘卿喝了一口清咖啡,漱干净巧克力雪媚娘的遗味,又把小叉子伸向一块杧果慕斯,"想要立于不败之地,只有不动手——你见过你哥跟人动手吗?没有吧!他知道世界上所有的投诉电话,能逼逼绝不动手,这才是真正的高手风范。"

刘仲齐:"我呸!"

甘卿一点儿也不觉得跟小孩骗吃骗喝有什么不对:"反正你也没有女朋友,攥着零花钱没地方花,钱多烧手,万一你又跑到泥塘后巷那种地方消费,被人绑架怎么办?我帮你降低一点风险,不用谢,应该的。"

刘仲齐气得站起来就走,连书包也忘了拿,一口气跑出去两百多米,才感觉出肩上少了点什么,又七窍生烟地跑了回来。他闯进甜品店,看见甘卿斜靠在窗台上,一束窄窄的光穿过玻璃,刚好掠过她的眉目。她低头看着什么东西,身上有种时光凝滞不动的、异样的宁静和冷漠。

那一瞬间,刘仲齐忽然想起城中村里救他的那个甘卿——无论是打她、骂她,还是伸手推她一个跟头,她都不在意,她似乎不在乎危险,也不知道疼,仔细品,有一点对万事都冷眼旁观似的倦怠。

刘仲齐愣了片刻,顺着她的目光看去……

"谁让你乱动我作业的?!看什么看!"刚灭的火又烧起来了,刘仲齐气急败坏地扑上去,一把抢回自己刚做了一半的英语卷子,"书包还我!"

"我是怕人给你拎走,好心替你看书包才拿过来的,你那卷子也是自己掉出来的。"甘卿把书包扔给刘仲齐,惬意地嘬了一口奶茶,"得好好学习啊，小朋友，别一天到晚老想着飞檐走壁了，完形填空一共二十道，你错了十四道，真行！考试不及格不比被人打一顿恐怖吗？"

刘仲齐这张卷子是刚发的，要交上去给老师判的，学生手里没有答案。他冷笑一声，抢过试卷就走，心想：这文盲混混初中毕业了吗？装神弄鬼，就跟她看得懂一样。

文盲混混甘卿心满意足地吃了一顿下午茶，一个蛋糕渣都没剩，然后她站起来伸了个懒腰，在手机日历的"双十一"这一天上打了个标记。

"时间是……'双十一'？"于严一脸匪夷所思，"你确定吗？谁定的脑残日子？"

"我。"喻兰川双手抱在胸前，一挑眉，"你有什么意见？"

于严说："光棍节召开武林大会，盟主啊，你就不怕孤独一生吗？"

"孤独一生怎么了？孤独一生挺好的。"喻盟主半死不活地说，"十一号那天是周日，上午我能以体检的名义空出来半天。而且这样一来，外地来的可以周六过来，周日下午各回各家，不用耽误他们上班、上学……也省得来参加的都是些无业游民和退休闲散人员。"

"行啦，看你那张晚娘脸，你就当找了个一月八千的兼职，八千多的兼职可不好找。"于严劝他，"你们这大会的地点是，呃……老年活动中心？"

喻兰川一来是忙，二来是也没办过这种事，所以这一次"武林大会"，除了时间是他定的，选址、会议议程安排等，还都是老杨大爷他们操办的，宣传海报也是"为友谊干杯"的中老年画风。

至于会议安排，一想起来，喻兰川就觉得生无可恋。

"你们动静最好别太大。兰爷，我跟你说，你们这事没有依法报备，万一太闹腾了，有人举报你们非法集会就麻烦了。"于严一边严肃地叮嘱，一边往后翻会议议程，"大会全程严禁武斗，以和平交流为最高宗旨……哦，这样就挺好……第一项，各大门派入场，盟主讲话，嗯……就是互相熟悉的寒暄环节。第二项是……自由交流，为便于交流，各门派打散后分开坐，座次分为三区块，五十五岁以上及各派掌门（仅已婚掌门）进入A区，未婚人士填写信息表进入B区，其他宾客进入C区……怎么，你们座次还分已婚、未婚？"

喻兰川伸手捂住了眼睛。

于严读着读着，隐约觉得有什么地方不对劲："……自由交流环节结束后，B区小辈按座次，逐个到A区，接受长辈考校指点。第四项，才艺表演及午餐……不是，兰爷，你等等，我觉得这活动安排有点眼熟。"

喻兰川伸手抢回了武林大会议程本，正色打断他："看完了是吧，好，那我们说说这个'堂前燕传人'的事。"

"没看完，"于严说，"我分析一下你们这个会议议程……"

喻兰川："你不用分析了。"

于严抢在他前面开口："所以你们武林大会的流程是，首先报家门，然后已婚人士闪避，未婚男女速配，再排队见家长，最后吃个饭？"

喻兰川："……"

就他有嘴！一天到晚叭叭个没完！

于严乐不可支："可以啊，盟主，人才啊！"

喻兰川从牙缝里挤出一句话："我说过了，不是我安排的。"

偷懒的喻盟主没有常识，竟敢放心把这种事交给老杨大爷他们，低估了我国中老年团体的能力——他们能把一切主题的一切聚会，都变成相亲大会。

于警官扶着办公桌笑成了狗。

喻兰川扶了扶眼镜，面无表情地说："我问过了，不让动武这事是好多年的老规矩了，杨老他们还在，只要这个不知真假的堂前燕传人还想混下去，应该就不会在开会的时候冒头。我想他会等我落单时找我——这样，会后，我把客人都送走，找机会独自留下来还原活动中心会场。他既然下了战书，这时候大概会出现，到时候你们在外面等我信号，我帮你们留住他。"

于严问："你有把握赢他吗？"

喻兰川莫名其妙地回答："我哪儿知道，我又不认识这人。"

于严有点担心地问："那万一你不是他的对手呢？"

"那就认输呗，"喻兰川毫不犹豫地说，"受伤就让他赔我医药费和误工费好了。"

于严："……"

武侠小说里，高手约战，往往都是赌命，毕生尊严与成败在此一举。根据不完全统计，在比武中战败的人，下场有自杀、发疯、自绝经脉、自废武功……最轻的症状是抛弃自己的兵器，从此名誉扫地，江湖不见。还没打就惦记误工费的，大概古往今来独此一份了。

于警官被武林新一代盟主宽广的胸襟震撼了，半天没说出话来。

喻兰川拍板："那就这么定了，我还有事，先走了。"

"哎，兰爷，"于严死皮赖脸地拽住他，一路小跑地跟着他往外走，"不急，你还没跟我说，作为一条单身狗，即将主持中华人民共和国成立后第二十三届武林相亲大会的感想呢……"

喻兰川："滚！"

于严问："主持人可以拿免死，不，免催婚牌吗？你们那儿有好看又能打的妹子吗？圈外人——比如我，能参加吗？哎……你仗着自己腿长走得快是吧？"

喻兰川懒得跟他多说，抬手拦出租车。

"别假正经啊兰爷，"于严在他身后说，"你不会加班加弯了吧？"

喻兰川头也不回："弯成勺也看不上你，放心。"

于严嬉皮笑脸地说："我记得你小时候可闷骚了，初中那会儿，隔壁班女生递情书，看都不看直接扔，一天到晚端着张'不与世俗同流合污'的架子,然后回去偷偷画小女孩。"

喻兰川:"我画的是你妈。"

于严:"就知道你不承认,我有证据!同一个人,不同姿势,一个素描本画满了,足有好几百张,我拍照留念了……"

喻兰川把出租车门冲他脸一摔,留下一串尾气,没影了。

他才到自家楼下,手机就疯狂地振动起来,打开一看,于严发了张照片过来,照片上还打了水印,名曰:武林盟主黑历史档案。

喻兰川刚想开骂,看清了那张照片,却忽地一愣。画面像素不高,好像给那些青涩的笔触打了滤镜,画了一张女孩的侧脸,骨骼轮廓凛冽,眼角微弯,画技虽然不高明,但异常鲜活。

于严没心没肺地发信息说:"乍一看还有点像你隔壁的小美人啊!哈哈,兰爷,说实话,你这么多年审美是不是就没变过?"

喻兰川顺手把他拉黑了,眼睛却没法从那张画上挪开。他盯着那张侧脸看了足有半分钟,然后恍然大悟——难怪甘卿一直给他一种说不出的熟悉感,画上的女孩与她几乎如出一辙,原来他以前真的见过她。果然,狗血的一见钟情并不存在,每一种让人困惑的吸引力背后都有缘由。

但喻兰川这口气没舒到底,又呛在了半途,他忽然如遭雷击——等等,画上的女孩和甘卿如出一辙?

这件事,可是说来话长了。

喻兰川他们家,老一辈的大爷爷是个浪老头,上一辈的他爸是个浪中年,根据不完全统计,这很可能是个"后浪推前浪,一浪高一浪"的家族——至于他本人,尽管现在看,还算颇有个人样,但以后的事谁都不知道,也没准是他正在潜伏期。

喻兰川的母亲,则是完全相反的人,她是个要命的完美主义者,一辈子严于律己,更严以待人,笃信"人无远虑,必有近忧",每时每刻都在焦虑,并伴随着极强的控制欲。他父母的组合,就好比是大野马和洋灰、水泥,俩人都没毛病,只是单纯不配套。

遗传了喻家浪荡基因的喻兰川从小就"乖中带野",尤其是中二时期,虽然大体上也能循规蹈矩,但必须自己主动循,一旦有人来干涉,他就必须要阳奉阴违。刘仲齐刚出生的时候,他妈有点产后抑郁,情绪起伏很大,平时还能克制的控制欲也变本加厉,闹得家里时常鸡飞狗跳。有一次正好是刚开学,喻兰川的心还在暑假里浮躁着,没来得及调整好状态,作业写得敷衍了些,被他情绪不太受控制的妈看见,一把撕了,要求他重写,还声称要给他老师打电话。

那是十五年前,正中二的喻兰川也没跟她吵,默默把作业重新誊了一遍,然后晚上趁大人睡觉,收拾了自己的东西,连字条也没留,离家出走了。

不过,虽然同样是离家出走,但喻兰川自觉比刘仲齐强一点,刘仲齐那小子完全是一时冲动,连在哪儿落脚都没想好,他当年却计划得明明白白——先去大爷爷那儿借住一阵子,然后找个理由申请住校,以后再也不回家了,眼不见,心不烦。

想来,他妈后来对小儿子实行"放羊式"教育,应该也是吸取了大儿子的教训。

那天,喻兰川深更半夜打了辆车到了一百一十号院,敲了半天门,没人应。他逢年过节总来住,自己有大爷爷家的钥匙,就开门进去了。老头的卧室门开着,小喻兰川探头看了一眼,发现被子是摊开的,老人似乎是已经躺下了,不知有什么事,又匆忙出去了。小喻兰川等了一会儿,困得睁不开眼,于是把书包挂在门后,去小屋睡下了,本以为第二天一睁眼就能吃到老头的炒米饭,早晨起来才发现,老头一宿没回来。他在屋里踅摸了一圈,最后在老座机电话旁边找到了一张潦草的字条,有人用铅笔涂了个地址,小喻兰川辨认出了"泥塘后巷"几个字。

熊孩子没人管,旺盛的好奇心一点就着,小喻兰川兴致勃勃地

155

循着字条摸到了传说中的"泥塘后巷"探险,还在路边买了一袋小包子,结果包子没吃完,他就在错综复杂的小巷里迷路了。他刚想找个人问路,就被打晕塞进了车里。一个陌生女孩恰好路过,不但扒车跟了上去,半夜把他捞出来,还在被绑匪们带着狗追的时候,把他留在垃圾处理厂,自己带着他的衣服引走了追兵。

喻兰川在臭气熏天的垃圾堆里惊恐地听着嘈杂的声音从不远处掠过,奔向远处。人在怒骂,狗叫声变了调子,凄厉得像狼嚎。他拼命伸长了耳朵,想听见那女孩的只言片语,可是没有。他想从那里爬出去,去找她,可是那些人来得太快,跑得也太快,他还没反应过来,他们就不知道追着那女孩往哪儿去了。小喻兰川独自躲在黑暗里,看不见也听不见,心里于是充斥起各种鬼影幢幢的想象,一会儿是她被那些人抓住了,一会儿是大狼狗扑过去咬死了她……

直到第二天清晨,有垃圾车开来,他才被救出来。大爷爷找了他一天一宿,头发都快急白了。

就是那一次,那个隐藏在身边的神秘世界向他揭开了一角。再后来,那伙穷凶极恶的绑架犯被抓住了,喻兰川才知道,他其实是卷进了一场江湖纷争,有人盯着一百一十号院,他一出门就被人跟上了。一百一十号院靠近市中心,本来对方也不敢怎样,谁知道他自己跑到泥塘后巷,自投罗网。

这件事过去了,可是那个救了他的女孩,却再没有人见过。那个下落不明的小姑娘,整整折磨了喻兰川小半年,领衔主演了他每一场噩梦。从那以后,他再也没干过出格的事,再也没闯过自己收拾不了的祸,还缠着大爷爷学了"寒江七诀"。

对了,喻兰川忽然想起来——其实,他最早学剑的时候,年纪还小,还没有好好保健预防猝死的意识,之所以能坚持下来,初衷就是为了以后在遇到危险的时候保护自己和别人,不至于惊慌失措,不至于追悔莫及……

也可以说，练剑就是因为她。

那个神秘出现又神秘消失了十五年的女孩……可能就是甘卿？

那天，她被那些人追到了哪儿？后来发生了什么事？这些年她一直住在泥塘后巷吗？还是去了别的地方……她的手又是怎么回事？

喻兰川三步并作两步跑回家，翻箱倒柜地翻自己的旧物。这么多年了，他又是留学，又是工作，搬家成了家常便饭，小时候的东西也早就丢光了，但那本画是他在大爷爷家借宿时画的，他知道老人会替他留着。

喻怀德老人把他的旧物都收在一个小箱子里，一件不少，喻兰川把那些鸡零狗碎都倒了出来，找到了他掉页的素描本。

他的心随着一幅一幅素描画狂跳起来。喻兰川翻看了半本，困兽似的在屋里转了三圈，随后猛地拉开门跑出去，要去敲隔壁的门。

这时，电梯响了一声，一股有点甜的香水尾调扫过来。来人打了个哈欠，懒洋洋地问："小川，什么事啊？"

走过来的是刚从外面回来的张美珍。喻兰川这才回过神来，干咳了一声："我……找甘卿，有点事问她。"

"哦，急吗？"张美珍用指尖擦了擦化着妆的眼角，"不急就明天再说吧，那小尼姑睡得早，早就梦里念经去了。要么，我给你带句话？"

喻兰川胡乱摇摇头，默默地给老太太让路，在楼道里站了好半晌，才带着心事，失魂落魄地回了家。

从甘卿对丐帮、五绝、一百一十号院的熟悉程度来看，她很明显是属于这个圈子里的人。那么当年她知道自己救的人姓喻吗？现在她对着他，没有表现出一点异样，是没认出他来，完全不记得当年那件事了，还是故意揣着明白装糊涂？

一连好几天，喻兰川都想尽办法堵甘卿，可隔壁这位就跟懂读心术一样——以前没事天天在他眼皮底下晃，这几天却行踪成谜。喻兰川连堵三天，一无所获。

每天早晨，喻兰川起来的时候，甘卿已经不知道晃到哪儿吃早饭去了，一顿饭吃起来没完似的，老也不见回来。喻兰川得按时上班，等不了太久。晚上他下班回来，回早了，她不在家；回晚了，隔壁又熄灯了。甘卿这一阵子作息格外不规律，好像一天到晚在外面。

时间就在喻兰川的忙碌和心神不宁里飞快掠过，11月11日转眼就到了。一百一十号院迎来了老盟主喻怀德老人过世后的第一个相……不，武林大会。

第六章

　　这只是一个平静的周末，大家头天晚上抢购都抢到后半夜，早上九点之前，小院里都没几个人，所以也没人注意到一百一十号院的不同寻常——这天，以老杨大爷为首，时常戴着红袖箍在楼下转的几个老人不见了，楼里的几个老住户也都很早就离开了家。洗衣店没有开门营业，皮具修理店也闭门谢客，路南、路北的煎饼摊跟商量好了一样，集体旷了工。方圆两公里之内的乞丐和流浪汉们，也都不约而同地没有出现。

　　这座貌不惊人的老楼，平时仿佛笼罩着一层看不见的保护膜，而这一天，这层保护膜短暂地消失了。

　　一百一十号院西门口的双语幼儿园和燕宁电视台有合作，今年的元旦晚会上，有孩子们的集体节目，幼儿园老师和家长都很重视，参加演出的孩子需要借周末排练，聂恪一早就送孩子去幼儿园了。

　　接送孩子的事，向小满从来不管，即使幼儿园就在小院西门口，近得像邻居。

　　老房子的客厅布局不合理，采光总是不太好，即使是白天，屋里也有一些黑沉沉的角落。孩子走后，向小满就坐在沙发的阴影里，像一尊木雕，呆呆地看着自己的手。

　　那些人对她说："你的命运、你所遭受到的一切痛苦，本质上，都是由你自己造成的,否则为什么是你?为什么不是别人?"

"你一定有错,你想要脱离苦海,就得彻底和这个畏缩的自己决裂。"

"你看看你现在这个样子,你不讨厌自己吗?"

"你要杀死那个怯懦、可鄙的自己。"

向小满战战兢兢地扭头看了一眼镜子,镜子里的女人双颊下垂,脸色蜡黄蜡黄的,毫无血色,凌乱的头发遮着半张脸,躲躲闪闪的目光从干枯的头发缝里往外冒。

这……就是我?

她喉咙里发出了一声压抑的号叫,哆嗦着抱住自己的头。

"求救没有用的,报警更没用,没有人能真心理解你,也没有人会帮你。听过祥林嫂的故事吗?"

"这个世界上,谁不是一座孤岛呢?"

"你只有今天一次机会,放心,技术上的事情,我们帮你善后。"

"你只要……"

就在这时,门口传来钥匙声,聂恪送完孩子回来了!

向小满脑子里空白一片,等她反应过来的时候,已经把信封里的药粉倒进了聂恪的保温杯里。

门锁转了两圈,聂恪开了门,向小满下意识地把纸包捏在了手里,猛地站起来,浑身僵硬地看着进门的聂恪。聂恪没在意,似乎早已经习惯了她各种奇怪的举止,看都没多看她一眼,换衣服、换鞋一气呵成,然后进屋端起了自己的保温杯——

向小满的心快从嗓子里跳出来了。

然而聂恪把杯子送到嘴边,却忽然一顿:"哦,对了。"

他发现了!药粉放多了吗?

向小满脸色惨白,手心起了一层冷汗。

聂恪奇怪地问:"你又怎么了?"

向小满的四肢开始紧张得发麻。

聂恪等不到她的回答,皱了皱眉,自顾自地说:"以前那个医生不怎么样,我觉得效果一般,最近托朋友联系了一个新的医生,下午带你去见一下,约了两点,你换身衣服。"

向小满觉得自己的唇舌都锈住了,一句话也说不出来。

聂恪唱了独角戏,温文尔雅的脸上终于也露出一点不耐烦的冷淡,皱着眉吹了吹,喝了几口保温杯里的水。

"好像是隔夜水。"他嘀咕着,打算去厨房把水倒掉,"一股怪味。"

厨房里先是响起洗涮杯子的水声,紧接着,保温杯掉进了洗手池,"嘭"的一声,随后是重物落地的一声闷响。

药劲上来得很快,聂恪摇晃片刻,徒劳地去扶水池,带倒了扫帚,还是毫无知觉地顺着橱柜滑了下去。向小满的心跳快要炸开似的,她蹑手蹑脚地走到厨房门口,看着倒在地上的聂恪,艰难地扶着门框稳住了自己。

第一步,如果周围有不方便清理痕迹的乳胶漆或者壁纸,一定要铺好塑料袋。厨房和卫生间是最理想的地方,因为瓷砖更容易清洁。

第二步,穿好你的雨衣。

向小满脚步有些踉跄地翻出了一件早准备好的雨衣,手里捏紧了小刀片。

第三步……打开门,帮你的人来了。

就在这时,家门被人轻轻敲了几下。向小满喘了几口大气,打开门,两个人从外面走了进来,都戴着帽子、口罩和手套,裹得严严实实,脸上只露着一双黑沉沉的眼睛。后进来的人无声无息地关好门,透过猫眼往空无一人的楼道里看了一眼,跟同伴互相点了下头,另一个人则走进屋里逡巡了一圈,扶住了向小满的肩头。

"嘘——"他在向小满耳边说,"别怕。人的身体,又结实又脆弱,找到正确的地方,小孩子也能轻易结果一条命;找不到正确的地方,几百斤的壮汉挥着斧头,也不一定能顺利地砍下一个人的头。庖丁解牛是一门绝技,我来教你。"

那人走过去,俯身打量了昏迷的聂恪片刻,先是把他五花大绑,在他嘴里塞了东西,然后他手里"咔嗒"一声。向小满狠狠地一震,却见他不知从哪儿拿出了一根红色圆珠笔,按出笔尖,端起聂恪的下巴,在他的脖颈上画了一条红线。

"沿虚线剪开,会不会?"另一个人握住向小满抖个不停的手,"慢慢来,刀很快,别划破手,去吧。"

向小满缓缓地走向昏迷的男人,两个把自己包裹得很严的人慢慢地退开,把空间留给她。她拼命地攥住了自己的右手,不去看聂恪的脸,把目光集中在那条红线上。

很简单的,不需要费什么力气。

冰冷的刀片落在了人的脖子……不,那条红线上。

"按下去,小满。"

向小满的手指越抖越厉害,她张大了嘴,就像发出了无声的嘶吼,手指猛地往下错,血一下子冒了出来。疼痛惊醒了聂恪,他迷迷糊糊地睁开了眼——

就在这时,804的门突然被人从外面大力敲响了。

"有人吗?"来人大声说,"开门,警察!"

向小满一屁股坐在了地上。聂恪仿佛感觉到了什么,脖子上插着刀片,剧烈地挣扎起来。屋里的两个人对视一眼,同时掠向阳台窗户。

"警察!开门!"

两个蒙着脸的人分别从阳台两边蹿了出去,竟然徒手在楼外爬。

这时,十楼一扇窗户打开,有什么东西裹挟着厉风打了过来!

人要想挂在八楼窗外,在没有工具的情况下,完全得靠手脚的力量扒在墙缝里,其中手腕和手指最吃重,楼上打下来的两道风,正是冲着两人手腕去的。

在聂恪脖子上画线的人为了躲开这一下,双脚猛地一蹬,整个人往上蹿了近一米,一着急,脚下踩空,他在空中忽悠一下,狠狈地一个鲤鱼打挺,险险地挂住了一户人家阳台窗外的衣架。另一位反应就没这么快了,风声袭来时,他没处躲避,左手腕猛地从墙上甩了出去,另一只手保持不了平衡,顿时惨叫一声,从八楼摔了下去。幸亏六楼安了防盗窗,中途拦了他一下,这倒霉蛋先是砸在防盗窗上,狠狠一震,随即又弹开,一路滚了下去,穿过二楼的防雨棚,最后四仰八叉地滚到了自行车棚上——他躺在自行车棚上,左手腕里嵌了一枚焦糖瓜子,扎进了肉里。

这时,第二拨警察正好赶到,一拥而上。

吊在衣架上的那位本想冲上十楼,看看到底是谁家的狗拿耗子,这会儿看见楼下那么多警察,也顾不上了,拼命往西边爬去,被楼下的警察们一通围追堵截。

甘卿合上窗户缝,隔绝了外面杂乱的人声,靠在窗边,把手里的一把瓜子嗑完,然后她不慌不忙地披上外套出了门。电梯把随后赶来的警察送到八楼,又"嘎吱嘎吱"地上到十楼接走了她,两路人擦肩而过。

804那边警察破门而入,最早冲进来的就是给向小满留字条的小女警,一进门就被屋里与预想中完全不同的场景吓住了。直到聂恪拼命地挣扎了一下,头磕在橱柜上,她才反应过来,忙一步跨上去,挡在向小满和聂恪中间,以防她再有过激举动。她一个同事则扑到聂恪身边,紧张地看了一眼他脖子上的伤口——还好,小刀片只是扎进了他颈侧的肉里,还没来得及伤到大血管,已经在他挣扎的时候掉出来了。

"别动,我给你解开。"

警察一薅出聂恪嘴里的布条,聂恪就开始歇斯底里地号:"帮、帮帮我按住血管,快快快!叫、叫叫救护车!这个疯女人要杀我!她要杀我!警察同志,她还有两个同伙!刚、刚刚从窗户跑了!我……我流了多少血?我……我还有没有救……"

门开着,这天又是星期天,这么大的动静,同一层的邻居们纷纷探出头,杀人未遂可不是每天都能围观到的,凶手和受害人还是两口子!

不一会儿,连其他楼层也得到了消息,八楼的楼梯口上,男女老少围了一大帮人,个个把脖子伸出两米长,五官争先恐后地往前挤,恨不能从脸上飞出来,越过拦着他们的警察,一探究竟。

向小满没再抵抗,那一刀好像已经用光了她的勇气和力量,警察破门而入以后,她就呆呆地坐在地上,茫然顺从地看着眼前的一切,任凭别人搜身。聂恪这会儿已经回过神来了,得知自己脖子上只有一个创可贴就能解决的小口子,他连忙整理衣冠,恢复了人样。

"这事我一直不想让人知道,怕邻居知道了,用有色眼镜看我们。我老婆她确实在看精神科,因为这个,她没法出去工作,家里、孩子也一直是我照顾。唉……那个……警察同志,你们、你们别太难为她,她控制不了自己的。都怪我前些年为了工作一直忽略她……"

男人斯文体面,一脸愁苦,女人目光发直,一团烂肉似的瘫在地上,危险物品似的,被一群警察围着。

隔壁的老太太围观得十分真情实感,跟着"哎哟"了好几声:"这都是什么事呢?"

"她不爱出门,我是怕她无聊,鼓励她多上上网,谁知道现在网上有那么多乱七八糟的人!"聂恪"嘶"了一声,捂住脖子,作为苦主,向全楼的人倾倒自己的委屈。

谁也不想有病,病人有什么错呢?只是运气不好而已,的确不该受到苛责。可是家人又有什么错呢?怎么就该受这种无端的折磨和拖累呢?民谚都说了,"久病床前无孝子",卧床不起的普通病人尚且招人烦,何况是精神病。

在一些人眼里，世界上所有的东西都得分成三六九等，病也是，"精神病"在这条歧视链里，自古就是底端之一，比花柳病强得有限，都不是什么好东西。

"这人得送医院啊，"楼梯口传来窃窃私语的讨论，"不然再发病怎么办？"

"家人还得上班，哪有精力二十四小时跟着她？"

"普通的病还能请保姆、请护工，这……这种也没法请人啊！"

"今天要杀她老公，明天要点房子怎么办？这也不是他们一家的事啊。"

"清理清理现场，别让他们围观了，哪儿那么多闲人！"最早接到电话的小女警有点暴躁，"知道怎么回事吗，你们就瞎说？我们接到报案，说这个男的家暴打老婆才来的——聂先生，上次说进贼的也是你们家吧？到底是真进了贼，还是你为了掩饰自己在屋里干什么，随口报假警？"

聂恪震惊地看着女警："我？我打老婆？我……你……饭可以乱吃，话不可以乱说的！我才是受害人吧！难道你们不是亲眼看见她要杀我？"

"她无缘无故就要杀你？"女警冷笑一声，"你等着，让证据说话。"

她说着，一把将向小满拉进了旁边的房间，关上了门。如果向小满是长期家庭暴力的受害人，聂恪跟她动手一定不止上次蹭破脸那一回，她身上一定还有其他的伤痕。

于严和喻兰川约好了，本来是想在老年活动中心守株待兔，等着抓那个"蜘蛛人"，谁知还没到地方，人手先被分走了一大半。

同事给他打电话，告诉他804的现场情况，听得于严一个头变成两个大："什么？蓄意谋杀未遂？背后还有个飞檐走壁的神秘团伙……真……行吧，先带走，唉，这事大了，可能得移交上级。"

挂了电话，于严给喻盟主发信息，嘱咐他如果"蜘蛛侠"出现，请他尽力拖住，片警人手不足了。

"我本来还想抱紧盟主大腿，以后少加点班呢。"于严一边发，一边对旁边同事说，"我看这盟主就是个倒霉摧的丧门星。"

同事说："疑似家庭暴力，下药谋杀亲夫，好，这就是现场版的恐婚教育，让你们都好好看看结婚的下场。"

于严看了同事一眼："说得就跟你能找着对象一样。上回相的那个又吹了？人家没看上你，还是你没看上人家？"

"说不上，我没什么感觉，她也没什么毛病，反正大家都是普通人，就那样呗，能处就处。完事我家里人又不同意，非得说这人是外地人，肯定是奔着我们家户口来的——你说逗不逗，人家也不认识我，不奔着户口来，难道还能是为了别的？"同事叼了根烟，心宽似海地笑了一声，"不同意就算了，反正我也无所谓。我爸妈要找儿媳妇，他俩出钱买房，那就他俩说了算，我不管。"

前排一个上了年纪的老民警回过头来："说的都是什么话！"

"这是讲道理的话，本来就是谁出钱谁说了算啊，花了老两口的钱，就得听老两口的话。他俩说让我跟谁结婚，我就跟谁结婚，让我生几个，我就生几个。哥，咱们想靠自我奋斗买房买车，那是做梦，没钱哪来的自由？我早想开了，踏踏实实地啃老，别作，那就是孝顺。"

于严说："一边去，三观不正。"

同事就说："行吧，你三观正，那你首付攒出来了？"

于严："……"

他以前觉得喻兰川是中二病到了第四期，跟自己家人较劲，自讨苦吃，这时，却好像忽然明白兰爷为什么倾家荡产，死扛几百万的负债了。

"哎，别聊了，于哥，快看你手机！"

于严一激灵，这是他和喻兰川约好的——今天上午如果有事微信联系,一旦那个"蜘蛛人"出现,喻兰川就第一时间用快捷键拨他电话,电话就是信号。

"走走走,快!"于严推开车门,一边带人往老年活动中心跑,一边奇怪地嘀咕了一声,"他们不是还没开完会呢吗?"

喻兰川其实就是出来透口气,因为新盟主是个未婚青年才俊,各大门派的前辈们都疯了,就差扑上来动手动脚了。喻兰川从小桀骜不驯,至今没相过亲,头一次应付这种场面,职场上摸爬滚打出来的高冷气场完全不顶用,只撑了几分钟,他就落荒而逃。他先是溜到大厅接待处,给自己倒了杯咖啡,想清净一会儿,才刚坐下,一颗小纸团突然从身后打了过来,在桌上弹了几下,落到他手边。喻兰川猛地一回头,一道影子蓦地从他身后闪过。窗户开着,喻兰川探头一看,只见老年活动中心后面的公园小树林里,打扮成蜘蛛侠的人正远远地站在那儿。

这位"蜘蛛侠"人高马大,穿着从淘宝买的cosplay紧身衣,质量十分堪忧,眼罩好像是用运动服内衬自己糊的。见了喻兰川,他一言不发,直接摆出架子。

"你谁啊?"喻兰川端着咖啡溜达过去,问,"挑战半天,脸都不露吗?"

"蜘蛛侠"不吭声,隔着几步,做了个起手式——意思是:别废话,我要动手了。

喻兰川不理会:"你说你是'堂前燕'的传人,你叫什么?从哪儿来的?跟堂前燕闫若飞先生什么关系?亲属还是师徒?有证明吗?"

"蜘蛛侠"紧身衣里的闫皓快疯了,电视剧里的高手不是都一言不合就动手吗?怎么还有口试环节?

喻兰川:"是谁让你挑战我的?前一阵的高楼失窃案跟你有没有关系?"

闫皓不想跟他聊天,就想趁这会儿没人,打完赶紧走,起手式既然已经做了,他觉得自己礼貌周全了,于是干脆一咬牙,朝喻兰川扑了过来,一拳砸向喻兰川肩膀。

"小心,这是热水。"喻兰川皱起眉,轻飘飘地错身躲开,把热咖啡放在旁边的小石桌上,抬手。闫皓目光一凛,以为他要还手,却见喻兰川举着手没动:"不打了,认输。"

闫皓:"……"

"你赢了,"喻兰川说,他话音没落,脚步声响起,"不过私闯民宅的事,得跟警察交代一下。"

"我看见那'蜘蛛人'了!"

"就是他,兰爷,别让他跑了!"

闫皓激灵一下,扭头往小树林里蹿。他脚下好像有一双弹簧似的,弹跳起来真像一只大蜘蛛,从石桌上一跃而过,攀上了一根近三米高的树杈,把自己悠了出去。

就在这时,喻兰川动了。他不知什么时候从地上捡了一颗鹅卵石,狠狠地砸出去。大腿粗的枝干猛地震了一下,把吊在上面的"蜘蛛侠"狠狠地甩了下来。闫皓落地又要跑,一根树枝横过来挡住了他的去路。喻兰川把树枝当剑,手腕一抖,甩了"蜘蛛侠"一脸露水。露水糊住了眼罩,闫皓闭着眼躲,树枝钩住了紧身衣,劣质紧身衣"刺啦"一声扯开了,露出里面畏缩的、洗衣店员的脸——

"抓住他了!"

而与此同时,一百一十号院804号,义愤填膺地要带向小满验伤的女警神色古怪地走了出来。

向小满身上干干净净的,没有伤。

第七章

闫皓穿着蜘蛛侠的"皮"被警察带走这事,引起了轩然大波,无论是"蜘蛛侠"还是警察,都很值得大惊小怪一番,于是如火如荼的武林相亲大会就这么被打断了。

"人是我带来的,都是你们,非得让人分区坐,一转头我就找不着他在哪儿了,这孩子到了生地方害怕,连厕所都不敢上。"洗衣店老板姓江,叫江向阳,家住一百一十号院,除了开洗衣店,他还是老年晨练大军中太极拳小分队的领班,这会儿急赤白脸地对老杨说,"杨帮主,那是闫老前辈的后人,家里没亲人了,才上燕宁来投奔我,一个老实巴交的孩子,怎么会被警察带走?这里面到底有什么误会?"

老杨大爷不知道什么叫"蜘蛛侠",只老远看了闫皓一眼,虽然很疑惑这年轻人为什么要打扮成一颗鬼鬼祟祟的火龙果,但跟江老板做了几十年的老街坊,还是愿意相信老兄弟的话:"你别急,小川跟过去了。"

喻兰川跟着于严他们走了,因为"蜘蛛侠"闫皓被警察围住以后,就成了惊弓之鸟,随时准备起飞。这货登高上梯如履平地,万一中途跑了抓不回来,只好带上喻兰川以防万一。

"这小子坚决不承认自己偷过东西。"于严说,"不过我们查了,他今年年初才到燕宁,吃住都在洗衣店,平时很少出门,身上也没什么钱,私人物品都在店里,我同事刚才看过,也没什么可疑物品,就一台破电脑和一点日用品、几盒猫罐头……要真是这样,确实没有证据说高楼盗窃案是他干的。"

"猫罐头?"喻兰川奇怪地问,"口味够重的。"

"你积点德,"于严用胳膊肘顶了他一下,"可能是拿来喂流浪猫的吧,不清楚,跟本案无关,没仔细问,再问他要自杀了。看他那样,确实不像有同伙的,我感觉别说是高楼盗窃这种危险活动,就是斗地主,都没人愿意跟他一伙。"

喻兰川:"那804失窃那天晚上呢?"

于严:"他说那天他爬窗户,就是为了给你下战书,没去过804。"

喻兰川:"他到底为什么非得给我下战书?我帅我的,又没耽误他丑,打赢我也没有通关奖励。"

"不知道,他说是他妈让他来的,他妈的遗愿就是他能出类拔萃,成为新一代的……什么绝之首?"

"五绝。"

"唉,好吧,贵圈一天到晚也没点屁事,黑话倒不少——五绝,那就是五个人。结果这位妈宝兄弟来了以后,发现除了他自己以外,有个人怎么也找不着,有个人追公交车都喘,有个人是女的,他不太敢跟女的说话,所以数来数去,就剩下你了。"

喻兰川:"……"

于严脸上露出了一点奇怪的神色:"对了,他说那天他经过八楼的时候,看见那个女的正在大哭大闹,男人在旁边拦着她,试图让她镇定下来。"

喻兰川一皱眉:"804的窗户到底是谁砸的?"

"我们推断,窗户应该是向小满砸的。"于严说,"我同事还在你们院,向小满谋杀未遂,暂时被控制起来了。现在聂恪承认,他确实是被围观邻居起哄,不得已才报了假警。根据聂恪的说法,向小满那一段时间状态都不好,所以他那几天才把孩子送走。那天晚上她突然犯病,在家里大哭大闹,还砸东西发泄,聂恪试图从后面抱住她,不让她动,向小满一把抓住了木头椅子往后抡他,没抡到聂恪,抡碎了玻璃。她脸上和头上的伤,也是聂恪想控制住她的时候扭打挣扎造成的。"

这个说法听起来问题不大,因为聂恪不属于健壮型的男人,想制住一个狂躁的成年女性没那么容易,过程中有磕磕碰碰也实属正常。

喻兰川想起了什么,又问:"那今天的报警电话是谁打的?"

"对,这也是个疑点。"于严说,"我有个同事,一直怀疑聂恪家暴,给向小满留了她的私人手机号,今天的电话打到了她的私人手机号上,因为对方也是女的,声音压得很低,隔得还远,所以一开始我们都以为是向小满本人。但向小满不承认——想想也是,她既然已经联系好了帮手,打定主意要杀聂恪,当然不会自己打电话报警。那个来电我们也查了,是个一次性的黑号。"

也就是说,有人知道804会发生什么。

"现在最麻烦的,是那两个莫名其妙出现在聂恪家的人,跑了一个,没追上,抓住的那个从八楼摔下来,现在还在医院。"于严把手机递给喻兰川,执法记录仪拍了那两个人吊在门外的全过程,"向小满的药就是他们给的,现在我们怀疑,这是一个有规模的教唆犯罪组织,已经移交刑侦队了。我说,兰爷,上次我向你咨询翻墙问题的时候,你说普通人稍微训练一下都翻得过去,那这个徒手爬楼又是什么水平?别告诉我,这项运动也纳入全民健身范畴了。"

喻兰川没吭声,镜头有点晃,正好从其中一个人掉下去、另一个人纵身攀上晾衣竿开始,他把这段视频来回看了三遍。

掉下去的那个倒是没什么,学艺不精,自己没抓牢,但是另一个人的动作就非常让人费解了——他有一个飞快地往上蹿的高危动作,之后是一连串险象环生的躲闪,吊在衣架底下的时候,还不时抬头往上看……

他在看什么？

喻兰川忽然站了起来。

"怎么了？"于严奇怪地问，"你老板又撕召唤符啦？"

喻兰川没理他，冲出了派出所，拦出租车——那个人之所以做出躲闪的动作，是有人从楼上往下扔东西，说不定他的同伙也不是自己掉下去的。今天连杨逸凡都不情不愿地出席了"相亲大会"，整栋楼里能干出这种事的人全都不在，除了……

狼狈的男人大喘几口气，扒下了外套和口罩，里面穿了一件学院风的薄毛衣。他飞快地在自己头发上抓了几把，摸出一副眼镜架在鼻梁上，并且微妙地改变了走路的姿势，整个人的气场立刻变了，像个文弱又高傲的知识分子。

接着，他若无其事地从小巷里走出来，看见街角有一家书店，两个小学生正蹲在书店门口的小摊上挑漫画。男人微微一眯眼，大步走过去，猝不及防地从其中一个小女孩手上抢走了漫画书，严厉地问："你们是一小的学生？谁教你们看这种不健康课外书的？哪班的？你们班主任是谁？"

他气焰汹汹，两个小朋友大概刚入学不久，立刻被吓唬住了，真以为是学校哪个不认识的老师，两只小死鹌鹑似的僵在原地。就在这时，追来的警察匆匆跑过，目光扫见了路边和孩子们在一起的男人，却没有停留。

男人余光瞟着警察跑远，不易察觉地笑了一下，然后他竟然还不走，顺口组织了一段长篇大论，连教训带吓唬，把俩倒霉孩子说哭了，这才一弹裤腿上的浮土，大摇大摆地站起来离开了。

可见是个无可救药的坏坯。

他避开追踪的警察，远远地回头盯了一眼林荫路上的一百一十号院，往地上啐了一口，心想：等着。

这时，一个声音忽然在他身后响起："随地吐痰，罚款五十。老师，为人师表的，怎么可以这么不文明？"

男人方才丝毫没有察觉到有人靠近，听见声音，吃了一惊，猛地转身，但还不等他看清身后是谁，膝窝就重重地挨了一下。他骤然失去平衡，本能地护住头，以肩膀触地，就地一滚，再抬头，身后却空空如也。男人睁大了眼睛。这时，那个声音再一次在他身后响起，像是有人压低了声音，一字一顿地送进他耳朵："你知道什么是真正的'庖丁解牛'吗？你也配说这几个字？"

男人大吼一声，横着胳膊肘往身后撞去，却撞了个空。紧接着，一双手按住了他的肩，顺着他肘击的力道轻轻一掰，"咔嚓"一声，男人半个身体都疼麻了。他甚至有种错觉，好像是他自己用力过猛，甩脱了关节。最缺德的是，那人竟然用一个装过油饼的塑料袋堵住了他嘴里的惨叫，油腻腻地糊了他一脸！

紧接着，那人手里寒光一闪，男人脖子上一凉。

完了！

那一瞬间，他仿佛听见了皮肉被划开的声音。

失去意识前，他听见那个人带着点笑意说："虚线画得不清楚啊，是沿这儿剪开吗？"

喻兰川跳下出租车，电梯这会儿太忙，他按了两下，直接转身跑楼梯上了十楼，开始敲隔壁1003的门。

不出意外，没人应。

"哥？"放假在家的刘仲齐听见声音，叼着个虾饺探出头来，"你回来了，吃了吗？我刚才叫了外卖……"

喻兰川把他推进屋里："手机给我！"

刘仲齐莫名其妙地摸出自己的手机递过去。

喻兰川："你有甘卿的电话吗？是哪个？"

经常去星之梦主动上当受骗的刘仲齐："……大骗子。"

喻兰川翻出甘卿的电话，直接打了过去，一声没响完，对方就挂断了。

如果给警察打电话的也是甘卿，那她很有可能是一直监控那个教唆杀人组织的情况，不然等向小满动手了再报警，警察赶到时黄花菜都凉。看来她是吸取上次报警后被于严找到的教训，知道用黑卡了。

她追踪这个组织多久了？既然报了警，又出手帮警方打掉了一个人，为什么不明确给警方指出他们的老巢？她现在在哪儿？想干什么？

喻兰川有种奇怪的直觉，这个神秘的甘卿，看着循规蹈矩、闲事不管，但骨子里绝不是什么遵纪守法的良民。他翻出微信，给甘卿连发三条信息。

"你在哪儿？做什么？"

"法制社会了，你不要碰线！"

"我知道你看见了，回话！"

刘仲齐把虾饺吞下去："哥，你找她有什么急事吗？"

喻兰川没理他，捏着手机思考怎么才能找到甘卿。

向小满很少和外人接触，跟那些人联系见面，不可能会在离家很远的地方，那些人的据点一定就在附近。

附近有什么地方适合藏污纳垢？

"我觉得她虽然是个大骗子，但好像……是挺神的。"第一次见面就说出了自己家里有个不好相处的兄弟姐妹，至今，刘仲齐也没明白她是怎么看出来的，"上次她翻我英语卷子，说我完形填空错了十四个，我还不信，星期五老师判完发下来，还真错了十四个！哥，算命真能算这么准吗？"

托福考了119的喻兰川被打断了思路，无言以对地看了刘仲齐一眼,怀疑他继父的基因有毒。接着,他又想起了什么,问刘仲齐:"什么时候的事?"

"什么?"

"你哪天见到她的?"

"上礼拜一。"刘仲齐说,"就我开完运动会那天,在那个'雪屋'门口碰见她了,她还骗我请了她一顿……哎,哥……"

喻兰川转身就走。

刘仲齐:"……我手机……唉,算了。"

甜品店"雪屋"开在一堆错综复杂的小胡同里,那附近有一个名人故居,算是旅游景点,不少外地游客会慕名过来体验网红店,顺便参观景点,人多眼杂,小巷里还有几家不知道合法不合法的民宿和出租房,可不是个藏身的好去处。

一个整天跟小孩骗吃骗喝的人,大概也不会有什么闲钱逛网红店,那她去那儿干什么?她在那附近发现了什么?

喻兰川一边往那边赶,一边通知了于严。

刘仲齐的手机静悄悄的,甘卿没有回。

"雪屋"——就是向小满和别人交接药粉的地方——这会儿刚开门营业,已经有顾客排队了。后面有一条非常隐蔽的斜巷,乍一看似乎是死胡同,得往里走,才能发现最里头有个供一人通过的窄路,钻进去就是另一条街。里头有一个萧条的苍蝇小馆,还有几家稀稀拉拉的民宿小院,挂着不起眼的招牌。

一个中年女人急匆匆地进了院子,敲开同伴的门,屋里人刚露头,就被她一把推了进去,反手关上了门:"师兄他们回来了吗?"

这间客房是套房,有个小门厅和两个卧室,住着一男两女。

其中的男人摇摇头,问:"怎么?"

中年女人焦躁地在屋里打转："师父强调过了，一百一十号院不能碰、不能碰，你们不听，出事了！"

"那个向小满条件那么合适，又有钱，错过了可惜。"男人说完，又问，"出什么事了？师兄他们失手了？"

"不知道。"中年女人说，"那边都是警车，我没敢多看，快，收拾收拾，我们准备离开这儿。"

屋里另外两个女人连忙分头去收拾东西，忽然，其中一个"咦"了一声："师姐，'春'字牌不见了！"

"你怎么连祖师爷的排位也瞎放？！"

"明明就在供桌上的……哎，窗户谁开的？"

民宿小小的窗外，"咔"一声轻响，靠墙而立的甘卿把木牌掰成了两段。

第八章

　　甘卿兜里的手机疯狂振动半天了,她一直没理,这会儿才不慌不忙地低头看了一眼,才这么一会儿,里面已经有二十多条未读微信了,全部来自"是仲不是齐"。虽然发的都是文字,但能从用词和标点符号看出,发信息的人正声嘶力竭地阻止她失足,先是强势地晓之以理,随后又委婉地动之以情。他从社会大局讲到了个人选择,又从公序良俗说到抵制暴力,一看就知道,发言的肯定不是刘仲齐那小孩。

　　"太能说了。"甘卿叹为观止。

　　喻兰川在肃杀的深秋里跑出了一身热汗,发出去的信息始终是石沉大海。终于,手机上跳出了那行"对方正在输入……"

　　喻兰川呼吸一滞,盯住屏幕,每一秒都被拖得无限长。

　　她终于回了!

　　她会说什么?

　　"你说得对,我深受教育"——不想也知道不可能。

　　"不要多管闲事"——这倒像她的风格。

　　可千万别是"人我已经做掉了"!

　　片刻后,甘卿的信息终于发过来了。她发了一张猥琐的微信表情——"向叼逼叼势力低头"。

喻兰川："……"

这女的是不是有毛病？！

甘卿收起手机，拈起一颗小石子，抬手往旁边的玻璃窗上一弹。

屋里的三女一男同时被吓了一跳，中年女人一步扑到窗边："谁？"

堆满了杂物的民宿小院里空荡荡的，巴掌大的梧桐叶子打着旋地落下，发出窸窸窣窣的动静。还不等他们四下检查，一个原本靠墙的人就直挺挺地倒了下来，砸得地面一声闷响。

"师兄！"

从一百一十号院逃脱的男人被捆成了一个粽子，眼镜碎得就剩个框，左臂和右腿不自然地蜷着，最可怕的是，他脖子上竟有一条眼熟的红线。他面朝下，一动不动，也不知道是死是活。

"谁？是谁？"

"请问，"甘卿靠在窗边，慢条斯理地开腔，"这个木牌上写的'万木春'是什么意思？"

中年女人猛地一抬头，倒抽了一口气。他们几个人都在，方才竟然没觉出这院子里有别人，直到对方自己出声，从小房子的阴影里走出来——好像为了讽刺他们，甘卿身上也穿了一件连帽的长外衣，兜帽耷拉下来，几乎盖住了半边脸，还戴了一个跟他们一样的口罩。

孤身一人……还是女的？

行走江湖有古训，看起来越弱势的人越不能惹，因为世界上没那么多运气好的傻大胆，不合常理的人在不合常理的地方出现，事必有妖。

甘卿踱步过来，在窗口站定，把手里的东西扔在地上——正是那块断成两截的木牌位。

三女一男集体顺着那动静看去，几乎异口同声："祖师爷的牌位，你找死！"

甘卿笑了："这么齐，你们别是练过和声吧？"

中年女人觉得事情没那么简单，一伸手拦住盛怒的同伴，谨慎地问："朋友，我看你不像条子，你是哪一道的？"

甘卿从兜里摸出一根很长的布条，有点像泰拳里的缠手。她仔细地用布条缠住了右手，把那几根枯木似的手指固定保护好："我啊？路过的，纯好奇。"

"万木春是我们师门，"中年女人说，"想当年，也是五绝之一，我们走的是光明正大的路，干的是锄强扶弱的事。朋友，你既然什么都不知道，为什么摔我们祖师爷牌位，还伤我师兄？"

"是吗？"甘卿声音里带了点笑意，眼角却没弯，"我刚才看一帮警察追他，还以为他是通缉犯呢。"

屋里的男人暴躁地说："警察算什么！"

中年女人又一摆手，说："姑娘，天底下的不平事太多了，警察管不过来的，我们替天行道，他们却说我们违法乱纪，有这个道理吗？"

"我以为现在还敢说'替天行道'这四个字的人，都去管人工降雨了。"甘卿说，"请问引诱并协助别人杀人算是个什么道？"

"杀的是人渣，"屋里另一个女人激动地插话，"我们是在救她！"

甘卿一挑眉。

"你既然知道我们是干什么的，那我也明人不说暗话。"中年女人说，"有多少男人把老婆当沙包打，外人还当家庭矛盾调解，还要劝和不劝离？新闻里，打死老婆的男人判了几年？不堪虐待，宰了那些畜生的女人又是怎么判的？也许你厉害，没受过这种折磨，但你也是女的吧，你看到、听到这些事，就没有一点设身处地的同情心？就算没有我们，她总有一天也会走上这条路，到那时候，她可能因为打不过那人渣，反而被对方伤害，就算侥幸成功，没人帮她善后，她后半辈子也就是把牢底坐穿了！"

"哦，那你们打算怎么'行道'呢？"甘卿不为所动，冷漠地说，"先帮她把男人的尸体处理了，然后让她以妻子的名义到男人公司请假辞职，再以最快的速度转移财产，洗钱变现，一条龙服务？但是一个大活人失踪，瞒不了多久，她一个穷途末路的杀人犯，根本没有独立生存能力，以后就只好加入你们，靠你们庇护——她家有房有车，孩子上得起双语幼儿园，租得起市中心的学区房，财产应该不少，是吧？"

"你血口喷人！"

"成本是一包药粉，几天房租，利润几百上千万，真是好买卖。"甘卿笑了起来，伸脚踢了踢木牌，"'万木春'辱没各位人才了。这三个字的起源，我倒是知道一点，不如说给你们听听。"

"你到底……"

"万木春，最早叫万春堂，起源于南宋，一开始做的是杀人买命的生意，什么脏活都接，一度臭名昭著，后来几经改朝换代，这一门也渐渐败落，门徒散落四方，只有古杀术流传下来。到了清末，有一位人物，把万春堂古老的杀人术改良，整理成了有系统的独门功夫'庖丁解牛'，自立门户'万木春'，立下规矩——学他的功夫，不得逞凶，不得斗狠，不得与人比武，不得行侠仗义，出锋毙命，见血封喉。"甘卿有一点烟熏嗓，她咬字清晰，说话慢条斯理的，像个耐心的博物馆讲解员，但不知为什么，随着她的话音，扫过的秋风好像更凉了些，"嘶嘶"地带着地下反上来的腥气，"因为太过歹毒，晚年，他门下弟子内乱，自相残杀，这位老前辈大悲大怒之后，亲自出手清理了门户，又立了一条规矩——万木春每代只能收一个弟子。你们刚才说这是贵'祖师爷'的牌位？"

甘卿说到这儿，微笑起来，同时把手机背到了身后，按了发送键："可是我看贵派人丁兴旺，实在不像是几代单传的，可别是……"

"认错爸爸了吧？"

已经赶到"雪屋"附近的喻兰川手机振了一下——微信好友"大骗子"发来了共享定位。

民宿小院里，中年女人后脊上蹿起一层凉气："你到底是什么人？"

"路人，"甘卿回答，"顺手打假。"

她话音没落，中年女人突然动手——她猛地要把窗户合上！

甘卿的左手往前一送，手心里一个金属物件从窗户缝里钻进来，毒蛇似的打中了女人的手腕。中年女人惨叫一声，窗户猛地向里弹开。甘卿紧接着一跃而起，屋里的男人一把举起了木椅，向她抡了过来。她本来已经一脚踩上窗棂，整个人异常灵活地往上一翻，腾空而起，擦边让过砸出来的椅子，借着椅子腿往上一蹬，蹿到了楼上，不见了踪影。

窗户碎裂的声音惊动了民宿里的人，原本正在打瞌睡的清洁工兼服务员慌里慌张地探出头："怎么回事？怎么回事？啊！院里怎么有个死人？"

中年女人当机立断："快走！"

"师兄呢？"

"顾不上了，有机会再说，快！"

屋里另外两女一男同时抓起背包，抽出了各种凶器——电棍、砍刀一应俱全——往门口冲去。

门却忽然打开了，绑了布条的手指扣在门框上。

中年女人："小心，她手里有暗器！"

电棍和砍刀同时往甘卿脸上招呼过去，甘卿几乎化成了一道残影，从夹击缝隙里毫发无伤地钻了过去。下一刻，拿电棍的人觉得自己肩头一麻，手里的电棍不受控制地弹向旁边的同伴，没来得及松手断电，正砸在同伴拿刀的手腕上。

甘卿慢吞吞地说："我要想做掉你们……"

拿砍刀的猝不及防，吃了一发"十万伏特"，眼前一黑就趴下了。拿电棍的人误伤同伴，还没回过神来，手肘忽然一阵剧痛，电棍立即脱手，被甘卿抄手接住。屋里的男人拎着甩棍冲了过来，甘卿似乎不大明白电棍怎么用,仓促间把它当成普通的武器挡了几下,绝缘外壳顿时裂了。她"啧"了一声,猛地把电棍往男人怀里一送。拿甩棍的男人下意识地往后躲,肚子一缩,整个人重心往后。这时,一脚飞到了他耳侧,他耳畔"嗡"一声,天旋地转地躺下了。

甘卿:"一把瓜子就够了,还用得着暗器吗?"

这时,她耳边忽然一声厉风,甘卿蓦地往后错了半步,一支金属的小弩箭和她擦身而过,剐破了她的袖子。她一回头,只见被她打伤手腕的中年女人胳膊上架着一架很小的十字弩,在几步以外指着她。

甘卿看得咋舌:"我说,几位同志,你们到底怎么过的安检?"

民宿里所有人都被惊动了,院里有人喊:"杀人了,快报警!"

中年女人额头上布满冷汗,十字弩上的金属箭从极近的距离冲甘卿射了出去,"嗡"的一声。非法民宿屋里空间狭小,一侧还有个碍事的家具,甘卿只能往另一边躲。与此同时,方才电棍脱手的女人缓过来一口气,捡起同伴的砍刀,一刀砍向甘卿后背,正好是她躲避的方向。

而那十字弩居然还能连发,力道极大的金属箭紧追不放,也不怕误伤同伴。

甘卿侧身让过一刀,抬手扣住持刀人的手腕和脖子,猛地往下一拉。那人听见自己骨头"咔"的一声响,几乎有种脖子断开的错觉,不受控制地往前扑去。甘卿下意识地顺着对方的惯性,把那人往身后推向射来的弩箭,下了杀手——

就在这时,一根木棒从窗外砸了进来,当当正正地砸中了中年女人的胳膊,十字弩一下子脱手。与此同时,甘卿瞳孔轻轻地一缩,缠满了布条的手腕忽地把扣在手里的人往下一压。那支弩箭擦着拿刀女人的颧骨过去,与左眼眶只差毫厘,射穿了甘卿的外套。

喻兰川从稀烂的窗外翻进来,一脚踢飞了地上的十字弩,三下五除二制住了试图去捡十字弩的中年女人,抬头一看甘卿,差点被她小腹上挂的弩箭吓疯："甘卿！"

甘卿一松手，把吓晕过去的女人扔在地上，把外套上的弩箭摘了下来——幸好她瘦，衣服宽松，弩箭只钉穿了衣服，把窄窄的人造革腰带划出了一条口子。

"哎，好险，"她嘀咕道，"裤子差点被人打掉。"

喻兰川："……"

甘卿见了喻兰川，一点儿也不意外，冲他笑了笑："小喻爷方向感不错啊，我以为你还得找一阵呢。"

喻兰川回过神来，一口大气倒灌进肺里："你是不是疯了？！你知道他们的老巢，为什么不报警？你以为你是谁？蜘蛛侠吗？！"

"蜘蛛侠"才刚被抓进去。

甘卿缩着脖子往后一仰："我……"

她刚要说话，民宿外面就响起了警笛声，警察来得比想象中还快。

"就知道你得带外援。"甘卿叹了口气，朝喻兰川一眨眼，"小喻爷，你来都来了，帮忙帮到底呗。"

喻兰川："什……"

"我不想跟警察打交道，你就说这是你摆平的。放心，我有分寸，没有伤亡，院里那个也有气呢。"三两句话的工夫，甘卿已经纵身跳出了窗户，扒着窗棂，要翻上民宿二楼。

"慢着，等等！"喻兰川一把抓住她的脚踝，他好不容易逮到甘卿，再不问出那个问题就要疯了，"我有话要问你，十五年前，你是不是也在燕宁？是不是也住泥塘后巷？"

甘卿被他问得一脸莫名其妙，挣扎了一下，没挣开，于是她将另一条腿轻轻一提，倏地一挑喻兰川的麻筋。喻兰川"嘶"了一声，整条胳膊都被她抻麻了，再一抬头，甘卿已经不见了踪影，只留下一句话。

这臭不要脸的女流氓说："不记得了，毕竟我今年才十六岁。明

183

天领工资请你吃饭!"

被"见义勇为"的喻先生独自面对这一屋狼藉,面无表情。

扯什么淡!于严从小学就认识他,他从来不跟人数大于二的对手打架。

第九章

"院里那个被捆成粽子的还活着,两个关节脱臼,除此以外没什么大伤,完全是被吓晕过去的——对了,除了脖子,他身上还有另外七道红线,都是很细的血痕,不知道是什么东西划的,伤口非常浅,就是刚破层皮的程度。"于严打了个寒噤,"脖子上那条,跟嫌疑人在聂恪脖子上画的红线位置一模一样,身上的几道红线几乎完全对称,老远一看,这个人就像给切成了好几块。兰爷,你这外挂是哪儿找来的?太瘆人了。"

喻兰川还没想好怎么背锅,就被于警官排除出了嫌疑人队伍,于是颇有些阴郁地看了他一眼:"就不能是我吗?"

"你?"于严震惊地睁大了眼睛,"四……五个人!快别闹了,您老惜命得跟个得过绝症的猫似的,从小就是别人打架你告老师,七岁看老,不可能的。"

喻兰川:"……"

于严正色下来:"你是不知道,还是不能说?"

喻兰川:"有区别吗?"

"要只是不能说,那说明你认识他,我相信你的人品和惜命程度,不会跟变态杀人狂来往。"于严说,"要是你也不知道,那今天出现在咱们片区里的这个人,可就有点让我们睡不着觉了。"

喻兰川顿了顿，心情复杂地冲他摆摆手："今天的事，就算我见义勇为好了。"

于严明白了他的意思："好吧，盟主，你担保，我信得过你——我怎么说？你怎么找到这地方的？"

"就说我弟上周路过这里的时候，见过向小满和他们中的一个人说话，所以我过来碰碰运气。"

于严一点头，随即又喟叹："这几个亡命徒，都受过专业训练，能徒手爬楼，手里还带着这么多管制武器，居然被一个人赤手空拳地摆平，还卡着分寸没有伤亡——兰爷，世界上真还有高手吗？"

喻兰川的全副心神都已经飞到了甘卿身上，敷衍地哼唧了一声："少见多怪。"

"不是啊，"于严说，"比如说你吧，不管你是哪个门派的，你主业都还是读书和工作，要是当年练剑、练拳耽误你做毕设，你早就不练了吧？因为这就不是一门能吃饭的手艺。除非去当格斗运动员，不然社会竞争这么激烈，谁有时间花那么大精力去研究这些？"

据说，古代大侠的主营业务是"行侠仗义"，可是这一项业务已经没有前途了，因为收保护费是被取缔的黑社会行为，仗义仗不好，还容易犯法，学习紧张工作忙，沉迷武功明显是不经济的。反倒是那些盗窃团伙、暴力犯罪分子，一天到晚没正事，专业搞破坏，还会孜孜不倦地提高自己的业务水平，手里真有些功夫。

那么甘卿呢？她是哪种情况？

喻兰川出了神——在人身上画肢解图，这百分之百不是格斗运动员的路数。她这种诡异的功夫是哪儿来的？以前是做什么的？为什么会窝在一个小饰品店里混日子？

她到底……是不是当年那个女孩？

当然，混日子这个说法，只是喻兰川作为"学霸"和"社会精英"的偏见。他们这帮新时代的中产阶级,以计划和表格为灵魂基石,个个都有清晰的职业发展规划、纪律严明的自我管理,在他们看来,那些不职业的、到处给人打工的、对未来没有判断的,都属于混日子。其实甘卿没有混,作为一个"神婆",她忽悠客人买东西还是很努力的。

甘卿神不知鬼不觉地摔了那块"万木春"的木牌,让盟主背了锅,自己跟没事人一样换了身衣服,上班去了,对孟老板的解释是出门进货了。晚上她自己动手,把豁开的皮带缝好了,又很心灵手巧地把那件无法拯救的外衣裁裁剪剪,改了个包,第二天生活和工作恢复了规律,啥事不往心里搁地盼望着暖气和工资。

眼看一天凉似一天,金属和石头做的小饰品不好卖了,她早早就准备好了一批星座围巾、手套和转运福袋,销售额不降反增,转运福袋卖得尤其好——那其实就是一个刺绣小布包,进货价两块五,里面塞一张花花绿绿的纸符,她自己拿彩笔随便涂的,卖二十块钱一个,反正就跟微博上的锦鲤一样,信则灵。甘卿的基本工资是一个月一千五,剩下按销售额拿提成,11月的提成比工资还高,给房东张美珍女士转了房租,还剩下三千块。

"我有钱了!"甘卿给孟老板发了个五十块钱的红包,还他钱,"孟叔,今天我就不在你这儿蹭饭了。"

"那你上哪儿吃去?又瞎花钱,什么时候能好好过日子?"孟天意叹着气走出来,"一发工资就瞎花,看有点钱把你烧得,找不着北!月底又得穷得要饭——哎,我跟你说让你自己找地方交社保,你交了吗?"

甘卿伸了个八道弯的懒腰,敷衍道:"下月的,等我存点钱,要不手头太紧。"

"上月拖这月,这月拖下月,又馋又懒,你什么时候手头不紧过?"

甘卿左耳朵听,右耳朵冒,脚底下准备开溜。

孟老板叫住她,从店里拎出一大包旧书:"等会儿,我一个老哥家的孩子刚参加完自考,我把他的书要回来了,你拿回去好好看看,趁年轻,记得住,自己也考一个。"

甘卿接过来,沉得两手往下一坠,又不好辜负孟老板的好意,只好捏着鼻子扛走。

孟天意在她身后咆哮:"你可长点儿心吧!"

甘卿扛着书,没骨头似的冲他挥了挥手。她离开泥塘后巷,上了一辆公交车,从包里抽出本书翻了两下,又没什么兴趣地塞了回去——孟老板这个朋友自己可能也没考过去,就前面几页有翻过的痕迹,后面比脸还干净。

"又馋又懒"的甘卿发了工资,并没有找地方吃大餐,她甚至都没吃饭,一直坐到了公交车的终点站,下车买了米、面、肉和一桶油,走了很长一段路,来到近郊的一片老旧小区里。这些东西有好几十斤重,外加孟老板给的大书包,走到小区门口的时候,甘卿已经有点喘了,寒风中出了一身热汗,右手哆嗦得拎不住东西。她把重物放下,往血液不循环的手心里哈了口气,吃了块巧克力。

每天早晚高峰,看见地上地下人山人海,都觉得燕宁的人口快爆炸了,可是郊区又有那么多僻静的地方,走起夜路来,连野猫都看不见一只,又荒凉又寂静,偶尔有人经过,还要互相吓一跳。

不远处有人用手电光晃了一下,甘卿抬起头。片刻后,有些拖沓的脚步声响起,一个干瘪瘦小的老太太走了出来。看见甘卿,她有些拘谨地说:"来、来了啊?"

甘卿"嗯"了一声,俯身把东西拎起来:"你上次不是说家里没油了吗?"

老太太看她拎了那么多东西,试图上前帮忙,甘卿一抬手避开她,冷淡地说:"不用。"

老太太腿脚不太利索,吃力地跟着她,赔着笑,笨拙地试图找话题,可她并不会聊天,说出来的都是干巴巴的蠢话,自顾自地说了一路，见甘卿没有理她的意思，就讪讪地闭了嘴。

老太太家在一楼，逼仄狭小，屋里大约是为了省电，黑乎乎的，来了客人才忙不迭地开了灯。劣质的白炽灯闪个不停，把屋里的一切陈设都照出了惨淡的颜色。厨房和卫生间里传出滴滴答答的水声，水龙头细细地往下滴水，底下用塑料桶接着——这样接水，水表不走字，能省水费，就是声音听着让人心烦。

门厅里有一张破木头餐桌，一条腿短了一截，用碎木头垫上了，桌上有个暖壶，一排小药瓶，还有一碗吃了一半的菜粥和一小碟腌萝卜。

"自己做点饭吃。"老太太小心翼翼地说，"你……你吃了吗？来碗粥？"

甘卿往厨房瞥了一眼，案板上还有几片萎靡的菜叶。

"菜市场捡的？"

老太太小声"嗯"了一声。

甘卿就从兜里摸出一沓现金递过去："没钱吱一声，至于吗？"

老太太接了钱，脸上却不见喜色："我活着就是不要脸啊，不中用，什么都干不了，还老吃药……每天早晨起来，都想我怎么还不死，一坐就是一天，连个说话的人也没有，我……"

她说着说着，就低头抹起了眼泪："哪儿能老跟你要钱啊，你又不是我闺女……我闺女要是活着，我也不至于这样，我可怜的孩……"

甘卿冷笑一声，打断她："你闺女要是没妈，也不至于死那么早。"

老太太听完，号啕大哭起来："是我害了她，是我拖累了她！可我也是为她好……男人赚钱养家，在外头吃苦，回来脾气不好撒撒火没什么啊，小夫妻俩年轻时候吵吵闹闹，偶尔动手也正常……谁家的日子不是这么过？忍一忍就好了，她要是离婚，还能上哪儿找对象去啊？又没个工作，吃什么？我们娘儿俩怎么活……谁知道她那个脾气哟……怎么就能走到绝路上呢？想不开啊……"

甘卿手背上暴起一条青筋。

189

这世上，果真有埋怨女儿不肯乖乖被别的男人揍的母亲。有些人，活在同一片天下，长得也是个人样，脑子里却不知道装了些什么东西，正常人永远不知道他们在想什么，永远没法跟他们沟通。甘卿不方便殴打一个颤颤巍巍的老太太，也懒得多费口舌，抬头看了一眼墙上挂的黑白照片——照片上是一个年轻的姑娘，眉目间带着一点温柔的忧郁，冲她笑。

"要不是为了还你人情，"甘卿面无表情地想，转身走了，"我可不来见你这操蛋的妈。"

她穿过夜色，心情恶劣地回住处，在路口下车，正看见洗衣店门口的闫皓蹲在路口喂流浪猫。

闫皓正低低地跟猫说着什么，看见有人走过来，立刻闭了嘴，做错事似的绷紧了后背，等她走远，才大大地松了口气。

警察没有实际证据证明他与盗窃案有关，而他在喻兰川窗外贴字条的事，虽然造成了居民骚乱，但总的来说，也不能怪他，所以《治安管理处罚条例》决定放过他，他算是在违法的边缘剐蹭了一下。但是闫皓穿着奇装异服被警察带走的事，已经在附近传开了，谣言都有翅膀，能一日千里，一开始有人说他偷东西，偷东西的故事很快被人添油加醋，变成了偷内衣，传着传着，又不知怎么的，偷内衣变成了"猥亵妇女"。

很快，人们都知道洗衣店那个看着就不正常的店员是个变态，连江老板的生意都冷清了不少。本来就怕人的闫皓往壳里缩得更深，他的世界里，只剩下孤独的绫波丽和流浪猫。

这附近还有另一个热门话题，就是向小满谋杀亲夫未遂事件。向小满和神秘犯罪集团的案子不归派出所管了，移交给了上级部门。不过据说聂恪宽宏大量，看在孩子的分儿上，不想和一个精神病人计较。真精神病应该也不用承担刑事责任，如果核实了，她的后半辈子估计就是在精神病院里度过了……至于她为什么要谋杀亲夫，谁知道呢！

她连话都说不清楚。

一个疯子,还需要理由吗?

燕宁的车水马龙渐渐稀疏下来,整个城市,都充斥着失语的人。

甘卿没吃晚饭,胃里很冷,她是非常怕冷的,每年冬天都觉得难熬,好在现在家里有暖气,于是她三步并两步地钻进一百一十号院的楼道里,颤颤巍巍地吐出一口凉气。

"这么晚才回来?"电梯间里的声控灯亮了。

甘卿一抬头,发现等电梯的赫然是喻兰川。

喻兰川一副商业精英的样子,不苟言笑地冲她一点头:"都一个礼拜了,你发工资了吗?"

甘卿:"……"

冻木了,没跟上话题。

喻兰川深深地看着她,打了直球:"你还欠我一顿饭。"

第十章

根据甘卿的常识,"改天请你吃饭"和"哎哟,你哪里胖了"这种话差不多,同属于"拜年嗑儿",仅用作表达客气态度,没有实际意义,一般人是不该往心里去的。

也可能盟主他不是一般人。

"这……你不是忙嘛,"甘卿噎了好一会儿,艰难地挤出一句托词来,"我看你天天加班,日理万机的,一直没敢叫你。"

"没关系,"喻兰川逼视着她,"这个月还凑合,下月就到年底了,公司琐事会比较多,所以最好还是约个近一点儿的时间。"

省得拖到月底你又没钱了。

喻兰川顿了顿,又补充了一句:"毕竟,那天我是好心去帮你的。"

结果被你撂在贼窝里不说,还得在警察面前替你背锅。

喻兰川每句话都留了半句余地,语气平平淡淡的,听起来没有特别不客气,但是"言外之控诉"全在眼神里,让她自己体会。

甘卿下午刚领的工资,眼看那点人民币就像流感季的盒装纸巾,禁不住三抽两抽,这会儿已经没了一多半,心里比胃里还冷。她看了一眼喻总笔挺有型的羊绒大衣,又瞟了一眼自己身上大减价时买的薄棉袄,感觉这是一场惨无人道的剥削。

可是欠人人情,还被人上门讨债,这事也确实有点没脸,甘卿只好一咬牙认了，想着长痛不如短痛，就说："那你今天吃了吗？我正好饿着，难得碰上，要不然我请你吃消夜？"

她很鸡贼地想：消夜总比正餐便宜。

喻兰川作为一个养生达人，如果不是忙得实在没办法，他是很反对深夜进食的，然而这会儿，他意味不明地盯着甘卿看了片刻，居然一点头："行。"

虽然甘卿偷换了概念，吃饭变吃消夜，但毕竟是请客，她还是选了自己消费档次里最奢侈的地方——领着喻总来到了三百米外的一家麦当劳。

二十四岁以后就没进过快餐店的喻兰川震惊了，跟门口的红毛叔叔大眼瞪小眼片刻，他难以置信地扭头看向甘卿——你就请我吃这个？

"吃不惯啊？"甘卿笑眯眯地伸手一指街对面，"那边还有一家麻辣烫，也很不错，老板是我熟人，要不去那儿也行。"

喻兰川顺着她的目光一看，街对面果然有一家苍蝇小馆，店门口是黄土色的大厚门帘，油可能都用来糊窗户了，一眼看不清里面有什么，环境条件非常惨烈，门口用串灯搭的店名，总共仨字，坏了一个半，在寒风中瑟瑟发抖。不知道有关部门怎么还没把它取缔。

甘卿："就是他家店小，这个点可能没座位了，得站……"

喻兰川闪电似的"劈"进了麦当劳。

一进门，店里飘浮的油炸和奶油味就腻腻歪歪地迎了上来，喻兰川恍惚间以为自己进了哪个相亲论坛——"我的相亲对象是奇葩"板块。

根据不完全统计，这些"奇葩"的吐槽故事，八成是以"第一次见面居然约在麦当劳/肯德基"为开头。

甘卿客气地问："有忌口吗？爱吃什么？"

喻兰川糟心地想：全都忌，什么都不想吃。

但他嘴上不受控制地说："……没有，都可以。"

甘卿："这么好养活？那我就自由发挥了。"

喻兰川假笑了一声:"……好啊。"
要死了。

甘卿点完餐,等食物的时候,回头看了一眼,只见喻总把外衣脱了,很讲究地对折好,搭在椅子背上,衬衫袖口下露出一截鳄鱼皮的表带。

要说起来,喻兰川其实是个挺严肃的人,很有些一本正经的气场。这种气质不容易维系,因为通常要搭配高高在上的距离感,要清澈、冷淡、纯粹,要有仙气,不够仙的,一不小心就会有油腻猥琐感。道貌岸然式的猥琐,常常比獐头鼠目式的猥琐还辣眼。

但小喻爷就很神奇,他的清冷正经气质也不够纯粹,一看就是装的,却没有猥琐感,反而是自带喜感。一亮相,就把她今天喝的一肚子寒风和火气刮散了。只见他这会儿拿了一张菜单纸,皱着眉低头研究那玩意儿的姿势,就像是皇上正在批阅奏章——神色相当冷峻,可能是准备给哪个大贪官判个斩监候。

甘卿自娱自乐地琢磨,不小心笑了出来。正襟危坐的喻兰川耳朵相当灵,隔着老远居然也听见了,仙气又严肃地抬头看了她一眼。

甘卿:"噗……"

完蛋,更想笑了。

这个时间,店里已经没有那么多用餐的人了,稀稀拉拉的几个客人,大部分都不是来吃饭的。喻兰川环顾周遭,看见一个干净的拾荒人正靠在角落里闭目养神,一个七八岁的小学生自己占着一张桌子,就着可乐写作业,一个快递送餐员可能是进来歇脚的,已经趴在桌上睡着了,还有几个人,点了些小食,正在人均三十块钱的餐桌上热火朝天地聊 A 轮融资。

甘卿多买了一碗玉米杯,顺手放在小学生面前,拍了一下他的头。小男孩好像跟她很熟,欣然接受,冲她笑出了一口豁牙。

"对面麻辣烫家的小孩。"甘卿说,"一家三口都住在店里,店里做生意,晚上有喝酒的客人,太乱,他就到这边来写作业。"

喻兰川看她轻车熟路地撕开一包酱料,仿佛听见了能量炸弹爆炸的声音。

甘卿:"新炸的薯条。"

喻兰川想:高GI。

他盯着她的手指,心里开始疯狂弹字幕:吃进肚子里,血糖会坐着直升机飙上天,然后你会开闸放胰岛素,紧急把这一口热量都转化成脂肪。血糖飞到一半,屁股底下的直升机没了,于是开始自由落体,你就发现自己又饿了,根本停不下来。这些新鲜的脂肪会堵在你的血管和内脏里,吃进去就吐不出来,被尼安德特人基因诅咒的智人后代啊,以后三高就是你的归宿!

他看了一眼芦柴棒一样的甘卿,感觉她的胰腺正发出繁忙的尖叫。

甘卿作为请客的人,见他不动,就很周到地拿过一瓶可乐,插了根吸管递给他:"别客气。"

喻兰川:"……"

高糖!高糖会刺激多巴胺,成瘾机制与一些毒品近似,久而久之,会降低认知能力,加重情绪障碍——也就是会变得又丧又傻。

隔壁桌"A轮融资"的主讲仍在慷慨激昂:"……健康,肯定是未来人们最关心的问题,尤其是食品健康!但是因为缺少专业知识,不注意营养搭配,总是不知不觉摄入很多垃圾食品,我们的产品主要就是针对这个问题,为顾客提供全方位的营养搭配……"

喻兰川快听不下去了,他喝了一口可乐,表情壮烈,仿佛在以身试毒,悲愤地想:我为什么要来……还真他妈挺好喝的。

甘卿越看他越觉得逗,就着他的表情下饭,胃口都好了不少。

喻兰川为了防止自己不小心吃下更多垃圾食品,喝了两口,就意志坚定地伸手捏住了吸管,企图用话占住嘴:"你从什么时候开始跟踪向小满和那些人的？"

甘卿头也不抬地搪塞："游手好闲乱逛的时候，不小心碰见了。"

喻兰川："你既然一直都知道他们在哪儿，为什么不早报警？"

"我哪知道他们要干什么。"甘卿无奈地一摊手，"万一只是外地游客过来玩，顺便面基网友呢？"

"你肯定知道，"喻兰川不肯放过她，"向小满动手那天，你给警察打电话时，那两个人刚走到路口——不用否认，路口红绿灯上有监控。"

"别瞎说，我哪有这种未卜先知的功能。"甘卿用薯条蘸着冰激凌吃，有点玩世不恭地回答，"这个报警的人怎么说的？'我看见两个可疑的人从路口走过去'？现在110连这种电话都理啊？"

喻兰川不为所动："那个团伙拿着一块刻着'万木春'的木牌，被人掰断了。"

滴水不漏的甘卿终于一顿，薯条上蹭了一块巧克力，随即，她若无其事地说："是吗？我没注意，可能是打架的时候碰的。"

"'万木春'也曾是五绝之一，你既然知道'堂前燕'，难道没听说过'万木春'？"喻兰川直觉她方才的停顿有问题，立刻追问，"难道你都不好奇，为什么英雄的后代居然会做这种事？"

甘卿抬起眼笑了，笑容却有点冷。她的眉目长得略微有些紧凑，长眉压下来的时候，眉骨的阴影投在瞳孔里，似有戾气。她淡淡地说："老子英雄儿浑蛋，自古不都这样吗？英雄的后代也不一定就比别人高贵。"

"那个犯罪团伙中的一个人身上被划了几条血印，脖子上那一条，跟他在聂恪脖子上画的位置几乎完全重合，真巧——要么是向小满准备杀人的时候，你就在现场围观，要么就是你对这些人的手法有非同一般的了解。你独自一个人去他们老巢，掰断了那块木牌，可能是和传说中销声匿迹多年的'万木春'有仇，也可能是跟这个门派有什么关系，看不惯有人冒名顶替。"喻兰川说到这儿，心里突然冒出一个猜测,"我觉得后者的可能性更大,否则你不会刻意模仿他们的手法。"

甘卿却轻描淡写地一耸肩,带着几分讥诮又轻蔑的漫不经心:"怎么,这个什么春的野鸡门派买专利了?这种小把戏,看几眼就能模仿吧。"

喻兰川一愣,甘卿神秘归神秘,情绪却很稳定,有点狡猾,却一直都没什么脾气,这还是她第一次露出有攻击性的一面。

然而那种阴冷的讥诮一闪而过,甘卿很快又恢复了平时的尿样:"小喻爷,你就别打探了,我住贵院,真的只是因为穷,找不着合适的房子,才厚着脸皮求美珍小姐姐收留,没别的企图。大家邻里一场,都是缘分,相安无事最好了,万一我哪天发财了,说不定立刻就搬走了。我也没有追问过你的师承,是不是?"

"你想问我哪个师承?寒江七诀是我祖父教的,本科和硕士学校我个人简历上有,公司网页上就能查到。"喻兰川诚恳地说,"你准备发财的彩票买的哪一支?是自己占卜的号吗?"

甘卿:"……"

喻兰川盯着她:"我不是多管闲事,但这事,是我替你遮掩过去的,我总有权利知道自己帮了谁、为什么帮,对不对?"

甘卿沉默片刻,就在喻兰川以为她打算把自己埋进冰激凌里溺死的时候,她才缓缓地说:"那天向小满尖叫的声音,让我想起了我的一个朋友。"

喻兰川轻轻一挑眉。

"她被自己丈夫虐待,很多年一直走不出阴影,有时候半夜三更做噩梦惊醒,就会发出这种尖叫声。"

"哪种?"

"声嘶力竭,故意的声嘶力竭,"甘卿说,"不是因为疼,痛叫一般是出于愤怒或者恐惧,比这种短促得多,人只有发泄什么的时候才会这样。她发泄的是积压了很长时间的痛苦,表达不出来……或者表达过，但是没有人理解，没有人听。"

喻兰川说："但是向小满身上没有伤，邻居也都能证明，聂恪没有虐待过她——老楼隔音不好，隔壁小孩练琴声音大了，有时候都能顺着暖气管道传过来。如果聂恪打过她，他们在这儿住一年了，邻居不可能一点儿也不知道。"

"是啊。"甘卿不咸不淡地说，"我也听说了，那大概是我弄错了吧。"

也许真的只是向小满疯到了一定程度，把聂恪想象成了敌人，反正有人去管了，到时候证据说话，调查结果自有定论。万幸没出人命。

既然这样，别人家的事，他们这些外人管不了，也没道理管。

喻兰川说："我同意你关于'发泄'那部分的看法，向小满中产之家，经济情况良好，看起来是个富足优渥的太太，她的压力源在哪里？按理说……"

甘卿却好像对这个话题失去了兴趣，心不在焉地打断他："不说这个啦——我还想吃辣鸡翅，自己吃不了一对，小喻爷，你吃辣吗？"

喻总平时在职场很少碰到这种失礼的打断，一皱眉："你能先听我说完吗？"

"该归警察的事归警察，"甘卿站起来，伸了个懒腰，"我等凡人，自顾不暇，想那么多干什么？那我去点鸡翅了。"

"等等，"喻兰川叫住她，"在你印象里，十五年前，有没有发生过什么特别的事？"

"特别？"甘卿茫然地想了想，"非典？"

喻兰川紧紧地盯着她的眼睛，忽然又觉得她不像记忆里的那个女孩。

他记得那个人像一团野火，哪怕在最暗淡的夜里，也能在几公里以外看见那种勃勃的生命力，灿烂而热烈。可这个甘卿就像个没油的打火机，按半天才能按出一簇干瘪的小火花，大概还不等人看清，"刺啦"一下又灭了。

怠懒又无聊。

甘卿觉得喻兰川从辣鸡翅之后,情绪明显沉了下去,有点纳闷,不知道那对辣鸡翅是不是哪儿长得不周正,辣着喻总的眼了。

两人一路无话地吃完夜宵,回到一百一十号院,上了十楼,甘卿准备跟他告别回家,喻盟主忽然发话道:"加一下你微信。"

甘卿抬头看了他一眼。

喻兰川碰到她的目光,就别开了视线,强行解释道:"我在于严那儿给你担保过,希望你下次再有高危举动的时候,能提前通知我一声。"

甘卿微信里加了一大帮乱七八糟的顾客,也不多他一个,于是扫了他的二维码,回了家,没心没肺地想:这盟主当的,一分钱不拿,还挺像那么回事。

甘卿到家以后,简单洗漱后倒头就睡,喻兰川辗转反侧了一宿。

小喻爷的微信名就是"喻兰川",头像是他自己的手写签名,非常简单粗暴,发的朋友圈从来不删,第二天甘卿随便瞄了一眼,只见里面全是些"货币政策趋势""××法新规解读""全球×××"的大长文,看得她一个头变成两个大,还以为自己点进了一个财经新闻公众号。

就在这时,朋友圈更新提示,甘卿一刷,发现隔壁的盟主先生一大早就转科普长文,这回的标题是"不忌口,是享受生活还是放飞自我"。

文章配图是曲奇饼干和"肥仔快乐水"。

"噗……咳咳咳。"甘卿差点把牙膏沫呛进嗓子里。联想起昨天喻兰川在麦当劳门口的脸色,甘卿怀疑这话他憋了一宿了,说不定连觉都没睡好。

清晨六点半,甘卿准时出门寻觅早饭。早竖着耳朵听动静的喻兰川立刻跟着动,并且在手机备忘录上记了下来"六点半出门"。两人在电梯间"偶遇",甘卿惊讶地问:"小喻爷上班这么早?"

喻兰川矜持又含蓄地回答:"嗯,提前到公司处理点事。"

甘卿:"唉,可不是嘛,赚点钱都不容易。"

"不容易"的喻总于是不到六点三刻就抵达了公司,写字楼里黑灯瞎火,连清洁工都还没到岗,他突然之间这么努力,搞得同事都疑心他打算篡总监的位。

经过了一个礼拜的努力,喻兰川摸清了甘卿的作息时间——她不分周末和工作日,每天都是早晨六点半左右出门,八点一刻回来,收拾一下,九点半左右去上班,晚上没有极特殊情况,九点多点就会回来,十点半以后不回信息。每周日中午,她发十二星座一周运势预测和好运穿搭指南,隐晦地提醒信她邪的那帮人,该给她送钱了。隔一阵子去小商品批发市场进货一次,关店半天,关店之前,这不要脸的会提前一天发朋友圈,声称自己要"闭关"体悟星辰轨迹。

只要不是睡着了,她信息一向回得很快,表情包奇多,朋友圈里看见什么都点赞,可见她的日常工作就两件事——忽悠人和玩手机。

甘卿则发现,最近小喻爷变得"抬头不见低头见"了,以前大家虽然住隔壁,但一个礼拜打不了一次照面,近来却至少一天偶遇一回,隔三岔五地,还总有些意外发生——比如隔壁的快递送错到她这里、隔壁东西坏了过来借扳手……喻兰川可能是不爱欠人人情,道谢从来不口头谢,麻烦别人一次,他第二天就会送点东西过来,都是几袋坚果、两斤樱桃之类的小玩意儿。

甘卿借住一百一十号院,就想悄悄地找地方一窝,没打算和任何人有交集,不料居然因为一堆鸡毛蒜皮,莫名其妙地跟高冷的邻居混了个脸熟。

十几天后,甘卿因为吃晚饭时又被孟老板教育,不小心多吃了半斤烤鸡翅,肚子有点撑,回家时特意绕了远路,打算多溜达一会儿消食,经过附近的一家商场时,正好看见聂恪提着两包日用品从超市里走出来。

　　这男人身处流言蜚语中心，逮谁跟谁卖惨，简直成了当代"罗切斯特"[①]。向小满就算放出来，以后大概也是精神病院一条归宿了，据说现在已经有好事的大妈在给聂恪介绍对象。甘卿懒得看他那副"情深义重、可怜可佩"的嘴脸，就故意磨蹭了一会儿，等聂恪走远，隔开几百米，免得和他同路。

　　就在聂恪在最后一个路口拐弯的时候，本来在低头玩手机的甘卿忽然瞥见了一道黑影，追向聂恪的方向，快得好像车灯扫过大树……

　　然而这会儿路口并没有车。

　　甘卿皱了皱眉。

[①] 小说《简·爱》的男主人公。年轻时娶了疯女人为妻，后来妻子放火，他在火灾中差点丢掉性命，身负重伤。

第十一章

闫皓不太会察言观色，但他有个特异功能，就是假如别人讨厌他，他能第一时间捕捉到，他还总能不小心听见别人议论他。可能是因为没人理，他的世界比别人的更安静，所以也更敏感。

傍晚吃饭的点，江老板会过来替他看摊，留给他一个小时休息时间，但闫皓从来不敢耽搁那么久，他总是随便买点什么，囫囵个地填进嘴里就回来。今天他匆忙吃完回店里，在小路口等红绿灯的时候，老远看见杨帮主来了。

杨帮主虽然很多年前就参加了工作，早不要饭了，但依旧是秉承老传统，衣服能打补丁绝不扔，平时就穿一身棉布的衣裤，没有需要干洗或者专门打理的高级货，也很看不惯时下青年连双袜子都不肯自己洗的风气。他来洗衣店，肯定不是照顾生意的，必是找江老板有事说。

闫皓对那种年纪大、地位高的人犯怵，哪怕对方再慈祥也不行。他实在是不想和杨帮主打照面，于是在洗衣店门口踟躇了一阵。

很快老杨大爷和江老板就聊完了，并肩出来，闫皓听见了他俩的对话。

"……人千里迢迢地投奔我来了，这不是没法子的事嘛。"这是江老板的声音。

闫皓心里打了个突，他敏感地意识到这句话在说谁，心脏剧烈地跳了起来。随即,他像燕子一样掠过,藏进了旁边小路的垃圾桶后面。

江老板扶着老杨大爷迈过洗衣店的门槛:"看脚下,杨帮主。"

闫皓听见老杨大爷说:"影响你做生意了吧?"

江老板苦笑,"嗐"了一声。

老杨大爷拍了拍他的肩,江老板就又含混地说了一句:"这也是个麻烦……哎,您慢走。"

正是晚高峰,小林荫路上全是匆匆的行人与拥堵的车,没素质的车主对着人耳朵哔哔鸣笛,人声嘈杂,两个老人没有察觉到垃圾箱后面的"小燕子"。江老板很讲究地目送老杨大爷走过路口,才背着手、低着头,缓缓地转身往店里走,耷拉下来的脸上有点愁眉苦脸的意思。

没法子的事……影响生意……麻烦……

这几个词反复在闫皓脑子里回荡,他独自蜷在垃圾箱后面,心想:这是说我。

江老板是闫皓父母的朋友,闫皓他妈临终,把自己不成器的小儿子托付给了燕宁的老友。从硬着头皮来到燕宁的那天开始,闫皓就担心自己做不好事,讨人嫌,他感觉得出,因为他,店里近来冷清了不少。衣服都是要往人身上穿的,打理得专业不专业两说,起码得干净,许多客人捕风捉影地听说店员是个变态,就都不来了——谁知道他会给衣服上弄点什么恶心的东西。

闫皓一直是提心吊胆、如履薄冰,方才亲耳听见江老板说的话,他反而有种松了口气的感觉——这一天果然还是来了,江老板也嫌他了。

这是理所当然的。他总觉得自己这一辈子,除了早逝的父亲,好像就没被什么人喜欢过。读书不行,老师不喜欢他,同学孤立他,连亲妈大概都是碍于责任,捏着鼻子把他养大的——她很少对他笑,更没夸过他一句,他就算是静静地喘气,她都能挑出毛病来。

闫皓知道江老板不好意思当面轰他走,决定自觉一点。但他下了几次决心,还是没敢当面跟江老板辞行,于是留了一张字条,压在账

203

本下。他把剩下的猫罐头打包装进纸箱里，放在隔壁宠物店门口——那宠物店除了做生意，也做流浪动物救助，有时候长时间找不到合适的领养人，店里要支出很多额外成本，他想帮点忙。

有只小奶猫半夜不睡觉，趴在窗口，扒着百叶窗的缝隙往外看，好奇地注视着他。

闫皓冲它笑了一下，屈着手肘，让绫波丽坐在臂弯里，弓肩缩脖地走进了寒夜。

"咱们去哪儿啊？"他轻轻地对塑料小人说。这时，他的目光不像白天那么躲闪，说话也放开了喉咙，然而仔细听，就会发现他说话有点奇怪，似乎有一些"大舌头"，很努力地想把每个字都说清楚，一个字一个字地往外吐。

"我找不着工作的。

"幸好你也不用吃东西，不然，跟着我要挨饿了。

"跟我在一起很委屈……对不起。

"你不会是地球上第一个露宿街头的绫波丽吧？"

经过一百一十号院附近时，闫皓脚步忽然顿了顿，朝隐在林荫间的小楼望去，想起了那个八楼的女人……她衣服兜里的刀片，深夜里走投无路的号啕大哭。

"他们说她精神不正常，我觉得很难过。"闫皓摸了摸绫波丽的头发，"因为我好像也不正常。"

绫波丽用沉静的目光看着他。

闫皓站在原地，不知道思量了些什么，然后他把绫波丽放进背包，飞掠而出。据说当年的堂前燕闫若飞可以踩着水面浮萍过河，到对岸一看，鞋尖不湿，这门绝学到了闫皓这一辈，已经失传了，闫皓也就能勉勉强强爬个楼、翻个墙，跟踪个被噪音污染弄成半聋的都市白领——他跟了聂恪好几天。

聂恪西装革履、意气风发，一点儿也不像遭遇重大变故的模样，碰见女的，话尤其多，逮谁跟谁抖机灵，自我感觉相当良好。闫皓还看见他跟一个年轻腼腆的女孩吃饭，似乎是在相亲。

在饭店门口分别的时候，闫皓躲在不远处，听见聂恪跟那女孩说："……你这个专业啊，将来落户燕宁很难，工薪家庭，家里又有弟弟，父母能帮你的太有限了，你说他们连一百万都拿不出来，那你要想在这里买房立足，几乎是不可能的。我这人不爱说那些虚的，都是实话，为你好，你别介意——我比你大几岁，作为大哥，我其实还是建议你回老家。"

女孩二十岁出头的样子，身上带着学生气，一看就是涉世未深，还真信他那套，小声回答："可是回老家没有适合我这个专业的工作……"

"你想太多了，有多少人能干自己专业的，不都是有个事先凑合糊口吗？"聂恪的话听起来非常真诚，"是，谁都不甘心，考大学、考研究生吃了多少苦？你好不容易上了这么好的大学，花了大好的青春和时间，把专业读完，毕业一看，白念了！"

女孩正是容易迷茫的年纪，顺着聂恪的话一想，可不就是那么回事吗？被他丧得说不出话来。

"但好在你是个女孩，"聂恪不紧不慢地铺垫完，盯着女孩鲜嫩的脸，图穷匕见，"女孩比男孩强点，你们还有'第二次投胎'的机会嘛，不用什么都靠自己。我的情况，介绍人应该也跟你说了……说实话，我真是没心情再找一个，今天我也是真不愿意出来，介绍人是我朋友，磨不开面子……虽然跟你聊天还挺投缘。你还小，也不用着急，愿意的话，拿我当个大哥处就好了，有什么难处，随时找我。"

然后女孩主动加了他的微信，很感动地走了。

当时闫皓也被聂恪这一番毫无企图的"肺腑之言"感动了，觉得自己想多了，错怪好人，正准备离开的时候，他看见聂恪在餐厅门口抽了根烟，等了一会儿，等来了一个獐头鼠目的中年男人。只见聂恪迎上去，十分亲热地揽住中年人的肩，打开自己的汽车后备厢，拿了两条烟递过去。两人勾肩搭背地不知说了些什么，然后聂恪从怀里摸出一沓现金悄悄塞给了对方，开车走了。

不知道为什么，闫皓直觉很奇怪，鬼使神差地，他悄悄跟上了那个接钱的中年男人。跟聂恪分别后，那男人悄悄地把钱拿出来数了一遍，似乎是十分满意，哼着歌走了。走过一片七拐八拐的小路，闫皓看见他上了个破破烂烂的居民楼，居民楼沿街一面有好几家"上门去除灰指甲""艾灸按摩"之类违规经营的小店，最里面一家，叫安心诊所。防盗窗上面有个广告牌，上面循环着"四十年经验，配合多种治疗方法，有效针对失眠、抑郁、狂躁、焦虑等心理顽疾"。

广告牌上循环的字红彤彤的，闫皓觉得自己胸口像堵了一块冰，不由自主地哆嗦了一下。

紧接着，闫皓还发现，聂恪又去见了好几个年轻女孩，用的都是和第一天一样的说辞——先丧后暖，不到一周，他热热闹闹地攒了一帮"妹妹"，足能组织起一个大观园。挖十个坑，总能坑到个把傻白甜。周五晚上，闫皓守在路口蹲聂恪，见他拎着两个超市口袋走过来，一边轻飘飘地走，一边发微信语音。

"……你决定，我请你……好啊，大哥平时也没时间看电影，都听你的，明天见……想吃什么，提前告诉我……跟我客气什么，能认识就是缘分，哥就是你在燕宁的亲人……"

一股无名火竟然从闫皓窝窝囊囊的胸口烧了起来，他想也不想，趁着夜色冲了上去。

正跟人撩骚的聂恪吹着口哨，只觉得身后刮来了一阵小风，他头都没来得及回，就觉得颈侧一痛，什么都不知道了。

闫皓追上去出手打晕他，完全是一时冲动，这会儿突然就不知道怎么办了。跟脸着地的聂恪面面相觑片刻，他发现这男人掉在地上的手机屏幕还亮着。闫皓想了想，捡起手机，蹲在路边，给微信那头的女孩发信息："他是骗你的！这男的是人渣，以前的妻子就是被他逼疯的！他同时约好几个女孩，你不要上当！"

微信那头的女孩莫名其妙地发了一串问号。

闫皓深吸一口气，转身把聂恪扛了起来。

"喂！"这时，他身后突然有人出声，闫皓激灵一下，差点把肩上的人渣掉地上，蓦地扭过头去，看见拐角处走出了一个清瘦的影子。她在手机上按了几下，手机屏幕的光照亮了她的脸，那张脸干净而清冽，有些眼熟。随即，闫皓意识到，自己经常在早餐摊上看见她，只是没说过话。

甘卿把手机屏幕按灭，揣进兜里，叹了口气，抬头对闫皓说："你把人放下吧，刚才我什么都没看见。"

闫皓往后退了一步，心里其实早就乱了方寸，他防御性地耸起了双肩，露出几分色厉内荏的凶相，企图把孤身一人的女人吓走。

甘卿："……"

这家伙怎么傻乎乎的？

她插着兜，又说："你跟他有仇吗？要不这样吧，你给他套个麻袋，拎那边揍一顿出气，我也什么都没看见。"

闫皓："你……你不要多管舍（闲）事！"

一不小心，带出了大舌头口音，闫皓的脸"腾"一下红了。

好在甘卿似乎没注意到，她语重心长地说："你打算把他扛哪儿去啊？听我一句劝吧，这帮假精英自称身家好几百万，其实混半天也就一套房、一辆车，账户上没多少现金，绑票绑不出几个子儿。老男人没市场，卖也卖不出去，到时候砸手里怎么办？就只能砍死了。"

闫皓："……"

"在燕宁砍死人很麻烦的，不划算。"甘卿冲他伸出手，"来，放这儿，赶紧回家洗洗……"

"睡"字还没说出口，闫皓扛着聂恪转身就跑。

甘卿："……"

这货怎么完全没法沟通？

"刚吃饱,要胃下垂了！"甘卿低骂了一声,抬腿追了上去。

"堂前燕"就是"堂前燕",翅膀退化了,也是一骑绝尘的鸵鸟。这个闫皓跑得快就算了,更可怕的是他极其灵敏,肩上扛着个百十来斤重的人,丝毫不影响他上蹿下跳。他一拐弯就跳进了一家单位小院——小院的院墙上为了防盗,装了螺旋形的刀片刺绳。

闫皓大鹏似的往上一蹿,脚尖在墙上一个小凹坑上轻轻一踩,横着"飞"了起来,安然无恙地从刀片刺绳上方滚了过去,那一圈刺绳纹丝不动,他在那头落地无声！

甘卿瞳孔一缩,倏地刹住脚步,当机立断,绕过院墙,转向小院正门门卫室的方向。

门卫室的摄像头在夜色中一闪一闪的,一颗小石子抛过来,"啪"一下打碎了镜头,紧接着,甘卿从紧闭的大门上一跃而过。

然而小院里静悄悄的,那只蠢"燕子"没了踪影。

第十二章

这可能是报应——上次甘卿口无遮拦,在背后说"堂前燕"现在都成了大壁虎,今天就被大壁虎拉练了三条街。甘卿在四周找了一圈,也没找到闫皓的踪迹。她喝了一肚子风,连跑带颠,这会儿胃真是有点疼了,晚上不该多吃那几个鸡翅。

院墙上,一张贴了一个多月的供暖通知浮起半边,在寒风中不安分地扇动着,上面的字迹斑驳不堪。甘卿盯着它看了一会儿,掉头就走,心想:不管了,爱死死去吧,我要回去睡觉了。

然而就在这时,短促的惊叫声响起,随即被人打断,甘卿游鱼似的滑了出去,下一秒已经不在原地了。

这嗓子是聂恪叫的——好巧不巧,聂恪在这时候醒了。

聂恪前一秒还在美滋滋地勾引傻白甜,眼睛一闭一睁,发现自己被人像麻袋一样扛在肩上狂奔,换谁都要叫一嗓子的。聂恪的胃顶在闫皓的破包上,里面也不知道什么东西那么硬,在他两肋之间来回戳,戳得他快吐了。

聂恪下意识地拽住了那个旧帆布包,张开大嘴,放开喉咙:"嗷,救……"

闫皓吓了一跳,脱手把肩上的人扔了下去,结结实实地砸在地上。聂恪感觉自己的五脏六腑都震了三震,摔得他眼前一黑。紧接着,还不等他看清这黑心绑匪是谁,一件已经被汗浸得有点馊的外套就劈头盖脸地砸下来,罩住了他的脑袋。

聂恪要疯了,扯着闫皓的破布包,扶着老腰卧在地上,拼命用屁股往远处蹭:"你到底是……呜……呜!"

闫皓给了他一脚,聂恪蜷成了大虾米。"堂前燕"这业务不熟练的"绑匪"一脑门热汗,一边把自己的包往回抢,一边试图按住聂恪的脑袋。只听"刺啦"一声,他那价值十六块五的小布包在两个男人的撕扯中壮烈"牺牲"了,里面的东西掉了一地。

绫波丽!

闫皓气急败坏地给了聂恪一肘子,聂恪终于不动了。闫皓喘着粗气,慌慌张张地把掉出来的东西往包里塞,还没来得及检查,就敏锐地捕捉到一点动静。闫皓脸色一变,弯腰扛起聂恪,转身就要跑。一道厉风迎面横扫过来,拦住了他的去路——甘卿追过来了!

闫皓沉下一口气,抬手往身前一架,跟这一腿短兵相接,两人硬碰硬地撞了一下,同时弹开——甘卿弹得远一些,体重的差距还是无法逾越的。

闫皓小臂断了似的疼,他浑身绷紧了,瞪着眼前的人:"你……你到底是谁?"

有些外行认为,腿比胳膊有劲,而且架子足,打起来漂亮,显得厉害,但其实如果不是需要"打点"得分的格斗比赛,两个不熟悉对方路数的陌生人动手,鲜少会上来直接出腿。因为人借力、发力全在一双脚下,腿一抬,人先空了一半,重心也得变,腿扫出去容易,知道往哪儿落难,更难的是一起一落中,人会无形中多了很多空门,很容易被对手反杀。对方这拦路的一腿,看似来势汹汹,其实有点近似于小猫小狗捣乱时,主人伸脚轻轻拨开的行为,是兜着劲的。

所以假如甘卿不是个什么都不懂的"棒槌",那她就是自信比闫皓厉害太多,留了很大的余地。

"不认识我？买煎饼的时候，天天低头不见抬头见，有一次薄脆就剩一张了，你还让给我了。"甘卿略微活动了一下发麻的胫骨，不开玩笑了，压低声音说，"这人情我记着。我最后再说一遍，你把这人放下，我不报警。"

"不，我不放。"闫皓警惕地后退了半步，"他……他是个人渣，害了人，装无辜，我看见了……他还想骗别人！"

"害了谁？"甘卿吃力地听着他颠三倒四的话，愣了一下才反应过来，"他老婆？你跟她——向小满认识？"

闫皓老老实实地摇头。

甘卿莫名其妙："你又不认识她，那你在这儿起什么哄？关你什么事？"

闫皓词汇量相当匮乏，骂人都不会，翻来覆去就一句："他是人渣！"

"所以呢？你要来替天行道？"甘卿问，"你是妇联的？"

这么关注妇女权益？

闫皓却以为她说的是"复联"——复仇者联盟——这人在嘲讽他穿着蜘蛛侠的衣服被捕的事！

巨大的次元壁从天而降，横亘在他俩中间，制造了一场鸡同鸭讲。闫皓的脸倏地涨红了，悲愤地大吼一声，不管不顾地朝甘卿撞了过去。

甘卿："……"

不是，她说错什么了？

闫皓人高马大，确实有优势，他把聂恪当成了一杆不怎么顺手的大棒子，挥舞得虎虎生威。甘卿脚尖轻轻点地，瞬间后撤了三四米，没接招，因为这"大棒"是人肉做的，一不小心折了，他俩都得变杀人犯。

一闪身滑到闫皓侧面，甘卿手指如钩子，划向闫皓的咽喉。闫皓脖子上起了一圈鸡皮疙瘩。两人电光石火间拆了十来招，闫皓只觉得那只苍白的手极其险恶，每一个关节都充满杀机，他一时有些畏惧，慢了半拍。甘卿的手一把钩住了聂恪的腰带，要把他扯下来。

闫皓则顺势把聂恪往下一砸。

这一招堪比"刘备摔孩子"，落地时万一砸到要害，聂恪不玩儿完也得高位截瘫，甘卿不能眼看人渣摔成人饼，别无选择，只好伸手去接。她是剑走偏锋的路数，练的不是那种能跟人掰腕子的功夫，从祖师爷开始就没干过体力活儿。闫皓这一砸不知道几百斤，甘卿双臂一沉，差点把腰抻了。

还不等她抓稳，闫皓抡起聂恪往前一扫，直接撞开了她，撒开长腿就跑，几个起落，又没影了。

这人跟个受气包似的，身手却一点儿也不软。

甘卿刚想追，左腹一阵绞痛把她绊住了。她"嘶"了一声，皱眉弯下了腰，有点想吐——武林高手也不能在饭后剧烈运动。

这时，一个人挟着风跑了过来："什么情况？"

目击闫皓打晕聂恪的时候，甘卿就顺手跟他们盟主说了一声。喻兰川当时已经在电梯间等了二十分钟，其间用手机把月报都审完了，要"偶遇"的人还没回来，正有点奇怪，就收到了甘卿的信息，连忙赶了过来。

"你怎么了？"喻兰川一眼看出她脸色不对，伸手扶住她的胳膊肘。她的胳膊肘坚硬而充满骨感，整个人一蜷起来，显得轻飘飘的。

"像一张纸。"喻兰川忽然有些出神地想。

随即，他把莫名其妙的念头甩开："伤哪儿了？是闫皓吗？"

甘卿："……"

不，是鸡翅干的。

"没，"她摆摆手，喘了口气，"有点岔气……他太能跑了。"

喻兰川："到底怎么回事？"

甘卿三言两语把事说了一遍，末了有气无力地问了一句："你们这些名门正派，最近流行出怪胎吗？"

喻兰川耳根一动，挑眉看了她一眼——什么叫"你们"这些名门正派？

"先回去。"喻兰川不动声色地说，"我跟杨大爷借点眼线。"

甘卿的胃撒泼打滚完毕，见抗议有效，也就不闹了，她感觉好了一点，正要走，忽然，看见路边的树坑里有什么东西，走过去捡起来一看："娃娃？塑料的？"

闫皓扛着一袋人渣，跳出小院，慌不择路地躲进了一座烂尾楼里，紧张地等了半宿，方才那个很厉害的人没再追来，他这才松了口气，腾出手来，把聂恪的手脚绑住，心疼地检查起自己被撕坏的包。突然，闫皓整个人都僵住了，瞪大眼睛呆了片刻，他慌乱地把自己行李包里的东西全倒在地上，一件一件地翻过去……绫波丽不见了！

燕宁的夜很短，好像末班车才刚刚把疲惫的加班客送回家，遛狗和晨练的老年人就打算出动了。天没亮，卖早点的已经各自开了灯，热火朝天地准备迎来第一拨客人，煎饼果子摊老板停稳了小推车，拿起铁勺，在满满一桶酱料里搅和了两下，打开炉火烤手，远远地看见几个乞丐模样的人正在往墙上贴什么东西，于是拿起油纸，捡了几根油条拿过去给乞丐们分："今天丐帮的兄弟们怎么这么早？"

"老帮主吩咐的，不敢耽误。"乞丐们道了谢，接过油条狼吞虎咽。

煎饼果子摊的老板一听，就知道是江湖恩怨，背着手凑过去一看，只见墙上贴的是一份"失物招领"传单，上面印着绫波丽的黑白照片，领取地址是一百一十号院传达室，上面隐晦地注明，"凭你拿走的东西换，天亮之前，逾期撕票"。

"领个……娃娃？"煎饼果子老板不解地嘀咕了一声，"看不懂，

213

贵帮真是越来越潮流了。"

一百一十号院里,老杨大爷也觉得相当离谱,他跟洗衣店的江老板两个人加起来一百五十多岁,面面相觑地围观着棋盘上的塑料小人。

"能行吗?"老杨大爷看了喻兰川一眼,还是觉得他出了个馊主意。

喻总端着一杯从二十四小时店里买来的红茶,把键盘敲得咯咯作响,正在专心干第二天的活儿,这样他午休时候就能补觉了,头也不抬地说:"听我的,放心。我们投过类似的项目,粉丝的狂热程度超出您想象。"

老杨大爷没听懂,带着几分敬畏地探头看了一眼喻兰川手头的活儿。

关于訚皓的流言蜚语越来越多,江老板怕他受不了,想托老杨大爷帮他找个不用抛头露面的事,老杨大爷回家跟孙女战斗了好几天,终于,杨总松了口,答应给他一个保安的职位。江老板高兴极了,还没来得及转告訚皓,那小子就不告而别了。

"多大人了,还玩娃娃……唉!"

"这孩子是让他妈耽误的。"江老板叹了口气,"他姥姥小时候被'堂前燕'前辈救过一命,念叨了一辈子,影响了孩子,訚皓他妈年轻的时候,就挺不务正业的,天天做大侠梦,还因为这个,千方百计要嫁给'堂前燕'的儿子訚老弟……好在訚老弟是个敦厚人,结婚以后,两口子日子过得也挺好,就是没得太早了。他走了以后,家里剩下孤儿寡母,这些年都靠一些訚家过去的朋友接济。訚皓那孩子天生有点口齿不清,小时候老有坏孩子欺负他,慢慢地,就有点不爱说话。我那弟妹总觉得他不是男子汉,逼着他学功夫,五六岁就让他站桩,我去过一次,那孩子一边练一边哭。"

现在人练童子功的不多了,当代武术更专注力量和速度,太小的孩子师父不传,一来是怕硬功练坏了筋骨,二来也怕万一不是那块料,功夫练不出来,再耽误孩子正经学业。就连喻兰川这种家学渊源的,也是十来岁以后缠着喻怀德学的。

江老板:"你看看他现在这样,倒是出了功夫,可是除了闯祸惹事,还有什么用?以后在社会上靠什么立足呢?'堂前燕'这一支,还不如彻底断了传承。"

这时,门口吹来一阵风,"咔"的一声,絮絮说话的两个老人同时闭了嘴,像两个敏捷的老猿,抢到门口。喻兰川抬起头。

扛着聂恪的闫皓终于顶着露水露了面。

他的外衣裹聂恪用了,身上就一件漏孔的土黄色毛线衣,脸上带着几天没刮的胡楂,眼睛里都是血丝。避开江老板的视线,他低着头看自己的脚尖,冲喻兰川一伸手:"还给我。"

天快亮了,一百一十号院里一声轻哨,附近一帮丐帮的人纷纷露面,几个人过来按住了闫皓,剩下的麻利地抬起聂恪。

一个丐帮弟子拎过两个超市购物袋,低声对老杨大爷说:"杨帮主,东西都跟小票核对过了。"

"快去!"老杨大爷一挥手,丐帮弟子们就训练有素地扛着聂恪上了八楼,溜门撬锁,神不知鬼不觉地把他送到了自家床上,把聂恪身上的绳子解开,又从他自己的购物袋里抽出瓶酒,往聂恪嘴里滴了一点,身上、衣服上洒了一些,倒空了酒瓶,制造出满屋酒气的效果,擦干净脚印,鱼贯而出。

传达室里,喻兰川站起来,收起电脑,拿走了绫波丽。

闫皓忙喊道:"还给我!"

喻兰川看了看手里的塑料小人,抛起来又接住,冷笑:"等你冷静下来再说吧。"

闫皓看着命根被他抛来抛去,瞠目欲裂,被丐帮弟子牢牢地按住。江老板恨铁不成钢地在闫皓的后背上捆了几下,暴跳如雷。

"可他就是人渣，江叔！"闫皓跟江老板熟了，说话勉强利索了一些，"他媳妇根本就是被他逼疯的，我还看见他给一个黑诊所的黑心医生钱！她要杀他是有原因的！"

"那又怎么样？"江老板气急败坏，"那是人家两口子的事，清官都不断家务事！"

闫皓："我……"

"你有证据吗？法院和警察要看证据。"老杨大爷语气温和地打断他，"孩子，我知道你是好心，可是这种事外人说不清的。"

可是……她呢？向小满怎么办呢？

怎么可以这样？

闫皓茫然又无助地看着他们。

第十三章

兵荒马乱的一宿过去,第二天虽然是周六,但路口的煎饼摊不比平时人少,依旧是早上不到七点就开始排大长队。喻兰川还得加班,丐帮的兄弟们得趁周末到人流量大的据点刷业绩,连隐藏在幕后没露面的甘卿也要准时开店,准备迎来新一轮水逆,于是大家都散了,只剩下退休人员杨帮主没事,就跟江老板一起,把失魂落魄的闫皓押回了洗衣店,关门教育。

喻兰川回家打了个盹,洗了个战斗澡,用最快的速度把自己收拾得光鲜靓丽,准备去上班。刚到门口,他又忽然想起了什么,拎起门口白麝香的古龙水在头发上弹了两下,往电梯赶的脚步一转,他香气袭人地敲了隔壁的门。

甘卿昨天晚上吃坏了胃,早晨就没出去,自己熬了碗粥喝,听见敲门,还以为是给张美珍送牛奶的小女孩,叼着汤勺就出来了。这两天据说要降温,室内暖气烧得格外热,她在屋里穿的是夏天蹲路边啃玉米的大裤衩和篮球背心……没穿内衣。

两人一个门里,一个门外,面面相觑了片刻,都被这个惨烈的形象对比震撼了。

地球上的物种是如此丰富。

甘卿被还没来得及弥散开的古龙水刺得有些鼻痒,想打喷嚏,可是嘴里还有个勺,她憋得咬牙切齿,牙把勺子往下一咬,勺棒就高高地往上翘起,正砸中自己的鼻梁骨,眼圈"唰"地一红,她把自己打哭了。

喻兰川非礼勿视地低下头,看张美珍家的擦鞋垫:"你……不冷吗?"

"咳,还行。"甘卿伸手往门框上一撑,并借着这个姿势把自己半藏在门口,有点尴尬地含起胸,"什么事?"

"哦,"喻兰川说,"昨天……"

"昨天怎么了?"甘卿打断他,从门板后面露出一双狡黠的笑眼,"我下班就回家了,什么都不知道。"

又是一个翻脸赖账现场,喻兰川面无表情地拿出闫皓的塑料小人。

甘卿看了塑料小人一眼,不为所动:"有一种人啊,他们宁可自己对着地图走一天一宿的冤枉路,也不愿意停下来找人问一声。不是非说不可的话,他们就肯定不会说。我猜那个'小燕子'不会主动把我供出去的,小喻爷,你觉得呢?"

"你的意思是,昨天半夜还在外面闲逛的人是我,撞见闫皓,打晕聂恪的人也是我,追了好几条街没追上,只捡了个娃娃回来的还是我?"喻兰川要被她气笑了,"我有这么繁忙吗?"

"谦虚,没有超长待机,哪能当盟主,谢了啊,"甘卿人话说不了三句半,顺口又来,"改天请你……"

喻兰川死死地盯着她,不敢相信她还有脸说出"吃饭"俩字。甘卿卡了个壳,忽然意识到,眼前这位身负异香的奇男子,是个会主动讨债要饭的奇葩,于是话音生硬地一转:"……请你给自己开个表彰大会,能者多劳,见义勇为。"

这回干脆连消夜也没有了。

喻兰川无话可说,隔着门,把闫皓的塑料小人塞了进来:"我不在家,那个闫皓有扒人窗户的毛病,这个在你这儿存两天,等杨爷爷他们摆平那个闯祸精再说,扣着这个,他跑不了——当然,你也可以拿着它去威胁闫皓,让他别把你说出去。"

甘卿感慨道:"小喻爷,你听听你说的这话,真像反派啊。"

"是吗?谢谢。"喻兰川假笑了一声,"我看你就没有这个顾虑了,毕竟胸大腰细是魔教妖女的标配。"

甘卿:"……"

喻总弹了弹衣领上不存在的土,不可一世地把薄薄的眼皮往下一垂:"藏什么藏,我近视快一百度了,就你这样的,戴显微镜也看不见什么。"

哎哟,挑衅?

甘卿听完,轻轻舔了一下自己的牙根,居然就大刺刺地从门后面出来了,往门框上一靠,修长的四肢舒展开,她胸也不含了,似笑非笑地说:"那可实在是对不住啊,影响市容了。"

喻兰川目瞪口呆,没想到假嘴炮遇见了真流氓,吓得视线漂移了一百八十度,一个字也没憋出来,仓皇败退。

"慢走,小喻爷,"甘卿挥着勺在他身后说,"我就不耽误您选美了。"

因为一大清早就被刺激得肾上腺素飙升,喻总闯进办公室的时候气场爆炸,森然有杀气,周末加班有些懒散的部门同事被他的杀气震慑,整体效率大幅度提高,竟然在中午之前完了活儿,可以集体回家睡午觉了。

喻兰川在办公室里休息了一会儿,鬼使神差地,他在搜索引擎里输入了"家庭暴力、精神暴力",相关内容跳出来很多,他大致一扫,都是官话,于是就又搜了"精神暴力取证",搜索结果不是"摄像""录音"之类不靠谱的东西,就是明确告诉他"取证困难,界定不明"。

喻兰川合上电脑,走到窗边,摘下眼镜远眺,缓解视疲劳。

再说，就算能证明聂恪是人渣，又能怎么样呢？向小满杀人未遂是事实。确实，她是被人诱导，自己又有精神疾病，可以不用坐牢，可人这个精神状态，在哪儿还不是坐牢，又有什么区别？

喻兰川摇摇头，这件事短暂地在他心头盘桓片刻，就被他浮尘一样地抹去了。

他趁下午风和日丽，溜达回家，难得的冬日暖阳晒得他昏昏欲睡，结果刚到一百一十号院楼下，喻兰川就不惬意了——两个丐帮的人鬼鬼祟祟地躲在墙角，探头往院里看，见他过来，就给他使眼色。喻兰川顺着这二位的目光一看，楼下又停了一辆警车！

报警人聂恪正把两个民警送出来，其中一个是于严。聂恪一脸委顿，大烟鬼似的耷拉着眉眼。喻兰川听见他喋喋不休地说："……上回抓的那个团伙是不是没抓干净啊？我怀疑他们还有其他同伙，盯上我了！他们会不会割我的肾啊？警察同志，作为纳税人，我贡献很大的，你们可一定得保护我……"

喻兰川听了个音，心里"咯噔"一跳，有种不祥的预感。

果然，于严警官应付完聂恪，找上了门来。

"我刚才在楼底下就看见你了，今天怎么早退了？"

周六上半天班叫"早退"，喻兰川品了品这用词，有点心酸，不想多聊，就直接问他："你们来干什么？八楼又怎么了？"

"不知道，这货可能是让他老婆传染了，神神道道的。"于严说，"他刚才报警，说自己昨天晚上从超市出来的路上被人袭击绑架，绑架他的人还会飞。"

说着，他观察了一下喻兰川的神色。然而喻兰川只是略带冷淡不耐烦地挑了挑眉，什么表示也没有。

"他还说，今天一睁眼，他就发现自己躺在家里，没脱衣服。我们看了，他买的东西都在，一瓶酒空了，推断是他喝断片儿了，自己不知道。"于严说，"但是聂恪坚决否认，说他有洁癖，绝不可能不洗澡就上床,还说绑架的事绝对不是幻觉,因为绑匪打晕他以后,用他的手机发了一条微信。"

喻兰川:"……"

这个姓闫的,手怎么那么欠呢?

"不过他的微信记录确实很奇怪,前一秒,他还在跟女孩撩骚约饭,发的都是语音,听声音也不像喝醉了的,后一秒就发了一堆'这男人是骗子'之类疯疯癫癫的话。"于严说,"兰爷,这事听着有点蹊跷啊。"

喻兰川脸上不动声色,心里把闫皓翻来覆去地煎炒烹炸了一遍:"你想说什么?"

"要真是那个团伙的同党报复,早把这小子削成片了,哪会让他全须全尾地躺回自己家里,还帮他把从超市买的东西都捡回来?我觉得要不是他自己精神失常,那就是……"于严伸脚在他小腿上踢了一下,"说实话吧,兰爷,你昨天晚上没睡好吧?给谁铲事去了?"

喻兰川不吃亏地蹴了回去,大尾巴狼似的一跷二郎腿:"警察同志,说话要讲证据,小心我告你诽谤。跪安吧,有事找我律师聊。"

"唉,这种混搭的逼,也就你才能装得出来。"于严叹了口气,"说正经的,兰爷,聂恪这种'纳税人'的要求我们不能不理的,处理不好,他到处投诉不说,没准还得把我们挂上微博,回去我们就得按他说的地点和微信发送时间,去核查这附近的监控,过来给你提个醒,你留神一点。"

喻兰川按了按眉心,知道自己的午休是泡汤了。

于严站起来,一整制服:"能者多劳吧,盟主!"

喻兰川现在一听"能者多劳"这四个字,头都大两圈,从牙缝里挤出一句话:"再说这词,就跟你绝交,滚。"

丐帮的人常年在这附近混,都是老江湖,应该知道怎么避开监控。甘卿不用问,这人滑不溜手,也不至于露这种马脚。问题是,甘卿跟丢了一阵，那段时间，没人知道闫皓去哪儿了。

喻兰川匆匆来到楼下洗衣店，一把拎起闫皓的领子。

闫皓一见他，眼睛又红了："你还我！"

"我还你个头！"喻兰川问，"昨天晚上你扛走聂恪后，去了哪儿？从哪儿走的？有没有避开监控？"

闫皓一脸茫然，显然是压根儿不知道还有监控这码事。

喻兰川："……"

古代的武林盟主都呼风唤雨，日常生活就是接受万人膜拜，看谁不顺眼，就打成魔教妖邪，没事可以指挥小弟们去干他，多么美好的职业！怎么当代盟主就跟铲屎官一样，到处给脑残擦屁股？怪不得上位这么容易，都没有人礼貌性地竞争一下。

老杨大爷脑子不慢，立刻意识到了什么："聂恪报警了？"

喻兰川剜了闫皓一眼，把于严悄悄给他传的消息说了。两个老头听完，此起彼伏地对着闫皓叹气。

江老板问："那怎么办？"

闫皓缩脖端肩，蜷在大洗衣机旁边，整个人灰沉沉的，丧得要滴出水来。

喻兰川看了他一眼，心想：我为什么要管他的破事？

老杨大爷："小川。"

喻兰川："……这事没有人身安全和财产损失，而且听起来确实挺离谱的，警方调阅排查监控也需要时间，只要这期间聂恪自己承认他是喝多了产生幻觉，派出所那边应该也不会往下查……喂，'蜘蛛侠'，你跟我仔细说说，聂恪给诊所医生钱是怎么回事。"

第十四章

"如果担心日常学习、工作中的小问题,这种'水逆退散卡'也是很好的选择哦。可以夹在学生卡或者公交卡里面,很方便随身携带,帮助你平静心情,抵消水星逆行带来的不良影响。另外,水逆期间,家里常用的电器、家具、管道都要注意定期检修,一旦发现损坏的迹象,要记得及时处理。打起精神来,水逆虽然给我们的生活带来一些麻烦,但也是个自我检视的机会哦……"

喻兰川在橱窗外面,看见某人身处幽幽的灯光下,披头散发——还是假发——嘴角挂着个"蒙娜丽莎"式的似笑非笑,才十几分钟,她已经忽悠了三拨顾客,业务很熟练,说辞都不带重样的,两毛钱一张的彩色小卡片,她卖十五块,并且已经卖出了一打。

可见"水逆"已经成了当代青年的"头号杀手",相关消费应该纳入医保报销范围。

喻兰川听见那帮小孩喊她"梦梦老师",已经起了一身鸡皮疙瘩,再旁听了一会儿"梦梦老师"那口飘飘悠悠的神棍腔,实在看不下去了,后悔没把她早晨叼勺子的尊容拍下来,游街示众。他敲了一下店门,打断了甘卿的话,板着脸走了进去,直接把店里"星星点灯"的画风拖进了《焦点访谈》里。

青少年们纷纷回头看他,有个小女孩还捏紧了刚买的"水逆退散卡",可能是想贴在喻总的脑门上。

"有事,"喻兰川冷淡地敲了敲柜台,"你什么时候关门?"

甘卿的笑容纹丝不变:"不好意思哦,先生,水逆期间我这里要接待的客人比较多,大家都是预约过的,如果有需要,可不可以也请您提前一到两天打招呼呢?"

"不可以。"喻兰川不客气地一口回绝,瞄了一眼那些"水逆退散卡",凑近甘卿耳边,低声说,"我要给物价局打电话了。"

甘卿:"……"

贱人!

十分钟后,甘卿施展三寸不烂之舌,把客人都糊弄走了,然后歪歪斜斜地往柜台上一靠,恢复了正常语气:"小喻爷,我这是小本生意,你行行好吧。"

喻兰川的目光扫过她柜台上那堆玩意儿的标价:"我看你做的是'没本'的生意。"

甘卿叹了口气,感觉到了这一任盟主的神通——他能靠一部手机千秋万代、一统江湖:"您大驾光临,有什么事?"

"昨天晚上,你看没看见闫皓拿着聂恪的手机发微信?"

甘卿想了想,不以为然地说:"可能看见了吧,他当时拿着手机按了一会儿,我也不知道拿的谁的手机。"

喻兰川额角青筋跳了起来:"那你昨天为什么不说?"

甘卿莫名其妙:"……你也没问啊。"

喻兰川:"你跟我走。"

"啊?"

"昨天明明是你先出手的,半路你没事人似的走了,撂个烂摊子和黑锅给我,你想得美。"喻兰川咬着牙,想把她从柜台后面拉出来。然而手还没碰到,他忽然感觉手腕上有一阵凉意——不是碰到了什么东西，是一种让人汗毛倒竖的感觉。喻兰川下意识地一抬手腕，反应已经非常及时，却依旧没躲开，他脉门处被两根手指一弹，同时，甘卿在他脖子上吹了口气，手腕上传来轻微的疼痛感……以及某种黏附在上面的、更可怕的东西。

如果她的手再重一点，或是手指间夹一把刀……

喻兰川当年练"寒江七诀"的理由很中二，但这么多年来，他施展的机会不多，从来没有体会过幽微间一手一指的较量。其实所谓"四两拨千斤"的功夫，古代或许是有，现如今谁也没见过，以喻兰川十五年来练剑的浅薄了解，这是不太可能实现的，大爷爷恐怕也不行。而甘卿并不是一个五大三粗的人，她的身体条件在那儿摆着，力量上限、抗击打能力，一目了然，不可能强到哪儿去。

可是方才一瞬间，喻兰川觉得眼前的人就像是碎成了无数细小的尘埃，无孔不入地盘旋在自己周围，咽喉、手腕、胸口、太阳穴……同时向他发出警告，像是有无数把致命的小刀架在上面。她并不跟人对抗，根本感觉不到她的力量，只是仿佛一阵致命的风，一点儿罅隙就能钻进来，轻飘飘地要了对手的命。对方没了命，自然也就没了力气。

跟喻兰川迄今为止见过的一切流派都不一样，与其说是武术，不如说是杀术。

这是……什么功夫？

现在为什么还有这么不和谐的品种？

甘卿躲在假发后面，捏着"神棍嗓"冲他笑："哎哟，先僧（生），好好说话嘛，干什么动手动脚的？吓死人了。"

喻兰川："……"

他沉默了一会儿，默默地拿出手机。

甘卿一秒钟有了人样："行行行，好好好，你说，让我干什么？"

就这样，甘卿早退半天，被盟主拉上了贼船。

"安心诊所……"甘卿低头扫了一眼喻兰川发给她的地址,又看了看眼前破破烂烂的小门脸,叹了口气,感觉喻兰川拿她当小弟使唤。

她正在徘徊时,两个中年人从安心诊所里走了出来,其中一个女人对旁边的男人说:"……管用的,你听我的,我们家孩子期中考试比上学期成绩提高了不少。"

男人有点迟疑地问:"这……孩子吃了,不会有什么副作用吧?"

"不会。"女人说,"我听人说,美国那些名校学生、硅谷精英什么的,好多都吃这个,原理就跟喝咖啡一样,咱们国内不好买,赵医生这里给代购。"

男人问她:"您刚才说这药叫什么?"

女人说:"聪明药。"

"聪明药?"甘卿从暗处走出来,"赵医生?"

她打开手机上的一个团购软件,这个不知道有没有经营资质的安心诊所有不少团购体验项目,项目介绍里显示,主治医生叫赵鸿翔。甘卿想了想,顺手团了一个,并及时把购买页面截图发给了喻兰川,让他报销。

她打电话问了一下,周六下午的名额未满,还能约。

团购的项目叫"催眠体验",介绍里吹得天花乱坠,说是属于"团体心理咨询",能引导顾客进入催眠状态,放松身心,缓解日常压力,排毒养颜。

甘卿一直没心没肺的,当然也没有咨询"心"的需求,头一次来,像个刚进城的土包子,还有点不放心地发微信问喻兰川:"这种不会跟过去的'摄魂术'一样吧?"

喻兰川可能是被她的不学无术震惊了,好半天才回了她六个点。

诊所里有个负责接待登记的前台,除了甘卿以外,还有两三个购买了同一个体验项目的。

"催眠体验室还在准备，请诸位在这儿等一会儿。"前台小姐年轻漂亮，笑容甜美，跟诊所的破门脸格格不入，"在开始之前，赵医生让我先跟大家交代一下，不是每个人都能顺利进入催眠状态的，会有一部分人因为无法放松，不容易接受暗示，如果一会儿您发现自己属于这种情况，也不要失望，我们这个项目依然能在一定程度上帮您放松神经。如果您觉得满意，可以购买我们的长期疗程，相比团体项目更有针对性。"

甘卿一听乐了，原来这安心诊所是她同行，连忽悠顾客的说法都异曲同工——心诚则灵。

催眠体验室是一间卧室改的，里面拉着窗帘，照明是香熏蜡烛，光线昏暗，几个墙角都布置了小音箱，三百六十度立体环绕地播放那种让人昏昏欲睡的轻音乐，也和星之梦的套路特别像。体验室正中间有几把软绵绵的躺椅——疲惫的下午，白噪音和有助眠功能的熏香，大概不用催，人都能睡死过去。

獐头鼠目的赵医生坐在一个书架前，笑容可掬的前台正在给每个人发毯子，讲解注意事项。甘卿趁这时候说："不好意思，卫生间在哪儿？"

她溜出了体验室，趁诊所里唯二的两个工作人员都忙着，人影一闪钻进了前台桌子后。桌子底下有一堆不知道干什么的药，都没拆包。甘卿扫了一眼，不认识，迅速拍了几张照片，发给了喻兰川，随后翻出了前台的登记本。登记本是今年全年的，甘卿手指不停留地从头往后翻，像是数纸一样，她眼力极好，"向小满"的名字一滑过，她立刻就捕捉到了，卡在那一页。

只见那里标注：向小满，女，36岁，咨询治疗十次（药费已预结）。

药费？

甘卿一皱眉，她虽然不知道正规的心理咨询是怎么操作的，但熟悉"神棍的职业操守"，卖个小卡片、哄顾客睡一觉，尚属于不痛不痒的缺德范畴，但随便给人开药吃……这可就越界了。

"聂恪给向小满找的'医生'是这种货色？"喻兰川看了一眼甘卿发回来的照片，"这人就是个卖大力丸的江湖骗子，还走私管制药品。"

于严在电话里偷偷跟他说："你可以举报安心诊所非法营业，但向小满在他那儿就诊，不能说明聂恪主观虐待，聂恪也可以说自己是上当了，电信诈骗还隔三岔五就能骗到一个高知呢，给老婆买东西不小心买到假货又不犯法。"

这时，喻兰川的手机里有电话请求接入。

"稍等一下，过会儿我给你打过去。"喻兰川挂断了于严的电话，接起来，是一个合作方的同事，平时经常跟喻兰川一起打球，跟聂恪工作的公司有密切合作。大家都是一个圈子里的人，有心打听，没有打听不到的。

"我去他们公司做过一段时间'尽调'，"球友说，"对这人印象很深啊，他们有个财务，爱说八卦，陪我们吃饭的时候，十个八卦里有八个跟这位有关系……这人风评不怎么样，老围着小姑娘转，脚底下也不知道踩几条船，有人还到单位闹过，让他下次注意点，别叫错名字。"

喻兰川："他结婚了，你知道吗？"

"知道啊，听说他当年户口能落在燕宁，还是靠他老岳父，家里房、车也都是那边出的大头，要不都跟你似的，房奴狗，哪来的钱花天酒地。"

喻兰川的心被戳了好几个透明窟窿。

"不过老人嘛，指望不了一辈子的，听说他岳父退休以后身体一直不行，三天两头住院，从那时候开始，这个聂恪就有点飘了。后来老家儿没了，他老婆家里可能也没什么拿得出手的亲戚吧，他就更肆无忌惮了……唉，对了，我听说他老婆出事了，什么情况？"

喻兰川三言两语地打发了热爱八卦的球友，拐弯抹角地弄来了聂恪的简历，收集完资料，已经是傍晚，又跑到六楼找老杨大爷的孙女杨逸凡。杨总手头各种新媒体、互联网人才资源丰富，很快，聂恪大学、工作期间用过的几个邮箱账号都被扒了出来。

"够不讲究的。"杨逸凡说，"你看这个，这个是他的常用邮箱之一了吧？"

杨逸凡给他看的是一个截图，聂恪用自己的邮箱给一个人留言，说："发邮箱，交换，我老婆。"

喻兰川："对，不是正式走公司邮箱的，他都用这个号，这是什么意思？"

杨逸凡说："有点PUA色彩的色情论坛。"

喻兰川："P……什么色彩？"

"PUA，Pick-up Artist，本来是教不会说话的死宅搭讪姑娘的，后来不知道为什么，发展成了渣男骗财骗色培训班，研究怎么摧毁女方精神和人格，怎么找机会拍下对方裸照之类的，渣男们私下里还会拿出来炫耀交流。"杨逸凡说，"比如这个，就是他想用自己老婆的裸照交换对方的'资源'。"

喻兰川："……"

杨逸凡斜眼一瞥他的表情："哎，我刚才是不是污染纯洁美男的心灵了？喻总，你听过就算啊。"

喻兰川没理她："除了这个，还有别的吗？"

"给我一晚上时间，我找人打入渣男内部，运气好的话，能弄来这小子当时跟别人的聊天记录。"杨总不在意地说，"花点钱的事。"

"多少钱？"刚给甘卿报销完团购费用的喻兰川问，"我……"

"免了，"霸道总裁杨逸凡说，"老娘就不差钱，这笔给你赞助，纯当娱乐。"

喻兰川："……"

要不是他还有房贷，哪儿轮得着她在这儿人五人六地炫富！

这时，喻兰川手机振了振，甘卿给他发来了一个好友位置。

甘卿："赵神医的地址找到了，你说他做完亏心事，今天怕不怕鬼敲门？"

第十五章

喻兰川总觉得她这一句话妖气森森的，赶紧问："你要干什么？"

甘卿："不干什么，找他聊聊天。"

喻盟主心累得不行："你不要乱来！"

甘卿没回话，回了个金馆长熊猫表情——"长得好看的女人，都不靠谱"。

谁要跟她斗图！

喻兰川要给这位行走的表情包跪下了，跟杨逸凡交代了一声，匆匆忙忙地往甘卿所在位置赶。

赵"医生"以前是开美容美发店的，后来发现这个行当竞争越来越激烈，遂转了行。他找人买了个文凭，又经过了一个月的培训与包装，完事把脸一抹，改头换面，就成了"心理咨询专家"，开了这家安心诊所。

利用一个周末，他赚了好大一笔"安心钱"——下午接待了三拨花钱来听音乐、打盹的，卖出了两个长期疗程，又多了十几个托他带"聪明药"的客户，账户上的数字长势喜人，他美滋滋地哼着歌回了家。

赵"医生"住的地方，离那天聂恪给他塞钱的饭店不远，走回去中间有一段小路，虽然有点背，但不太远，路也都是走熟了的，这位先生缺德带冒烟，当然是个唯物的拜金主义者，坚信人民币能辟邪，并不怕黑。他像往常一样,打开手机上的手电,晃荡着腿、哼唧着西皮慢板溜达。

可是今天,小巷子似乎有什么不同寻常,走着走着,西北风停了,周遭忽然安静下来,一种说不出的感觉爬上了他的后背。

赵医生狐疑地用手电往四下一照,什么都没发现。他怀疑自己神经过敏,于是气沉小腹,唱出了声:"我本是卧龙岗散淡的……"

"人"字没出来,黑暗中似乎有人轻轻笑了一声。

赵"医生"倏地闭了嘴,与此同时,他突然发现,自己的脚步声有一点不自然——带着沙沙的杂音。

是踩着什么东西了吗?

不,不对!

他猛地刹住脚步,沙沙声却没有立刻停下,多了几下!就好像有人在刻意模仿着他的脚步走,但脚步踩得不太准。

"有人吗?"赵"医生"回头喊了一声,身后是空荡荡的小路。他无端开始紧张,因为突然发现这条熟悉的小路比他想象中还要黑,这让他有些不安,于是加快了脚步。那沙沙的动静如影随形,赵"医生"连着回头看了几次,心越跳越快,手心开始潮湿。

就在他快要走到小路尽头的时候,身后突然传来一阵奔跑的声音,快而重,像一阵震耳欲聋的鼓声,毫无预兆地砸在他的耳膜上。

这可能是某种动物本能,在很安静的地方独自往前走,急促的脚步声容易让人产生一种被追逐的战栗感,特别是这个人已经开始害怕的时候。突兀的脚步声把赵"医生"吓得膝盖一软,连忙举起手机,冲着脚步声传来的方向照。

这一照,他看清了身后路,汗毛都竖了起来——那里竟然还是没有人,光扫过,又急又重的脚步声竟然凭空消失了!

赵"医生"呆了一下,紧接着,他撒腿就跑。不知道是不是他的错觉,转身的瞬间,他好像听见有个女人在笑!

一口气跑出八百米，赵医生差点把肺吐出来，狂奔到了大街上，手心里已经全是冷汗，差点连手机也捏不住。

他胡乱用袖子抹了一把，吐出一口大气，神经质地捏紧了裤兜里的钱包，念了两声佛。

"自己吓自己，"他拍了拍胸口，自我安慰似的笑了一声，"疑神疑鬼的，呸呸呸。"

赵"医生"自己一个人住，把老婆孩子都送到了国外，这样跟外人提起来有面子，他也自由，想干什么就干什么。这天晚上，他莫名不想独处，于是一边开门，一边拿着手机翻，正在漂亮前台和最近新勾搭的女病人之间举棋不定时，他觉出了不对劲——屋里的暖气里掺杂了阴凉气息，冷飕飕地从他身边刮了过去……

谁把窗户打开了？

就在这时，他身后的房门重重地合上了，一声巨响，方才开门的钥匙还没拔下来。赵医生蓦地扭头，就听"咔"一声轻响，房门被人从外面反锁上了！他连忙扑到猫眼前往外看，同时徒劳地转着门把手，这动静惊醒了楼道里的声控灯，依然看不见人。

赵"医生"的心提到了嗓子眼。这时，屋里的灯陡然灭了，电闸被人拉了！

"谁？我报警了！"

这句话音刚落，有个很遥远的女人一边捏着嗓子笑，一边轻声说："好啊。"

赵"医生"一把抄起竖在门口的雨伞，循着声音猛地扭过头去，赫然发现阳台一扇窗户开着，一个……长发女人的影子飘在窗外，夜风扫过，她的影子还微微晃动！

赵"医生"猛地往后退了一步，后背撞在鞋柜上——他家住十楼！

"影子"伸出一只手，按在他家玻璃窗上，那里随即传来指甲刮擦玻璃的咯吱声。她幽幽地叹了口气:"我要是还有手,我也想报警。赵医生,我要举报你非法行医,谋财害命……"

漆黑的屋里,被吓得已经神志不清的男人没看见打开的窗户缝里伸进了几根头发丝一样的细线,像蜘蛛网。其中一根细线轻轻一动,冰箱上面的一个纸盒子就被拉了下来,一堆"利他林"滚到了地上。

赵"医生"一屁股坐在地上:"我、我、我、我这是正经药!巴基斯坦进、进口的!"

"影子"嗤笑一声:"进口?"

"利他林",就是赵"医生"倒腾的所谓"聪明药",又叫"大脑伟哥",一般是治多动症和注意力障碍的,国外有些人喜欢没事嗑几粒,用来提神醒脑。这种一听就知道瞎嗑会上瘾还有副作用的东西,在国内属于一类精神药品,受管制,没有医院处方,买来的"进口货",基本不是黑市走私,就是假药。

"我代、代购……"

一个药盒突然自己飞了起来,擦过男人耳边,<u>重重地砸在鞋柜上</u>。赵"医生""嗷"一嗓子,膀胱差点失守:"走私!走私!这药医院也开,不会吃死人的!有……有问题的,都是自己身体不……啊!"

他眼前一黑,又一个药盒陀螺似的飞了起来,速度极快地弹在他脸上。赵"医生"好像被人抽了一巴掌,四肢并用地蜷缩进墙角,抱住头。

"吃出问题的,都是自己身体不好,不关你的事,对吗?"窗外的"影子"低低地冷笑了一声,"那我呢?你给我吃了什么?"

赵"医生"茫然地抬起头:"什……"

"想不起来了?我给你提个醒,今年3月初,我在你那里买过十次咨询,你还给我开了药,可是没见好啊,大夫。"那"影子"细声细气地说,"而且好像更惨了,每天……每天都像是泡在一团沼泽里,泥里面伸出无数只手,不停地把我往下拉,慢慢地,我连话也说不出来,一点儿力气都没有了,你给我吃了什么,大夫?"

赵"医生"先是不明所以,随着她的话,似乎猛地想起了什么,脸色一变:"你……你是谁?"

"你说我是谁?我啊,以前觉得自己是疯子,自卑极了,可是离开肉体以后,突然觉得好多了,我好不甘心啊,一定得回来找您好好'咨询咨询'。"指甲挠玻璃的声音越来越刺耳,紧接着,窗户"吱"一下,被推开了一条更大的缝,一只惨白枯瘦的手伸了进来,"赵医生,这是怎么回事呢?"

男人这回真吓疯了,抄起玄关里的一尊装饰佛像,嘴里乱七八糟地叫唤着不知道哪儿看来的驱邪咒语,就朝窗户砸了过去。瓷做的佛像和窗户一起碎了,窗外的影子凭空消失,他还没来得及松一口气,就听见那声音又说:"哎呀。"

声音近在耳边,她在屋里!

最里面一间卧室的小门轻轻打开,那只手从里面探出来,一个模糊的、女人的影子斜斜地闪进客厅。

她尖而轻地笑了一声:"哈,看来佛祖不保佑坏人呢,好险哦。"

"你是丁香?王小青?郝……郝、郝春梅……"赵"医生"屁滚尿流地喊出了好几个女人的名字,连屋里的"女鬼"都卡顿了一会儿,似乎没料到还有这种发展,男人的裤裆已经湿了,语无伦次地说,"我什么都不知道,不是我害的你们,我、我、我就是帮人代购药的,他们买什么我代什么……"

"女鬼"那瘆人的尖细嗓音低沉了下来,可惜已经失了智的赵医生没听出来:"你说的是'他……们'?"

喻兰川下了出租车就一路狂奔,地方不熟,转了好几圈冤枉路,好不容易才找到赵"医生"的那个小区时,一看表,已经过了一个多小时,顿时急出了一身汗——要是有高压锅,都够甘卿把赵"医生"

炖个骨肉分离了!

他一边打甘卿的电话,一边试图确定是哪一座楼,电话却被对方挂了。

喻兰川:"浑蛋!"

正要再打,旁边忽然飞来一根枯枝,喻兰川下意识地一抄手接住,抬头看见甘卿正坐在小区花坛里,举着一顶假发,冲他挥手,笑眯眯地问:"谁浑蛋?"

喻兰川:"……"

"说了我是来找赵'医生'聊天的,你着什么急?"甘卿说,"这么担心我啊?我真是受宠若惊。"

喻兰川瘫着脸说:"我担心被你盯上的人。"

"放心,没死,没受伤,没留下证据,我躲开了监控,指纹都擦了,办事靠谱吧?来,先把钱结一下,亲兄弟,明算账。"甘卿拿出手机计算器,"噼里啪啦"地一顿按,"误工费、跑腿费、消息交换费、交通费……"

喻兰川额角跳出一段青筋。

"……我就不跟你算了,大家抬头不见低头见的,对吧?"甘卿说,"只是耽误我一下午生意,少说损失了二十单水逆退散符。小喻爷,我可怎么跟老板交代啊?日子没法过了。"

喻兰川刚遭遇了一个花式炫富的杨总,又碰上一位花式哭穷的,惨遭精神与钱包的双重打击。最后,两个人经过一番讨价还价,喻兰川捏着鼻子买走了她二十张水逆退散符,按批发价,每张便宜五毛。

甘卿这才慢悠悠地说:"这人的诊所基本是骗人的,其实是个药贩子,平时倒腾点非法的处方药,找货门路多,货源可靠,嘴也紧,后来就有人给他介绍了别的生意。"

"什么?"

"G毒。"

所谓G毒，其实是一种麻醉药品，又叫"诱奸药"，一听就知道是干什么的。

"价格给得很高，他就答应了。因为觉得凶手用刀杀人，是凶手的错，不是刀的错，跟卖菜刀的更没有关系。"甘卿接着说，"渐渐地，除了G毒以外，开始有人让他代购其他致幻剂、麻醉剂，他就发现这些客人彼此都是认识的，买药是给女人下套的辅助工具，平时到他这里来拿药，如果碰上了，他们还会互相交流经验，怎么确定目标，怎么让目标不敢报警，还不敢反抗，怎么完全控制她之类。这些客人说话不避讳他，后来还把他加进了他们那个'集邮群'。那个姓赵的说，就像个打游戏的群，每天互相显摆自己的'战利品'。"

喻兰川皱了皱眉："有聂恪吗？"

"有，聂恪是老主顾之一。据说很多人还挺崇拜这个聂恪的，因为他套住了一个向小满，少奋斗二十年，功成名就，还把她治得服服帖帖的。聂恪的事迹是他们群里传的经典案例，有完整教程——一开始是打压她的自尊，在饮食里给她下安眠药和抑制神经的药，让她整天昏昏欲睡，根本没法出去工作，当着她的面倒掉她做的饭，带她出去见'朋友'，故意让那些'朋友'对她冷嘲热讽，慢慢摧毁她的神志。现在一切到了手，聂恪又想彻底摆脱她，所以装模作样地带她来看'心理医生'——还是那个姓赵的友情客串，负责在'治疗'期间不断暗示，逼迫她'反省'，加重她的症状——聂恪的计划是让她自杀，或者找个合适的机会把她扭送精神病院。"

喻兰川听得目瞪口呆。

"怎么样，"甘卿偏头一挑眉，"是不是神不知鬼不觉？"

第十六章

甘卿说完,低头收了喻兰川的微信转账——盟主这朵香喷喷的奇葩,就为十块钱,跟她砍了那么半天价。

喻兰川问:"拿得到证据吗?"

"他们交易都是现金,当然也没有账,不过现在去那个黑心大夫家搜一搜,应该能搜到走私药。"甘卿想了想,"至于聂恪他们那些人,以前聊天记录应该是拿得到的,这样行吗?如果有需要,楼上那位尿裤子的可以去自首。"

"自首?"喻兰川奇怪地问,"他良心发现了?你到底对他做了什么?"

"没什么,就是教育了他一下,基本算是以德服人,"甘卿说,"然后友好地跟他约了'明天见,天天见'。"

喻兰川:"装神弄鬼一次就够了,这种事很容易穿帮的。"

"不要紧,"甘卿笑了起来,冲他张开手掌——她手心上有一小撮头发,很短,利器割下来的,夜风一卷就飞了,她说,"今天是头发,明天他要担心自己的耳朵,后天……至于我是人还是鬼,对他来说不重要。"

喻兰川:"……"

他差不多可以想象出楼上的赵医生是怎么尿裤子的了。

喻兰川用打车软件叫了辆出租车,两个人在路边等,司机师傅似乎有点找不着地方，打电话来问，好不容易把自己的位置说明白，喻兰川放下电话，就听见旁边的甘卿忽然说："这样就行了吧？"

"嗯，什么？"

"证据什么的，也不用太严谨，我这儿有方才那个姓赵的交代的录音，"甘卿有一下没一下地踩着马路牙子，"再加上一部分聊天记录，发给聂恪，应该够让他闭嘴了。回去你们把那蠢燕子拴好，消停几天，这事就算过去了。"

喻兰川听到这儿，已经明白了她的言外之意——他们之所以出来管这一团破事，都是因为闫皓闯祸在先。现在既然已经抓住了聂恪的把柄，就可以功成身退了。

可是……

"其实就算黑心医生自首举报，也没什么用。"甘卿冲他一摊手，"聂恪给向小满下药是很早以前的事了，现在什么也检查不出来，他只要咬死不承认就行了。聊天记录能不能当证据还两说，他们可以说是编的——虚假宣传、为了骗死宅交学费什么的，最多罚点款的事。"

喻兰川没吭声。

至于传播别人隐私照片，也就是"传播淫秽物品"，最多能靠上个"侮辱罪"——后者一般要受害人告了才会处理，除非有确凿证据，能证明向小满精神失常是聂恪传播她裸照造成的，但这是不可能的，向小满本人可能压根儿不知道聂恪背着她干了什么。

且不说安眠药的事情过去太久，难以证实，就算可以，吃安眠药一般也并不会致人精神失常。向小满一步一步走到今天这个地步，很有可能本人就是个自我评价比较低、比较敏感、容易依赖别人的人，又或许是她天生就有精神障碍的倾向，再查一查她家亲戚，万一查出个失眠抑郁的，就可以说这是家族遗传。

至于漫长的精神虐待，谁看见了？何况虐待罪本身量刑也不重，最多三年，连个本科都念不完。

"小喻爷,"甘卿抬起头,笑盈盈地对他说,"十五块钱一个怎么样?"

喻兰川莫名其妙:"刚才不是说好批发价十四……"

他话说到一半,忽然明白了甘卿说的"十五块钱一个"指的是什么,话音卡在了喉咙里。

"这已经是跳楼甩卖了,不然最少要加个'万'。"甘卿伸了个懒腰,说,"我做工精细,保证不留痕迹、不留证据,你要是愿意给我额外报销交通费,还能加送'毁尸灭迹'服务,让这个人从此消失得神不知鬼不觉,连警察都会觉得他是畏罪潜逃——怎么样?我也只收现金。"

天实在是冷,甘卿一边说,一边在原地轻轻地跺着脚,往手心哈气,像是在跟他闹着玩。

可是喻兰川莫名有种感觉,如果他一笑而过,那这话就是个玩笑,如果他现在真的掏出十五块钱,明天聂恪就会变成失踪人口!

小半年来,喻盟主遇到的麻烦人物不少了,比如钱老太和她的三个倒霉徒弟,就属于穷凶极恶之徒,有案底,能打能跑,一时冲动,什么都干得出来。再比如闫皓,做事冲动,什么都不考虑,就是个随时准备失足的法盲。

相比那些人,甘卿完全就是个模范市民,平时讲文明、讲礼貌,买早饭从不插队,总是未语先笑,看着还有点好欺负的样子。可就是这么一副"心里有数"的皮下,骨子里却黑乎乎的,偶尔露出些端倪,竟有点让人觉得触目惊心。

十五……"后面最少加个万",那么她现在神神道道地到处骗吃骗喝,手里拿不出一块五的样子,他是不是应该觉得挺庆幸?

喻兰川的眼神在镜片下闪了闪:"你还挺有经验?"

这时,他俩约的出租车已经打着双闪开过来了。甘卿不回答,总是不肯完全睁开的眼睛在夜色中闪烁,隐隐露出了刀尖似的寒光:"你猜。"

于是这天,平时健谈的出租车师傅发现自己完全插不上话,副驾驶上的小青年长篇大论地进行了一路普法教育,吓得师傅把车开得战战兢兢,一路没敢超速。

胆敢在"逼王"面前装的甘卿自食恶果,被喻兰川喷成了一团,缩在后座不敢冒头,趁喻兰川换气,才连忙虚弱地插了一句:"我逗你玩的。"

喻兰川:"很多人踏破底线,都是从不严肃地对待这件事开始的。是什么事都能拿来玩的吗?"

甘卿沉痛地说:"……我错了。"

开车的司机师傅从后视镜里跟她对视了一眼,师傅的眼神充满同情,聊胜于无地帮她把车载广播拧响了一点,于是"法制专栏"多了一个评书《西游记》的背景音。

"看看这些个玉兔精、蝎子精、孙悟空什么的,好好的妖精、好好的猴儿,"出租车停在一百一十号院门口的时候,师傅意味深长地说,"看不透红颜白骨、色即是空,非得跟唐僧结婚,紧箍咒戴上了不是?天天得听和尚'咪嘛'念经,老实了吧,唉!一共二十八块三,把零头抹了吧,谢谢您!"

收完钱,出租车跟世外高人似的,一溜小烟,绝尘而去。

喻兰川其实还没说完,可是"孙悟空和唐僧结婚"的论断如鲠在喉,卡得他嗓子疼,只好作罢,拂袖而去。

第二天,杨总找人把甘卿给的录音处理了一下,又截了几个聊天记录图,匿名发给了聂恪。当晚,喻兰川就收到了于严的电话,说聂恪忽然改口,承认自己喝多了报假警,还主动要交罚款。

闫皓被杨大爷和江老板押到喻兰川面前,唯唯诺诺地为他惹出来的麻烦道了歉,还是没拿回绫波丽——这是江老板要求的,要再观察一阵,等确定他踏踏实实地过日子,彻底不闯祸了,才能还给他。

反正在老一辈人眼里，那无非就是个塑料娃娃，一个大小伙子整天沉迷这玩意儿，一点儿人样也没有，给他拿走更好。

闫皓走的时候，眼泪都快下来了，一步三回头，不知道喻兰川能不能善待他的绫波丽。他以前还有过一个"蜘蛛侠"，绫波丽是他的知己，"蜘蛛侠"寄托过他的渴望，他有时候会幻想自己能像小蜘蛛一样，变身蜘蛛侠，就能获得超能力和一切美好的东西，去战斗、救人。可是那个小蜘蛛的手办被他妈看见后，亲手砸了，而他穿上蜘蛛侠的衣服，也没有变成什么侠，只是在人们的指指点点中，被警察当成变态嫌疑人带走。

他也救不了任何人，只会给别人找麻烦。

幻想都如泡影。

现在，最后的慰藉也不在了，江老板和杨大爷他们都是为他好，闫皓心里明白，说不出"不"来，他只是觉得很孤独——那种好像自己生下来，就派不上什么用场的孤独。

闫皓站在一百一十号院楼下的十字路口，心里忽然想：我是不是该走了？

就在这时，旁边的宠物店开了门，店员送两个客人出来。

店员是个脸上有雀斑的哑巴女孩，一对小情侣刚从店里出来，带走了一只猫，看花色，应该是领养的。猫安静地蜷缩在猫包里，望着哑巴女孩。女孩像是很不放心似的，下意识地跟了几步，直到客人以为她还有什么事，停下来回头问。

哑巴女孩目送客人走远，正好发现不远处的闫皓，她眼睛一亮，"啊"了一声，转身钻进店里，拿出了他放的那箱罐头，指了指闫皓，又指了指罐头，冲他鞠躬。

闫皓本来就害怕女孩子，吓成了一根人棍，没留神，被那哑巴女孩一把揪住袖子，强行拉进了店里。

宠物店的角落里，几只大猫正在吃罐头，吃得全神贯注，听见动静，只是耳朵动了动，头也不抬。这时，有点嘶哑的猫叫声响起，他俩抬头一看，只见一只小一点的猫不知怎么爬上了很高的柜子，下不来，急得来回打转。哑巴女孩赶紧放开闫皓，去解救小猫。

她松了手，闫皓也跟着松了口大气。

只见哑巴女孩轻盈地跳起来，脚尖在猫爬架上一点，没有重量似的够到了柜顶，然后她一脚踩着猫爬架，一脚踩着一扇打开的小柜门，就这么把猫抱了下来。猫爬架和活柜门居然纹丝不动。

闫皓吃了一惊，忽然觉得她有点过于灵活了。

虽然看起来很纤细，但……就算再瘦小的女孩，七八十斤也总是有的，人类也可以这么轻吗？

不等他看分明，那女孩已经跳了下来，把猫放在地上，落地一点儿声音都没有。她冲他露出一个大大的笑脸，拿出个小本，写字给他看："谢谢你，流浪猫太多，老板不高兴了，以后每个月拿给它们吃的猫粮有限额，不能超，要不是你，我就不能让小白来了。"

闫皓回过神来，也觉得写字比说话好多了，于是自愿加入了聋哑人行列，在本子上写："不客气，下个月呢？"

哑巴女孩："毛线球刚才被领走了，要是它不被送回来，店里也不来新猫，就差不多够吃。"

顿了顿，她又在本子上写："不过经常被送回来。"

闫皓："刚才那两位看起来是挺好的人。"

"但愿吧。"女孩写，"猫在别人家里，受了委屈也不会说。"

两个人一起发愁地蹲在地上。闫皓心里轻轻一动，转头望向一百一十号院，从这个角度看不见八楼。

他闹了那么一出，聂恪肯定不敢在这儿住了，他把孩子送走，现在不知跑哪儿去了。用不了多久，他就该搬家了，804会租给其他人，碎了的窗户修补好，没有人知道这里曾经囚禁过一个女人。闫皓叹了口气,跟哑巴女孩告了别,站起来走了。他决定还是先按着江老板他们的安排去工作,赚一点钱,好歹能给宠物店的女孩支援些罐头。

过了一个礼拜,果然,和闫皓想的一样,804搬家了。

院里来了两辆搬家公司的车,甘卿早晨出门上班,正好碰见聂恪在楼下,跟搬家工人说话。她站在楼门口,一只手在兜里摸索着什么,盯着聂恪的背影看了片刻。

聂恪无端感觉背后掠过一阵阴风,神经过敏地梗起脖子,往四周看。几天不见,这男人憔悴了不少,据说是那个黑心大夫自首的时候顺便举报了他。聂恪被警察带走调查,闹得公司里八卦满天飞,以后可能是待不下去了。不过,也正如甘卿他们预料的那样,聂恪请了律师,很有技巧地把自己做过的事一推六二五,到最后数来数去,只承认了自己有"道德问题"。

这次他虽然栽了个大跟头,被折腾得够呛,但并不伤筋动骨。至于工作,大可以避避风头,以后再找。以聂恪的资历和学历,换工作不难,反正人们忘性大。

甘卿歪着头,从楼道一角射出目光,看见聂恪皱着眉,吆五喝六,占了院子中间很大一片空地,把搬家工人指挥得团团转。

这男人虽然已经人近中年,但绝不难看,甚至堪称眉清目秀,体形也保持得很好,石墨色的长外套衬得他脸色很干净,一个路过的女司机被他挡了路,按下车窗看了他一眼,竟连眉头都没皱,很耐心地等他挪开。

聂恪看清这位司机的玛莎拉蒂车标,立刻又变了一副嘴脸,风度翩翩地走过去跟女司机说了几句话,可能是道歉、解释之类,三言两语的工夫,还就聊在了一起。

这二位谈笑风生,大概都嫌搬家货车挪得快了。

等女司机把车开走,聂恪脸上忧郁的笑容就不见了。他目送着载着女人的车,点了根烟,狠狠地抽,像是不服不忿,又有些不怀好意的样子,周正的眼角和嘴角拉扯出了尖锐的角。这面孔看着就不怎么像人了,像一头五官端正的豺狼之类。

甘卿的目光扫过他露在外面的脖颈和手腕,眼神专注,像考场上的中学生看最后一道解析几何题,冷静地盘算着从哪儿下手。聂恪随手把烟头往井盖上一扔,又仰头看了一眼八楼,想起了向小满,脸上露出了一个讥诮的冷笑,后悔自己心慈手软,没把这女人处理干净,留着她找了那么大的一个麻烦。

"可是你还能把我怎么样呢?看着吧,疯婆子。"聂恪这么想着,啐了一口,爬上搬家车的副驾驶。

他喜欢女人,但在他眼里,女人就像是某种游戏道具,不是人,也不必有感情,应该让他招之即来,挥之即去,最好能为他自残自杀一下,给他的个人魅力再添勋章。可她们如果胆敢反抗,胆敢让他麻烦缠身,就不是什么好东西了。

自古,人驯烈马,是英雄,是斗士,可是野马不甘心被驯服,还装作老实巴交的样子伺机伤人,那就是罪该万死了。

就在这时,甘卿动了——她所在的楼门口距离搬家货车的尾巴只有几米,中间有一个自行车棚,能完美地挡住她的身形,只要几步,她就能钻进搬家车底,然后……

去"青年才俊"聂先生的新家转上一圈,晚上给他点"惊喜"。

然而,就在她滑出去的瞬间,一只手凭空横了出来,拦腰截住她:"回来!"

甘卿听出了来人是谁,不理会,硬是往前闯——她手肘一竖,撞了过去,而对方也不肯退让,胳膊肘撞上了胳膊肘,一声闷响。硬撞,谁瘦谁吃亏,甘卿这种细长体形没什么优势,被迫侧身卸力,同时,对方一抬胳膊抓住门框,把她堵了回去。

甘卿的目光没离开聂恪,手上在较劲,嘴上却客客气气地寒暄:"小喻爷,今天怎么没上班?"

"家长会请假半天。"喻兰川避开甘卿撞过来的肩头，往前抢了半步，另一只手抓住了她那始终插兜的手肘，"拿出来！"

"不容易啊小喻爷，"甘卿皮笑肉不笑地说，膝盖别住他的腿，"天天早出晚归……"

喻兰川的腿撤回来，人却没动，依然堵着，两个人在方寸大的空间里拆了好几招——幸亏这个楼道门被货车挡住了，否则外人会看见七八条腿和七八条胳膊乱飞。

"……要管弟弟，"甘卿一个手刀下切，捅向他的小腹。喻兰川手肘往下一压，却发现她手虽然快，却没用力，在他手肘压下来的一瞬间，她的指尖飞快地一动，化指为刃，准而重地擦过了他的麻筋。

喻兰川："嘶……"

甘卿："还能抽出时间管闲事。"

"还行。"喻兰川半条胳膊没了知觉，但忍住了没缩——人的手指毕竟不是真刀，疼归疼，没造成实质伤害，他就势一侧身，以肩打甘卿中路，长腿横开，绊住她，再一次逼她重新退进了楼道，"我时间管理勉强能过关。"

一个是以手为刀，一个是以身为剑。

刀是三寸的指尖刀，见血封喉。

剑是厚背宽刃的重剑，含着浩然之气。

甘卿终于收回了视线，正眼看向喻兰川。

外面人声嘈杂，这一块被自行车棚遮挡的小小空隙里，已经悄无声息地刀光剑影了一轮。

上午的阳光照不进朝北的窗户，甘卿退回到了阴影里。沉默了一会儿，她轻轻地笑了一声："小喻爷的功夫比我想象中扎实多了，不愧是得了'寒江雪'真传。"

喻兰川没说话，警惕地防备她再出幺蛾子。他没什么跟人动手的经验，而且文明惯了，顾忌很多，力道打出去的瞬间，就总带着点往回收的意思,唯恐把别人打坏了。

甘卿如果想要他的命,可能都不需要一分钟。

但如果她不想伤人,也就自缚手脚了,外加楼门口空间有限,她力量欠缺——要是他俩比掰手腕,小喻爷恐怕得先让她一只手才行——她居然生生地被他拦住了。

这时,货车油门一声响,缓缓地开了出去,再追也迟了。

甘卿叹了口气,晃了晃被喻兰川扣住的胳膊:"我可没请假,小喻爷,再不松手,你又要赔我误工费了。"

喻兰川问:"刚才想干什么?"

甘卿:"不干什么,出门上班。"

"兜里是什么?"

"钥匙。"

喻兰川一个标点符号都不信,把她的手从兜里拽了出来。甘卿松了手劲,"哗啦"一声——她手上拎的还真是一串钥匙。

"大白天的,"甘卿把食指伸进钥匙圈里,转了两圈,无奈道,"你以为我想干什么?"

喻兰川先是松了口气,然而下一刻,他的目光突然钉在了那串钥匙上——她的钥匙圈上挂着个绳结装饰,是用两根不同的荧光色鞋带打的。两根荧光色鞋带猝不及防地撞进了喻兰川的眼睛,刺得他瞳孔一缩。

那是他的!十五年前,他脱下来的鞋子上的鞋带!

甘卿无知无觉地把钥匙往手心一攥,掖回兜里:"我通过安检了吧?"

喻兰川下意识地伸出手,半途又缩了回来,嗓音有些干涩:"你这……钥匙链挺别致的。"

"你喜欢这种?回头我给你拿一个。"甘卿一边往外走,一边信口胡说,"彩色绳结,辟邪镇宅,可以加持正能量,邻居价,二十块钱,我晚上给你送过去，谢谢惠顾。"

喻兰川的心在狂跳，抬腿跟上她："那是鞋带吧？"

甘卿："……"

她飞快地掏出来仔细看了一眼——还真是鞋带。

喻兰川："你的鞋带？"

甘卿随口说："这么骚气的鞋带，准不是我的，从哪儿捡的吧。"

她不知道喻兰川为什么这么在意一个钥匙链，随着他的目光，她下意识地多看了一眼。这东西已经很旧了，似乎是旧物，甘卿吃力地追忆了一会儿，想起她小时候好像确实有一段时间迷恋绳结，会打好几种复杂的中国结。

对了，这些都是孟老板转交给她的，鸡零狗碎的一大堆，都是她很久以前用过的，很多东西的来历她都想不起来了，可见也都没什么用……

就像她那恍如隔世的少年时代一样。

有人却在她走后，把它们一样一样收了起来，他总是不了解她在想什么，也不敢细问，生怕自己太琐碎，惹人嫌，因此，她的每一样小东西都不敢乱碰，唯恐自己会不小心弄丢什么重要物品。可是风一阵雨一阵的少年，哪儿来那么多重要物品呢？

而那个小心翼翼地保存她"莫名其妙"的人，也已经离开很久了。

甘卿心轻轻地往下沉了一下，她深吸一口气兜住，不让它沉到底——幸好，她对保持"没心没肺"的状态很有经验。脚步一顿，甘卿转头对喻兰川说："还有什么事？二十块钱没的砍，小喻爷，别跟着我了。"

喻兰川停下来，这才发现，他已经从楼门口跟到了院门口："你……"

你真不记得那两根鞋带是哪儿来的吗……也不记得我了吗？印象里人狗喧嚣、惊心动魄的逃亡之夜，对你来说，只是一件过后就忘的寻常琐事吗？这么多年不见，你去了哪里？为什么变了这么多？

所有的问题争先恐后地盘旋在他的喉咙里，最后幻化成一个画面——少女一脸促狭地打量着他，贱嘴贱舌地说："你裤衩上那条狗长得跟你还挺像。"

甘卿做好了再听一遍"盟主普法讲堂"的准备，却看见喻兰川耳根突然红了，不知道在酝酿什么大招。

"小喻爷，有话就说，别憋着，脸都憋红了，让人看见多不好，还以为我非礼你呢。"

喻兰川："……"

别的变了，这个没变！从小就是个女流氓的坯子！

甘卿想尽快脱身，又诚恳地说："我真的是去上班，小喻爷，别跟着了，我诚心想摘那个人渣的脑袋，你就算跟我跟到女厕所也拦不住。"

喻兰川气急败坏："谁跟你去……"

甘卿："嘘——小声点，小声点，不雅。"

喻兰川七窍生烟，费了九牛二虎之力，总算维系住了自己的气质，从牙缝里挤出一句话："闫皓绑人的时候，你还阻止过他，我以为你很理智，不是爱给自己惹麻烦的人。"

甘卿一笑："哎，这有什么麻烦的，举手之劳。"

她还客气上了！

"甘卿，"喻兰川正色下来，飞快地说，"现在不止你一个人在盯聂恪。"

甘卿一顿。

"以前他们做了什么，没有人知道，现在这件事既然捅出来了，就不止你一个人不甘心让他们逍遥法外。"喻兰川说，"再等几天，最多半个月。"

"半个月，"甘卿沉默片刻，深深地看了他一眼，点头说，"好啊。"

无耻的人总能迅速调整好自己的心理状态，聂恪把小孩扔给父母，搬了新家——一百一十号院那"老破小"，要不是因为是学区房，根本不值那个租金，同等价位的高级公寓舒爽多了。

　　他逛了逛新公寓楼下的花园，觉得十分满意，还顺手约了个外地来燕宁玩的女网友，想好好放松一下。可是放松了几天，事情开始不对了，一开始，是附近卖煎饼的看他的眼神怪怪的。聂恪没在意，反正他也不吃这些破玩意儿。然而很快，周围所有早点摊主都开始窃窃私语，甚至蔓延到了便利店、咖啡厅。

　　"先生，不好意思，我们咖啡机坏了。"

　　"刚才还……"

　　"就是刚刚坏的，"圆脸的服务员笑得十分职业化，"实在抱歉。"

　　聂恪："那不要咖啡，给我拿个三明治。"

　　服务员："卖光了。"

　　"你们明明摆着……"

　　"您看错了，那是非卖品。"

　　"你什么意思？消费者享有'自主选择权'，你违反了……"

　　"非常抱歉，如果给您带来不快，您可以投诉。"

　　紧接着，"您可以投诉"这句话好像一直缭绕在聂恪耳边，他一肚子气地跑回新家，迎面在电梯里撞上了一个乞丐。聂恪嫌脏，皱着眉退了一步。乞丐却冲他意味深长地龇牙一笑，笑得他起了一身鸡皮疙瘩，心生不祥的预感。

　　果然，一上楼，他就发现自己家被人做了标记，门牌旁边画了个小笑脸！

　　聂恪推门进屋，一张夹在门缝里的纸落在了他的鞋上，上面印着：我知道你干了什么，我知道你住哪儿。

　　聂恪头皮发麻，屁滚尿流地报了警。赶来的两个民警大致扫了一眼，见他大老爷们儿一个，全须全尾，家里也没丢东西，录了个笔录就走了。聂恪吓得要升天，只好出门住旅馆。路口的乞丐目送他进去，小胡子一翘，很快，字条又出现在了宾馆房间里。他去的餐厅、酒吧，甚至路边的电线杆上，小笑脸如影随形。他快崩溃了，而警察非但认为他神经过敏，还三天两头找他过去问话。

十天后，杨逸凡在自己的办公室送走了客人，给喻兰川打了电话："小喻爷，你的律师团队配好了吗？"

喻兰川接起电话，转身走进茶水间。

"我们联系上了愿意出来做证的受害者，四个人，最近的一个是在酒吧里被他们下药带走的，保留了证据，但是他们拿裸照威胁，她一直不敢告。"杨逸凡吹了一下指甲，"酒吧也许还有监控录下了他们下药的镜头，能搞来最好。你摆得平老板吗？"

喻兰川："我试试。"

杨总："好啊，那我们就开始准备带流量了。"

扣押在特殊病房里的向小满怯生生地抬起头，看着当初曾经给她留过联系方式的小女警。

这一次，小女警终于不再是独自带着天真的孤勇来的，她还带来了妇联和家暴救助组织的人，还有真正的精神科医生，以及专业的心理咨询师。

也许官司打得声势浩大，最后的判决依然让人意难平。也许对于坏人的惩罚永远也抵不了他们给别人造成的伤害。

但她至少要爬起来活下去。

哪怕真的生无可恋，也要给那些不堪的、卑鄙的东西一些颜色看看。

甘卿在路口等红绿灯，刷着铺天盖地的手机新闻，一看日期，正好半个月——小喻爷还怪准时的。

她抬起头,看见闫皓正在帮隔壁宠物店扛猫砂,忙得脚不沾地。闫皓对她的心理阴影犹在,一不小心看见她,吓得低头就跑。

"哎——"甘卿在马路对面叫住他,"你'老婆'在我那儿,有空去取一下吧。"

宠物店的小哑女惊讶地看着他。闫皓窘迫得面红耳赤,变成了一颗大番茄。

不过……大番茄大概不知道自己的功劳吧。

甘卿冲橱窗里的小猫"喵"了一声,转身走了。

卷三

失望

No Pollution
No Public Nuisance

第一章

　　西北风卷来了一场大雪，燕宁群众纷纷举起镜头，网上，沸沸扬扬了好一阵的"渣男团伙"话题终于被盖了过去。

　　此起彼伏的"咔嚓"声里，地球完成了一次公转。

　　"'绒线胡同居委会预祝大家元旦快乐，请同志们在节日期间注意安全，市区内禁止燃放烟花爆竹'……啧，什么鬼，谁元旦放炮，土不土？"杨逸凡一目十行地看完了墙上的通知，转身去砸她爷爷的门，"老头！老头！"

　　杨帮主正焚香煮茶摆棋谱，被她砸得一激灵，不小心把棋盘碰歪了，棋子撒了一地："干什么啊你？！君子人，静以养神，坐卧行走都有规矩，你看看你……嘿！我说你，多大姑娘了，注意点行不行？"

　　杨逸凡直接把裙子套在外头，然后一边走一边从裙子里扒裤子，刚扒下一条腿，丁零咣啷地单腿蹦了进来："我快迟到了——假期社区组织打流感疫苗，我给您登记了，就明天上午，我起不来，您自己去。"

　　老杨大爷慢吞吞地捡棋子，从鼻子里哼了一声："我才不去，没病找病，扎什么针？"

杨逸凡连滚带爬地脱下了裤子，站着化妆："有病再打疫苗就晚了！"

老杨大爷振振有词："人身上有点小毛病，就好比是开闸泄洪，锻炼身体免疫力，感冒不见得是坏事。"

杨逸凡差点把眼线笔戳到眼球里，一边玩命眨眼，一边怒不可遏地说："我看你那帮狐朋狗友的朋友圈就是谣言集散地！再说流感又不是感冒。"

老杨大爷："流行感冒不是感冒是什么？"

杨逸凡懒得跟他费口舌："反正你去就行了，钱我都交了。"

老杨大爷一撇嘴："咱们院六十岁以上的打疫苗免费，你少蒙我。"

杨逸凡："……"

这些老年人，该知道的常识一窍不通，不该知道的比猴还精。

于是杨总一把抄起杨帮主平时拎的绿拐杖——据说这是丐帮的打狗棒，正品古董，不知道真的假的："明天我要是发现你没去，我就把你这破棍子烧了。"

气定神闲的杨帮主一跃而起："你给我放下！那是丐帮圣物！你……大逆不道你！"

杨逸凡觉得"大逆不道"是褒义词，夹着棍，拎了双准备晚会上换的高跟鞋，转身就跑。

"回来，你要上哪儿去？"

杨逸凡一步跨进电梯："跨年晚会！"

老杨大爷追了出来："大过节的，你……你晚上不回来吃啊？"

"找你楼上张女神吃去吧，我就不打扰……"杨逸凡的话音被关上的电梯门打断，留下一楼道的香水味。

老杨大爷独自站了一会儿，趴在楼道窗户上，目送孙女从楼下开车走了，这才有点落寞地回屋去了。

年轻人越到年节越忙——这还是阳历年，赶上春节的时候，他这宝贝孙女虽然人在家，但膝盖上放个电脑，手里拿俩手机，一会儿发语音，一会儿发文字，忙得不可开交，八个爪不够她调配的，更没时间听他的老话。平时他还能觍着老脸上楼找张美珍，但这两天，美珍也不在家，据说是参加了一个老年旅游团，去三亚了。

老东西们越来越跟不上时代，朋友越死越少，日子也就越来越没滋味。

老杨大爷慢吞吞地溜达回家，准备在这一年中的最后一天夜里，与棋谱为伴。

中央商务区里，喻兰川跟擦肩而过的同事们点头道"新年好"，也准备回家。一年到头，难得有几天正点下班，不用在公司叫外卖，大家都有点躁，七嘴八舌地商量着晚上去哪儿玩。

"喻总！"助理踩着高跟鞋跑过来，往喻兰川手里塞了个纸袋，"这是我妈带来的年糕，我们老家那边的特产，给您带回家，加个菜。"

喻兰川拿人手不软，接礼物跟接纳贡一样，很持重地一点头："嗯，问你父母新年好。"

助理不好意思地冲他笑，扭扭捏捏地说："我还……有个不情之请……"

喻总高洁地看着她，心想：这就敬谢不敏了，我最反对办公室恋情。

就听助理说："您上次给的那个'水逆退散符'，还有吗？"

喻兰川："……"

"对、对！"旁边立刻有人响应，"很灵的，上回水逆期，我电脑都没坏！"

"马上土星又该进入逆行周期了！"

"哎，我天，它们就不能好好转吗？我说我这两天脖子怎么又落枕了！"

"喻总,能再跟你朋友说说,给我带一张新年转运符吗?"

喻总瞠目结舌,心想:你们他妈是不是都疯了?

就这样,背负着沉重的代购任务,喻总下班后来到了星之梦。

元旦假期前最后一天,学校放假,公司早下班,星之梦小店里客人多得快忙不过来了。甘卿也没工夫搭理他,喻兰川就游手好闲地参观她的封建迷信道具。

六芒星的年历手账本卖得很火,分星座,一共十二款,每周印了新编的运势预测,花花绿绿的。喻兰川翻了两页,嗤笑一声,心想:无稽之谈。

旁边还有好多求财运、求桃花的小道具,喻兰川碰都不屑于碰:"粗制滥造。"

角落里摊着一沓各种行星逆行、转运卡片,喻兰川一想起自己要买一沓这玩意儿回去,就呕得脸发青,有点不想上班了。

这时,门口风铃响了一声,又有新客人进店。喻兰川回头一看,居然是于严和他一个同事,幸灾乐祸地想:人民警察来打击迷信活动了。

只见人民警察于严同志仗着个高,伸长了脖子,头颅越过一众青少年,朝甘卿叫唤道:"梦梦老师,上次那个粉水晶的手链还有吗?我给你介绍一个客户,他要送女朋友!"

喻兰川:"……"

当代青年已经垮掉了,垮进海底两万里了!

好不容易送走了一大拨客人,甘卿这才腾出时间,用数钱的手势数出了十五张转运符,递给喻兰川:"一张二十块哦亲,谢谢惠顾,新年大吉大利。"

喻兰川怒道:"怎么又涨五块?"

"因为火啊亲。"甘卿理所当然地回答,随后她脸色一变,"不是……小喻爷,你先把手机放下,有话好好说,我给你算批发价好吧?十九块五……十九,零头也给你抹了!"

于严在旁边拾乐,笑得见牙不见眼的。

喻兰川给了他一脚,一边刷卡,一边数落他:"就你们这些人,跟半夜去排头炷香的那帮人有什么区别?"

甘卿和于严异口同声道:"洋气啊。"

喻兰川:"……"

"阿兰,不要那么严格。"于严对喻总这个坚定的唯物主义斗士说,"青年人求转运、钻研玄学,中年人拜佛、转珠串,老年人入'养生神教'、加保健品团购群——大家都有自己的精神港湾,挺好的——土豪,你来都来了,不如请我们去隔壁喝点什么,共祝世界和平。"

喻兰川自从搬到了一百一十号院,虽然一天到晚被奇葩邻居闹得要发疯,但不用交房租了,不用开车了,手头还是宽裕了很多。这让喻兰川好好地喘了口气,连加班都不那么面目可憎了——虽然干的都是同样的活儿,但"被生活所迫,逼着赚钱糊口",还是"努力奋斗,拼搏事业",两者的心理感受是不太一样的。

"和平什么?"喻兰川嫌弃地把钱包扔给他,"高楼入室盗窃那事你们查清楚了吗?"

于严在门口对隔壁孟老板喊了一嗓子,口头点单,可见泥塘后巷是本地片警重点工作对象。于严刚调来不到一年,已经混熟了。喊完,于警官回头说:"没,你们院那个'蜘蛛侠'的嫌疑还是最大,毕竟能徒手爬楼的人不多。"

甘卿拖着尾音说:"不会的哦……"

喻兰川打断她:"说人话。"

"哦。"甘卿试着找了找人话的调,回归了正常语气,"那'蜘蛛侠'兄弟,让他跟人说句话,跟要了他老命似的,对于这种朋友,'别人家'差不多是龙潭虎穴了,你请他去他都不敢,别说自己闯了。"

于严想了想:"也有道理。唉,不管了,反正没丢东西。"

喻兰川奇怪地问:"你上次不是说有人丢了钱吗?"

"没丢钱,丢了个卡包。"于严说,"后来事主过来说卡包找着了,小偷没拿,是他家猫给扒拉到沙发底下了。"

"他家有猫?"甘卿若有所思,"其他被盗的人家里不会都有猫吧?"

"你别说,好像还真是。"于严一愣,"现在的人啊,有条件的自己养猫,没条件的上网吸猫,到处都是猫,我看地球都快成猫球了。"

他说着,去了隔壁拿酒水。

喻兰川看了甘卿一眼,低声问:"你想到什么了?"

甘卿转过脸。喻兰川呼吸一滞,因为她那灰色的隐形眼镜里好像有旋涡,尤其笑起来的时候,看着让人头晕目眩。她随身带着当年他那两根荧光鞋带编的钥匙圈,浑不在意,像是一点儿也想不起来当年的事了。喻兰川几次三番想跟她好好聊聊,可是每次话到嘴边,当年那条狗头裤衩就会跳出来堵住他的嘴。

让盟主"晕眼"的甘卿神神道道地说:"我在想,也许压根儿没有高楼盗窃,是个猫妖探亲访友呢。"

喻兰川想给自己一耳光,怎么就不长记性,居然觉得能从她嘴里听见几句正经话。

一百一十号院门口宠物店的小哑女——她胸前的工牌上写着名字,叫"悄悄",名字和人还挺配套——悄悄抬起头,看见房顶上有只小奶猫,不知怎么上去的,下不来了,哆嗦着尾巴,颤颤巍巍地叫。她小心翼翼地往周围看了一圈,这会儿街上很安静,人们不是在家,就是去热门商圈参加跨年活动了。趁着没人经过,悄悄助跑三步,人影一闪,轻飘飘地"飞"上了房顶,真的像个成了精的猫。

小猫没有受伤,在她手心里还不安分地闻来闻去,来回踩。悄悄咧嘴笑了起来,正准备下去,忽然听见了什么。她一抬手,捧起小猫,警惕地躲到了旁边的一棵大树后面。

片刻后,远处传来马达声,一个戴头盔的男人骑着电动三轮车经过,三轮车上拉着一堆纸箱,中间有个一人来高的麻袋。空旷的街道上,骑车的男子单手握车把,正骂骂咧咧地打电话:"让你们看着点、小心点,燕宁这种地方,人多眼杂,不知道吗?就会给老子惹麻烦……操!"

小街道的路不平整,骑车的男子净顾着打电话,没看路,不小心骑进了一个大坑里,三轮车剧烈地颠簸了一下,没绑紧的纸箱掉了一地,麻袋也差点被颠出去。男人挂了电话,怒气冲冲地下车收拾。就在这时,那麻袋里似乎有什么轻轻地挣动了一下,男人没在意,一把将麻袋推向车里,发出沉闷的撞击声。

等三轮车走了,悄悄才抱着小猫从树上溜下来,手掌盖住瑟瑟发抖的小猫,她无声地说:"人真坏啊。"

小街上的坑已经好久了,没有人去修,在路灯照不见的地方张着嘴,附近的人们都习以为常,每天闭着眼绕开。商圈的霓虹灯刺破云霄,喧嚣声老远都能听见。临近零点时分,人们停下来,屏息凝神地听时间流逝的声音,有的人忽然失落,有的人充满期盼,就像一年过去,生活会有什么不同一样。

新年第一天,老杨大爷担心打狗棒的"棒身安全",还是屈服了,早早到社区设的注射点等着打疫苗。排队的时候,他看见院里开进了搬家的车——空了月余的804终于搬来了新住户。

货车后面跟着辆出租车,出租车还没停稳,一个女人就臭着脸,摔车门下了车。老杨大爷一愣,觉得那女的有点眼熟。这时,出租车上又下来一个男的,寒冬腊月里出了一脑门热汗。他慌慌张张地付了车钱,气喘吁吁地去追那女人,低声下气地说着什么。

这两人似乎是夫妻，女的有三十七八岁的模样，男人看不出来——男人一旦挺了肚子，谢了发顶，不管他是二十五岁、三十五岁还是四十五岁，就统统都像个"师傅"了。

"哟，"旁边一个大妈戳了戳老杨大爷，"您看，那是不是小韩他们两口子啊？"

老杨大爷喃喃地说："……还真是。"

"唉，当年房价刚涨上来一点，急赤白脸地要卖房，我都劝过他，还非得跟我争辩房价不可能再涨了。"大妈捶着自己的膝盖感慨，"那会儿也就卖了两百来万吧，现在两百万你再想买回来试试！那老话怎么说的来着？不听老人言啊！"

喻兰川好不容易放了假，推了一干应酬，在家当半天闲人，一大清早，以各种事由，去骚扰了甘卿三次。直到隔壁一声门响，甘卿上班走了，他才没了事干。喻兰川忙惯了，一闲下来，浑身不舒服。他五脊六兽地转了几圈，想起了家里还有个解闷的活物，就去敲刘仲齐的门："平时也没时间教你，过来。"

刘小弟以为大哥要教他武功，高兴得差点蹿上房，欢天喜地地跑了出来，结果就见喻兰川拿出了光盘，在家里放起了《狮子王》的原版动画片。

动画片其实也行，缺爱少年刘仲齐虽然有点失望，但只要大哥肯陪他，也很满意了。可是他那倒霉大哥并不肯让他好好看，动画片里说两句话，他就按暂停，让刘仲齐复述，复述不出来，就返回去反复听这两句，听个十遍八遍，他就把原句一字一句地写出来，让少年一个字一个字嚼了，再复述。

这太丧心病狂了！英语常年徘徊在及格线下的刘仲齐被折磨得两眼发直，到最后简直想从十楼跳下去。就在他沉痛地酝酿新一次离家出走的时候，门铃声解救了他。刘仲齐闪电似的从地上蹿起来，撒着欢地奔出去开门:"哎,杨爷爷?"

老杨大爷带了个陌生的中年男子来,喻兰川出来的时候,见那中年人满面堆笑地往门口放了一箱牛奶:"小喻爷在不在?之前没机会来拜会,家里有事,开会也没来,唉,实在不应该。我姓韩,韩东升,刚搬到八楼。"

第二章

"这是韩大哥的孙子,"落座以后,老杨大爷见喻兰川一脸茫然,就介绍说,"当年的'浮梁月'韩贞韩大哥,精通奇门八卦,掌法也是一绝。可惜小川你生得晚,没机会见一面。"

韩东升:"惭愧,惭愧。"

喻兰川第一次听人提起"浮梁月",就觉得有种出尘的仙气,感觉这个人设应该是一个穿长袍的清瘦男子,广袖缥缈,站在云雾缭绕的山巅,马上要凭虚御风而去。然而眼前这位韩先生,仿佛是"仙气"的反义词——他顶着一张柿饼脸,因为笑容堆得太满,总仿佛有点放不下似的,说一句话,点一次头,连刘仲齐这么个小孩给他端茶倒水,他都连忙站起来接,从神经到肉体,都似乎是上好了发条,随时准备冲上前去,给人敬献一把过火的殷勤。

喻兰川客气地"哦"了一声:"我听杨爷爷说,您也住这儿?"

"以前住这儿,"韩东升说着,笑容有点发苦,"前些年房价涨得人害怕,上中介一问,听得头都晕,咱们没见过那么多钱嘛。政府又老说要调控,我们都觉得这房价是到最高点了,那会儿股市正热,一路飙到六千多点,人家都是几倍几倍地翻,看人家眼热,就……把这老房子卖了。哪知道……唉,生不逢时,咱们没踩在点上,刚把房钱倒腾到股市里,股票就套住了,房价呢,涨得更高了!小喻爷见笑,我可能是天生缺点财命吧。"

老杨大爷问："你把这边房子卖了，住哪儿去了？"

"嗐，前些年我岳母没了，我们就搬回去跟我老岳父住了，也方便照顾老人，就是那边没有个像样的学校，孩子上了两年学，眼看要给耽误了，这才又托人又想办法，费了牛劲，弄了个借读名额，回这边上学。咱们大人委屈点没什么，不都是为了孩子吗？"韩东升说，"好在我从小在这院长起来的，跟老街坊们都有点面子，租咱们院的房子比市面上便宜。"

"明白了，"喻兰川心想，"这是一棵韭菜膨胀了，幻想一夜暴富的故事。"

"小喻爷是干金融工作的，那平时上班就是看K线图吧？"韩东升笑得见牙不见眼，问，"有空多给咱推荐几只股票啊。哎，你现在拿的哪几只啊？"

喻兰川耐着性子回答："我的岗位不大涉及二级市场，最近自己闲钱不多，上班也忙，没时间老看大盘，早撤出来了。"

"唉，那多可惜。"韩东升凑过来，"你们内部人员，消息灵通，肯定都知道买哪个稳赚不赔的吧？"

喻兰川："……"

槽多无口。

喻兰川本人不太喜欢没事闲聊，尤其是跟不认识的人尬聊，在他看来，无效的沟通还不如大家各自玩手机。可惜有人不长眼，韩东升说是来"打个招呼"，一个招呼打了一个多小时，腚沉似泰山。喻兰川的腰椎都开始隐隐作痛了，滔滔不绝的韩先生还没有要告辞的意思。

好在这时候，又有人敲了他家门，喻兰川连忙借机出门看。

敲门的人指着隔壁张美珍女士家问："不好意思，请问隔壁是没人吗？"

喻兰川看了一眼："上班了。您有什么事吗？"

敲门的人说:"您有他们家人的联系方式吗?我是楼下的,他们家可能是水管爆了,水都流到楼下去了。"

这会儿,张美珍女士还在三亚晒日光浴,甘卿接到电话,妆都没来得及卸,寒冬腊月里,她拎着神婆的大长裙,兜着风一路狂奔,刚跑到电梯间,就碰见一个陌生的小男孩,小学二、三年级的模样,背着书包,看人的时候抬眼不抬下巴,总像是在翻白眼,嘴里还嚼着口香糖。

甘卿没在意,这楼是学区房,经常有陌生小孩搬进来,念完小学就走。发现小孩不停地盯着她看,于是她垂下了眼皮,尽可能遮住异色的瞳孔,又伸手拨了拨乱七八糟的长发,以防这惊世骇俗的神婆形象吓坏祖国花朵。

没想到小学生主动和她搭了话:"姐姐好。"

甘卿气还没喘匀,就冲他笑了一下。

"我是刚搬到804的韩周,今年八岁,上三年级。姐姐,你喜欢古娜拉黑暗之神吗?"

甘卿一头雾水,听名字,感觉这位偶像可能不是什么好人:"还……行。"

电梯来了,韩周小朋友就一手插兜,一手挡住电梯门,四十五度侧身,亮出一对高低眉,仰着脖子凹了个造型:"姐姐,我觉得你很漂亮,你愿意以结婚为前提和我交往吗?"

甘卿好久没见过这么奇异的熊孩子了,差点没接上话:"……不了吧,毕竟三年起步。"

"明白。"韩周打了个响指——第一下没打响,连忙又补了一下。

甘卿:"……"

你明白什么了?

小男孩:"女生都是需要追求的。"

电梯把韩周小朋友放在八楼,正在搬家的八楼一片兵荒马乱,韩周刚走出电梯，甘卿就听见一个女人的尖叫："谁让你过来的？这儿还没收拾好呢，你姥爷呢？"

"我姥爷去听大师讲座了。"韩周小朋友气定神闲地回答，"就上次九个煮鸡蛋卖二百五十块钱的那大师。"

甘卿听见楼道里那位女士坦克似的咆哮了一声，"轰隆轰隆"地朝电梯驶来，连忙按开快要合上的门，让她进来。电梯一路到了十楼，"坦克"又声势浩大地开了出去，双手叉腰，朝楼道开了炮："韩东升！你死在外面算了！老傻×又去给人送脑浆，你儿子无家可归，千里迢迢讨饭来了！你个大老爷们儿，一天到晚狗屁事不管，就知道聊聊聊，没脸的玩意儿！老娘要你有什么用？！"

甘卿感觉整座楼都在她的咆哮下震颤了，震出了一个球状男子，还是从小喻爷家里滚出来的。

"你小点儿声。"男人一边擦汗，一边对门里的喻兰川说，"留步，留步，跟小喻爷聊天涨见识，以后一定常来往。"

喻兰川感觉这位韩先生还不如那三脚踹不出一个屁来的宅燕子，强颜欢笑，心想：您可千万别来了。

"坦克"杀气腾腾地冲上来，一把薅起韩东升的后脖颈，拳打脚踢地将他滚向电梯，飞起一拳砸在男人厚实的背上，用力过猛，反而把自己的指甲戳劈了，更加怒不可遏："你还敢还手？！"

韩东升弱弱地辩解："我没有，我动都没动。"

"你就是还手了！仗着你们家那些不三不四的邪门功夫，你故意的！这日子没法过了！"

"我真没有……"

甘卿贴着墙，战战兢兢地躲过这两口子，和门口的喻兰川面面相觑片刻，这才看见等了她半天的楼下邻居，赶紧说了声"对不起"跑去开门。

水管果然是爆了，隔壁又是一阵忙，喻兰川在甘卿门口晃了两圈,见她把长裙往腰间一绑,挽起裤腿,断水断电、拿毛巾堵住破裂水管的动作相当熟练,要是给她个工具箱,差不多自己能钻进去修,也不知道是多少危楼破房磨炼出来的,就没进去添乱。

他转头对老杨大爷说:"麻烦您给张奶奶打个电话,告诉她一声。"

"刚才打了。"老杨大爷冲开着门的1003说,"姑娘,美珍让你全权处理,花多少钱她回来给你报销。"

嘱咐完甘卿,老杨大爷又背着手,慢慢地往楼梯间走去:"小韩这个人好面子,爱搞这一套,非得让我带他来认识你,见也见了,行吧。"

喻兰川忽然就有点明白老杨帮主为什么心累了——"浮梁月"已经成了"浮梁月饼","堂前燕"的梦想是当个聋哑人,以后跟塑料结婚,"穿林风"扬言要烧打狗棒。

"五绝"中的四位都是这衰样,剩下那个估计也好不到哪儿去。

"杨爷爷,"喻兰川把老杨大爷送进电梯,陪他下楼,随口问,"那'万木春'呢?很少听您提到啊。"

"'万木春'那一支,都是邪行人,离群索居,不入世的——也没办法,他们练的就是那种功夫,但是这时代不允许他们重操旧业了,能不能传下去都不知道。"老杨大爷沉默了片刻,才摇摇头,"真断了传承倒也好说,就怕走歪了路的。江湖可不是以前那个江湖啦!要说起来,最后一次知道他们的消息,还跟你有点关系。"

喻兰川一愣。

老杨大爷说:"哎,你不记得了?那会儿你还小,当年行脚帮内乱,他们帮主找了你大爷爷,要讨伐叛逆,那帮人狗急跳墙,把你绑走了……唉,现在这些不肖之徒,忒不讲究了,恩怨不及家人嘛,何况你当时还是个小孩子。"

喻兰川瞳孔轻轻地一缩。

老杨大爷继续说:"第二天早晨,我们才在郊区一个垃圾填埋场里找着你。绑你的那伙人后来逮住了,这些人伤天害理的事干得不少,还拐卖过人口,功夫却都稀松二五眼,被抓住了还都是蒙的,说当时明明是追着你跑的,结果半路被人偷袭,都没看清偷袭的人长什么样就被放倒了。追你的时候身边还带了狗,警察找到了一条狗的尸体,脖子上一刀,不到一根手指长,刀口干净利落,除此以外没别的伤口。这么工整的刀,也就是庖丁解牛的手法了,我和老喻大哥都觉得是那边的人出了手,不过人家没有挟恩图报的意思,到最后也没露面。"

"万木春"……原来,她居然真的和"万木春"有关!

怪不得她会亲自追踪那个自称"庖丁解牛"的犯罪团伙,亲自找上门去,还掰断了他们供奉的春字牌!

可奇怪的是,喻兰川想起甘卿提到"万木春"时的态度,不像说师门,倒像是在说"前男友""上一个贱人老板"之类……喻兰川走回自己家,透过1003敞开的门往里看了一眼,甘·低配版古娜拉黑暗之神·卿耳朵里塞着耳机,正猫着腰,从水里拎出一条秋裤改的抹布拧,嘴里还哼着歌。喻兰川仔细听了一耳朵,她唱的是:"西湖美景,三月天哎,春雨如酒,柳如烟哎——"

喻兰川:"……"

这个人就像是那双灰蒙蒙的隐形眼镜一样扑朔迷离。

韩东升一家四口搬过来——带着他老岳父——给一百一十号院满院的退休闲散人员增了无数热闹和谈资,尤其是这位岳父。

韩东升的老岳父七十来岁,身体硬朗得很,还能骑自行车去买菜,完全有独立生活的能力,他自己又有住处,按理说,没有必要跟女儿、女婿挤在一起,可是不行,因为这位老先生必须时刻有人看着。他沉迷各种保健品,一个不小心,他老人家就会溜出门去买十万块钱一张的磁疗床,破坏力极大。

269

第三章

韩东升的老岳父姓周，瘦瘦高高的，板寸头，话不多。这位周老先生识文断字，平时还有阅读的习惯，老花镜随身带着，有地方坐下，他就掏出书来看几页。不过，他的读物无助于增长智慧——除了《气功入门》外，他读的都是各种小报、杂志，里面写满了怪力乱神的都市传说。

这些年纸媒不太流行了，杂志社纷纷倒闭，这些故事的作者和读者早都转移阵地，到了网上，于是不会上网的周老先生和很多同龄人一样，被时代抛弃了，只能找以前的旧杂志来看，看完就放一边，过几天翻出来再看一遍，反正他也记不住。

初来乍到，周老先生谁也不认识，生活大概也是不太习惯的，喻兰川有好几次看见他独自一个人在楼下遛弯，离其他老年团体远远的，像条误闯别人地盘的老狗。只有老杨大爷看他可怜，偶尔站住，跟他说几句话。

一般来说，老年人都不愿意换生活环境，但是他能因为自己认生，就拦着孙子去好学校吗？他能剁了自己见"健康"俩字就想买买买的手吗？

都不能，那他的意见就不重要。

谁也没想到，这么一个乏味而且寂寞的老先生，在搬来不到一个礼拜时,就被警察找上了。

于严警官跨年夜里,在星之梦许愿"世界和平",但可能是因为他只顾介绍同事生意,自己没有消费,大意了,所以许的愿不灵。

于严从804出来,就上了楼,一屁股坐在喻兰川家的沙发上要饮料喝:"我怎么觉得最近我老往这楼跑?这屋可能是有问题,天花板上装了个'吸警察石'什么的,换住户也不管用。一会儿我去找梦梦老师要一张转运卡。"

喻兰川刚下班,围巾还没来得及解,不管第几次听见"梦梦老师",他都会起一身鸡皮疙瘩:"你把舌头捋直了说话。"

于严不客气地从茶几下翻出坚果盘,开始吃自助:"唉,你搬过来真好,我好歹有个歇脚的地方了。"

"同志,说好的不拿群众一针一线呢?"

"你哪是群众啊,你分明是资本家门下走狗,要被打倒推翻的土豪劣绅。"于严一摆手,又问,"对了,梦梦老师几点回来?"

"我哪知道。"喻兰川一直在暗中观察甘卿,此刻突然被于严问起,就好像自己暗戳戳的目光被人逮着一样,立刻色厉内荏地说,"我是她经纪人吗?"

于严被他这一把肝火燎得很冤枉:"不知道就不知道呗,你怎么这么大火气?"

喻兰川问:"804又出什么事了?"

于严唉声叹气:"丢了个人。"

喻兰川:"你丢人有什么稀奇的?"

"没开玩笑,真人。"于严说着,从包里掏出一张照片,"就这老太太,林秀荷,七十一岁,家住绒线胡同九十九号——就你们家后面那小区。"

喻兰川接过来看了一眼,是个打扮得挺朴实的老太太,梳个髻,穿一件土色的棉袄,脚踩一双黑棉鞋,脸长得像个品相不佳的文玩核桃,在镜头前很严肃,不大放得开的样子。

喻兰川:"后面那楼的老太太失踪,跟804有什么关系?"

"这林老太太不是失智老人,据家里人说,她身体还不错,生活也可以自理,按理说不至于出门找不着家。她平时没别的爱好,就爱听个保健品讲座什么的,属于一叫就去、一忽悠就买的。所以我们现在怀疑,老太太失踪和几个流窜的保健品传销团伙有关系。这些传销团伙也是嚣张,我们准备趁年底集中打击一下——正好你们楼下新搬来那户的老爷子也是个保健品狂热分子,今天过来找他了解一下情况。啧,老头警惕得很,什么都不说,好像我们是迫害忠良的反动派似的。"

喻兰川:"什么时候的事——就那老太太?"

于严:"一个礼拜了。"

喻兰川皱眉说:"走失一周,你们才开始调查,早干什么去了?就燕宁这冬天,你自己出去冻两宿感受一下。我看你也别找了,人早凉了。"

"这可不赖我们,"于严说,"家属刚报的警。林老太太跟儿子一家过,这三口子出门度假去了,连年假再加元旦小长假,今天凌晨刚从国外回来,到家又累又困,也没发现有什么不对,睡了一觉起来,儿媳妇才发现厨房已经落了一层灰,冰箱里的剩饭都变质了,一敲老太太屋门,没人,这才急急忙忙报警。"

喻兰川:"那怎么知道老太太是哪天丢的?"

"他们家订了牛奶,家里没人,送牛奶的就给放门口电井里了,已经存了六瓶了。"于严叹了口气,"儿子急得眼睛都红了,我们也不太好说人家什么,可是吧……"

于严"可是"了一会儿,感觉这事实在不好评论,于是又把话咽回去了。

"家庭旅行",听着温馨又放松,可要是带个老母亲,似乎就不是那么一回事了。一个可能一辈子没出过省城的老太太，要她远渡重洋，飞到外国人的海滩上躺着，她自己不见得睡得着，儿孙们要照顾她，想必也玩不痛快。就像是去吃西餐，非得把牛排上的黑胡椒换成酱豆腐。

"这事现在不太乐观，我们还在排查附近监控，到现在为止还是一无所获。那些保健品传销窝点也狡兔三窟的，打游击都打出经验了，不好抓。"于严说，"兰爷，能不能用用你们的眼线？"

正说到这儿，门外突然传来动静，似乎是隔壁有人回来了。

"啊！"于严一跃而起，"是隔壁吧，我要去求保佑了。"

"不是她。"喻兰川把林老太的照片拍下来，群发给附近丐帮、煎饼帮等各大团伙，一边写信息一边随口说，"可能是张老太太旅游回来了——她走路不抬脚，脚步声没这么利索。"

于严："……"

喻兰川发完信息，一抬头，就看见于严一张大脸凑了过来，牙龈都露出来了，额头上一颗"夜班工伤痘"红得伤眼。喻兰川感觉眼镜度数都涨了五十度，皱着眉往后一仰："干什么你？"

"有情况。"于严说，"听脚步辨人……哎，盟主，这又是什么水平的神功？你给我科普一下呗。"

"是个人都会。"喻兰川冷酷无情地说。

"不对。"于严不依不饶地凑过来，"别以为我不知道，你这人目不斜视，不必要的信息一概屏蔽，以前别说听音辨人，你连邻居家换大门都不知道。跨年夜那天晚上，你为了几张小卡片往星之梦跑，我这双形似死鱼的慧眼就看出猫腻来了！"

喻兰川："……"

于严搓着手："看不出你喜欢这种类型的，太反差了，莫非是每个男人心里都有一匹叛逆的野马？"

"胡说八道什么呢！"喻兰川一脚把于严踹回原位。

于严目光如炬:"你脸红了!红了,脖筋都跳出来了!"

喻兰川下意识地伸手盖住手腕,仿佛在偷偷检查自己的心跳一样:"我小时候被人绑架,她在泥塘后巷正好碰见,捞过我一次而已。"

于严一愣:"真的假的?这么巧?"

喻兰川故作轻描淡写地说:"可能是个隐世门派的后人,具体怎么回事,我也不清楚。你听过就算,别出去乱说。"

"哦,"于严眨眨眼,"所以她就是你那个……"

喻兰川:"嗯。"

于严:"……白月光!"

于警官工作之余,可能是看多了言情小说,用词非常雷人,一把腰果没吃完,就被喻兰川不客气地请出去了,出门正好碰见下班的甘卿,身后还跟着个小尾巴——因为警察到访,韩家爆发了新一轮的家庭战争,韩周小朋友趁机溜了出来。

韩周小朋友举着个硬纸盒,盒里粘着纸糊的小房子和小花园,纸盒外面还打了蝴蝶结,一路追着甘卿,非得要送给她:"这是我手工课上获过奖的,刚从学校展览回来,特意跟老师要回来送给你。"

甘卿不太想要,因为感觉这玩意儿像个从殡仪馆请的"阴宅",但又不好伤害小朋友的自尊心,只好硬着头皮接过来。韩周小朋友一撩自来卷,自信无极限地说:"这个你先拿着,等我长大了,买个真的送给你。"

"好,谢谢。"甘卿捋了捋小朋友油光水滑的头,"也不用那么麻烦,到时候你把这个烧给我就行了。"

于严笑呵呵地跟她打招呼:"哟,梦梦老师,魅力无限,老少通吃啊!"

喻兰川阴沉着脸,从门缝里往外看了一眼,心想:这么小的都不放过,无耻。

甘卿一扫见他就笑了,主动打招呼:"小喻爷,狗……"

喻兰川"咣当"一下甩上门。

"……狗年大吉。"甘卿一脸无辜地转向于严,"我犯什么忌讳了?"

"没事,没事,青春期,容易害羞,还喜怒无常。"于严笑呵呵地说,"我们兰爷这个品种,青春期都比较长,也就两百多年吧,过去就好了。梦梦老师,你那儿有幸运加持的道具吗?能帮着找人的那种……"

阳历年一过,就进入"年底"了,这段时间总是格外兵荒马乱。

对假期望眼欲穿的人们心浮气躁,琐事还格外多,各种会议与应酬没完没了,年终奖却总是姗姗来迟。地铁上的小偷、电话里的诈骗犯迎来了一年一度的"业务旺季",格外活跃,传销组织也开始努力刷起业绩,向着成为未来的"查理·芒格"目标"砥砺前行",倒霉的小民警们忙得团团转。

周老先生终于逮着机会,从家里溜了出去。他鬼鬼祟祟地避开院里下棋的老人,从小门出去,上了一辆公交车。准备开张的皮具修理师傅一拉开店门,正好扫见这一幕,掏出手机拍下了公交车的尾巴,把照片发送了出去。

同一时间,这一路公交车沿线,好多双眼睛盯住了它,跑到公交车站捡垃圾的乞丐和拾荒者互相使眼色,炸鸡排的老板不时看向路边——三站之后,周老先生下了车,七拐八拐地钻进了一条小胡同,进了一栋老楼,往地下室走去。

地下室里阴冷潮湿,周老先生敲了门,里面传出谨慎的声音:"我们没叫外卖。"

周老先生回答:"我是送报纸的。"

"什么报?"

"明天的《晚报》。"

暗号对上,门"吱呀"一声开了,里面还挂着链条。认出周老先生,一个老太太才把门打开,飞快地往四周看了一眼:"老周来了,快进来。"

只见这地下室的小屋里有五六个人，最年轻的也是年近花甲，全都压着声音说话，跟地下工作者接头似的。

"警察昨天上我们家去了，你呢？"

周老先生说："也去了，问老林的事，来了俩小孩，我把他们糊弄过去了。我这一路都小心再小心的，就怕有人跟着。"

"其实跟着也没什么，又不是什么违法乱纪的事。"

"哎，许教授他们那儿的东西都是要出口的，市面上得贵出五六倍去，都是为了给咱们拿点福利，才偷偷从厂家直接运出来的，不走正规坑钱渠道，咱们也悄悄的，别给人家找麻烦——你那个红外护膝用得怎么样？"

周老先生掀起裤腿，露出一个护膝，得意扬扬地说："管用，关节里热乎乎的，膝盖都不冷了。这东西我都是藏在枕头底下，每天在被子里偷偷戴上，不能让我闺女看见。这帮小年轻，什么都不懂，跟她讲，她又忙这忙那，没工夫听你说——小丫头片子，我吃的盐比她吃的饭都多，哼。"

"好用就行。"给他开门的老太太说着，指着门口的纸盒子说，"许教授给咱们拿了点土鸡蛋，都是不吃饲料的，一会儿大家伙儿分一分。对了，许教授说，最近从厂家那边拿的货太多了，被人知道了，厂家那边有人眼红举报，咱们得小心点，下次'养生'课换地方了，到时候再通知。教授说，到时候他争取一下，没准儿有免费体检，早晨都别吃早饭。"

众人纷纷去挑"土鸡蛋"，红光满面的，感觉占了天大的便宜。

周老先生却没动，他原地站了一会儿，犹犹豫豫地问："老林……是真走啦？"

"过年前一天，警察说的。"

"看看人家那魄力！"给周老先生开门的老太太一伸拇指，"人家也没天天挂在嘴上念叨,就说过那么一次,然后招呼都没打一声,说走就走了!我现在谁也不佩服,就佩服老林!"

周老先生抬起头,浑浊的眼睛里忽然露出一点光:"那你们是怎么想的,咱们以前计划的那事还实行吗?"

第四章

"韩哥,明天用车安排可不可以帮忙落实一下?"

"明天有'空气重污染预警'啊,单双号限行,咱们单位的车实在不够用……"

"啊,那怎么办?您快想想办法!"

"这……哎。"

"韩哥,救命,打印机又卡纸了!"

"稍等一会儿……"

"急用啊!"

"……就来。"

"东升,咱们坐办公室的,别的本事没有,笔杆子怎么也得过得去,你看看,让你写个函件……这错别字……还有这句,这句不妥吧,老局长不喜欢用这个词,上次开会都说过了……"

"那个小韩——嚯,你屏幕上的字怎么调这么大?四十不到就眼花啦?花得早了点吧?回去买点那个鱼油吃,护肝的,肝通眼。"

"……"

韩东升匆匆忙忙从单位跑出来的时候,已经下午六点多了,原来他住在老丈人家,还能坐公交车上班,公交车除了不太准点和经常堵之外,其他倒也还好,现在搬家改成了地铁,准时倒是准时多了,可也让他领略了什么叫"黑暗的地下世界"。

六点正值晚高峰,又因为空气污染、私家车限号,今天挤地铁的人格外多。

人越多,地铁安检越是要限流,两边拉起了长长的"一米线"。韩东升探头张望,一眼望不到头,脑门上顿时见了汗。

这时,他的手机振了一下,周周班主任又发来信息问:"周周爸爸,您好,我已经下班等了您两个小时了,请问您还有多久能到呢?"

是的,韩周小朋友今天被留堂请家长了。

韩东升一咬牙,想回地面上打车,可是回头一看,就这一会儿工夫,他身后已经排了二十多个人,像长出了一条沉重的尾巴,把他挤在了中间。地面也堵车,更不保准,再说……堵车的时候,出租车费多贵呢。韩东升连乘坐个交通工具也要纠结为难好一会儿,犹豫半天,只好作罢。他试着拍拍前面的人,低声下气地跟人家解释:"不好意思,我有点急事,赶时间,能不能让我先走一下,实在不好意思……"

"别人没急事了吗?我还急呢。"

"着急你不会打车?坐什么地铁……"

"哎哟,别挤了!"

"我说,城市人口密度都这么大了,这些人怎么就不知道减点肥?有没有公德心?!"

好在,赶早晚高峰的上班族大多是嘴炮,只要对方不还嘴,或是多道几声歉,顶多就是骂上几句,没有谁会誓死捍卫自己的位置,坚决不让别人插队。

暖气呼呼地对着人吹,跟稠密的人气混在一起,让人窒息。从安检口杀出一条血路,韩东升觉得自己都快融化了。他顾不上喘匀这口气,眼看地铁已经进站,急急忙忙地随着人潮往前冲。

两米多宽的地铁门像个黑洞,好像不管多少人往里冲,都能张嘴吞进去,里面垒起一座实心的人肉墙。即将关门的提示音响得人心烦气躁，像定时炸弹快爆炸了。韩东升在最后一秒强行把自己贴在人墙上，恨不能把自己降个维。

由于毕竟不是纸片人，哔哔作响的地铁门夹住了他宽阔的后背，又一卡一卡地重新弹开。

站台的乘务人员扯着嗓子喊："等下一辆了啊，别挤了，等下一辆！"

韩东升不听，又奋力往前拱。他深吸一口气，当场放了个九曲十八弯的长屁，腾出肚子空间，硬是把肚皮收了回去。在旁边人愤怒的嘘声里，地铁门总算关上了，咣当一启动，所有麻木疲惫的身体都震了三震，发生没有规律的碰撞。在这里，连年轻女孩们的肉体都变得面目可憎起来。

香水味、汗味、腋臭、头臭、韭菜味……不分彼此地混在一起，被空调暖风加料，搅成一锅粥。外放电视剧的老男人跟扯着嗓子号的小女孩互相攀比音量似的，一会儿东风压倒西风，一会儿西风压倒东风，战斗得不亦乐乎。

在燕宁早晚高峰、热门线路的地铁上，一个人要是胆敢怀揣尊严上车，尊严恐怕会被挤爆的。

更倒霉的是，地铁偶尔也会遇到突发情况——比如开到一半，车里的灯突然全灭，车也停了下来，广播提示线路故障——这种突发情况，往往在乘客们赶时间的时候才会发生。

等韩东升抵达目的地，已经是四十多分钟以后的事了。

他拖着虚弱的腿冲出地铁站，大吸了一口西北风，这才觉得自己被挤扁的身躯重新鼓了回来，一看时间，赶紧给老师道歉，但连着给周周班主任发了两条信息，对方都没回，等他冲到学校一看，发现教学楼已经熄了灯。

老师没等到他，孩子应该也已经回家了。

韩东升愣了一会儿，紧绷的神经松懈下来，这才提起脚，缓缓地往家走去。

仿佛是西北风喝出了滋味似的,他希望这段路能长一点。

附近的老小区都有停车位不足的问题,好多私家车就不讲究地停在马路边,车窗上映出他的身影,韩东升看了一眼就扭过头去,因为觉得自己的影子像是"酒囊饭袋"一词的注释。

跨进一百一十号院的院门,还没来得及往楼里走,就见传达室里一个正在跟人打牌的老太太探出头来,告诉他:"小韩刚下班啊?你老丈人今天被警察送回来啦!"

韩东升停住脚步,好一会儿,才勉强笑了一下,跟人家道谢,像是犯了低血糖,手心里冒起了虚汗。

果然,他刚一进家门,一个靠枕就气势汹汹地飞了过来。韩东升一把接住,很有经验地赶紧带上身后的门,怕自己家里的声音漏出去。

下一刻,他老婆周蓓蓓就咆哮了起来:"你还知道回来?!"

韩东升:"你小点……"

"老师下午两点就给你打电话、发微信,下了班还一直等你,等到《新闻联播》,学校里流浪猫都走光了,就剩你儿子自己趴那儿写作业,你死在外面了?!"

"我今天单位实在是走不开……"

"你忙!你日理万机!什么时候升官啊韩主任?我们娘儿几个就等着沾你的光了!呸!"周蓓蓓听他还敢还嘴,气炸了,"一把年纪了,就是个端茶倒水的小破科员,连个副主任都混不上,你有狗屁的事走不开!你儿子不是亲生的,是充话费送的,是不是?!"

女人的尖叫声像炸雷,韩东升被她吼得手指发麻,一声不敢吭。

小卧室的门打开一条缝隙,周老先生从缝隙里往外塞了一句话:"唉,不就这点事吗?不至于,别吵啦。蓓蓓,咱们晚上吃点什么呢?"

"吃你的神仙蛋!煎炒烹炸,吃完直接升天,省得修炼了!"周蓓蓓闻声,立刻又把炮火对准了老父亲,"三千买治疗仪——就他妈一根发光二极管;一千六买个塑料洗脚盆,收破烂的都不要!给你俩鸡蛋，看把你美的，那蛋是公鸡下的吗？"

周老先生好脾气："消消气，生气减寿，生一次气，等于抽好几根烟呢。"

"减吧，反正我活着也没意思！嫁个老公是窝囊废，赚不来钱就算了，还往外败家，名牌包、化妆品我想都不敢想，可你不能让我四十岁的人了，还在外面租房住吧！"

这都是事实，韩东升抬不起头来。

"我白天为了几个破订单，到处给人赔笑脸，见了谁都当孙子，谁给我几句，我都得听着，打十个电话被人挂九个，回来一口气没喘上来，又被老师叫到学校接这个讨债鬼——韩周！全家人都为了给你上好学校削尖了脑袋，生怕你输在起跑线上，你倒好，上课不好好听，叠纸鹤玩！你上什么学？明天别去了，地铁口支小摊去吧！"

韩周缩在墙角，假装自己是蘑菇。

"刚一进院，就有八婆赶着来通知我，生怕我不知道——哟，小周，你爸让警察送回来了，怎么回事啊？我怎么回答，嗯？爸，你告诉我，我应该怎么说？在外面我为了赚钱，没脸就没脸了，回了家，你们能不能让我少丢点人，啊？"周蓓蓓说着说着，怒火喷尽了，悲从中来，站在客厅中间，突然捂着脸哭了起来。

三个男人围着她，沉默又柔顺，全是打不还手、骂不还口的样子，这让她自己也觉得自己浑不讲理，是个泼妇。"泼妇"不是什么好话，谁都知道，如果不是被生活欺负到一定程度，谁还不想体面一些呢？

周老先生从卧室里走出来，想拍拍女儿的头，像她小的时候那样，周蓓蓓却忽然红着眼抬起头："我觉得我妈命最好的地方就是死得早。"

周老先生愣住了，抬起的手僵在半空，手背上的老年斑像星星点点的霉菌。

周蓓蓓用力地吸了吸鼻子，转身回自己屋了。

韩东升过意不去地说："爸，都是我招的。她这是冲我来的，不是冲您。"

周老先生眨巴眨巴眼，摆摆手，又慢吞吞地问了一遍："咱们晚上吃点什么呢？"

晚上，三个男人一起在厨房吃了炒饭。周蓓蓓关着门不理人，周老先生就给她盛了一碗鸡蛋多的，用保鲜膜封好。

第二天早晨起床，炒饭没有人动过，保鲜膜里的米粒已经干瘪了，塑料膜上结了一层隔夜的水汽。韩东升庞大的身躯缩在沙发上，困倦的呼噜声震得天花板簌簌作响。

周老先生五点半起床，没敢惊动儿孙们，轻手轻脚地关上厨房门，做起早饭来。老人认为，只有早饭吃顺口了，出门才能扛得住数九寒天，一天都有劲。

可是年轻人显然不这么想，七点，全家的闹铃才此起彼伏地响起来。这个头天晚上刚发生过一场战争的家里气氛凝重，每个人都带着浓重的睡不醒。家里只有一个卫生间，韩东升和韩周不敢和周蓓蓓抢厕所，一大一小哈欠连天地在沙发上"磕头"。

周蓓蓓则是走到哪儿弄得哪儿一阵叮咣乱响，不知是着急还是泄愤。

"蓓蓓，今天爸蒸了豆包和肉包两样，你吃哪个……唉，都不想吃啊？那你喝碗粥再走吧，喝碗粥胃里舒……"

周蓓蓓不等他说完，就拎起包摔上门走了。

"东升，你吃完早点再走吧。"

韩东升最后一个用厕所，出来的时候，一看时间已经来不及了，连忙说："不了，爸，您自己先吃，周周上学快迟到了……周周，快点，别磨蹭了！"

韩周把最后一口肉包塞进嘴里，粥喝了两口，烫得直伸舌头，于是剩在那儿不肯喝了,对周老先生抱怨说:"姥爷,你做饭太咸了。"

七十多岁的老人,味觉已经不太灵敏。周老先生诧异地问:"真的呀?姥爷又把馅拌咸了吗?"

可是外孙已经来不及回答,踩着时间的父子俩像风一样卷跑了,一大桌子丰盛的早餐忽然就好像失了热气。周老先生独自一个人坐了一会儿,把韩周剩的半碗粥倒进自己碗里,慢慢地吃了起来。

他没吃出咸,嘴里仍旧寡淡得很。

每天的家庭垃圾都是周蓓蓓处理,这天她走得急,没顾上,等他们都走了,周老先生就自己慢慢地收拾。忽然,他顿了顿,在垃圾袋里发现了一盒益母草颗粒冲剂,没开封就扔了——蓓蓓总说肚子疼,大家都说这个管用,周老先生知道女儿总是不肯相信专家,什么都要迷信所谓"正规",所以这盒冲剂是他特意从药店高价买的。

周蓓蓓大概也没仔细看,又或者……她看了,只是不敢相信她爸能买到什么正经东西。摊上这么一帮让她反复失望的家人,时间长了,就习惯性地什么都不相信了。

周老先生愣了半天,然后他长长地叹了口气,好像做了个重大决定似的,眼神坚定了下来。他把那盒益母草拣出来,拆了已经弄脏的外包装,把药救出来放在饮水机旁边,然后回屋换了件衣服,从床底下找出一个棉布背包,戴上帽子和墨镜,又用纸袋捡了几个包子揣上,混在匆忙的上班族里,从正门走了。

整个早晨,燕宁都沉浸在忙乱里,于是这一回,没人注意到他。

周老先生一路走到一个交通枢纽,有一辆中巴车早早地等在那儿。车上下来一个小伙子,二十来岁,长得挺精神,浓墨重彩的眉目几乎有点女性化的明艳。他没说话先笑:"周叔,可就等您了!"

小伙子叫许邵文,是许教授的学生兼助手,据说是个博士,平时组织他们上养生课的就是他。

许博士问:"跟家里人都沟通好了,是吧?这一趟费用可稍微有点高。"

周老先生敷衍地"嗯"了一声,拿出准备好的信封递过去:"现金,你点一点。"

许博士拆都没拆开,随手接过来,依然是千叮咛万嘱咐:"您可一定要跟家人沟通好,要不儿女得急疯了,为您负责,我得反复跟您确认。"

周老先生有点感动,认为许博士是真心关心他,就把装着包子的纸袋也给了他,说:"放心吧——这是我自己家里蒸的,你尝尝,别嫌弃。"

"您怎么知道我还没吃饭呢?"许博士这个英俊的少年郎丝毫也不矜持,拆开看了一眼,就直接站在车门口吃了,吃得眉开眼笑,"香!馅里没放盐,放的家里自己炒的酱,我说的对不对?"

"吃出来啦?"

"拌肉馅的水是泡过蘑菇的。"

"对!对!咸不咸啊?"

"不咸,我口重——您家里人真有福气,我都想给您当儿子了!"

看着许博士狼吞虎咽,周老先生的脸笑得像朵花似的,高高兴兴地上了中巴车。

司机下车抽烟,见老头走了,就过来悄声问许博士:"护法,没问题吧,这些老东西家里人来闹怎么办?"

"放心,""许博士"声音压在牙缝里,"这一车人里,没一个跟家里人说过,要不然他们也来不了……嘶,齁咸,老头这是打死卖盐的了吗?快递我一瓶矿泉水。"

中巴车上坐满了老人,许博士给他们一人发了一个保温杯,里面灌了枸杞红枣泡的热水,他还知道哪个老人晕车,哪个老人心脏不好,挨个儿给他们备了药。

每个人都有种自己被妥帖照顾的感觉,欢天喜地地,中巴车离开了燕宁。

刘仲齐这天早晨走得急，下了晚自习回家，才发现忘了带家门钥匙，给他哥打电话，那边一直占线，可能又忙翻天了，在门口逡巡了一会儿，邻居张美珍奶奶正好出门，看见他，就把他放进了屋，让他先在这儿复习功课。

张美珍走之后不久，甘卿就回来了，还从孟老板那儿顺了两人份的夜宵——估计是接到了张美珍的电话。

刘仲齐正抓耳挠腮地写他拖延到最后的英语作业，一见甘卿，莫名想起上次的"完形填空事件"，下意识地伸手盖住了正在做的题。

"盖什么盖，"甘卿嗤笑一声，去厨房热牛奶，"第一题就不对。"

刘仲齐："你怎么知道不对？"

"虚拟语气没学过吗？"甘卿在厨房说，"外面有人，去开门。"

刘仲齐一愣："哪儿有人，我怎么没听……"

他嘟囔着拉开门，惊讶地发现，门口真的有人。

西瓜头的韩周小同学原本低着头站在那儿，被他突然开门吓了一跳，揉了揉眼睛，表情有点委屈。

第五章

"太丧心病狂了,她真是败类中的败类。"趁甘卿在厨房,刘仲齐悄悄拉住韩周问,"喂,她骗过你零花钱吗?骗了多少?"

这小子自以为声音压得很低,但甘卿隔着一堵墙,听得一个字不漏。她一边翻着平底锅里的培根卷,一边在嗞嗞声里数着刘仲齐说了她多少句坏话。

韩周听完,立刻从书包里摸出自己的卡通钱包,预备上交:"我的零花钱都在这儿了,够吗?"

刘仲齐:"……"

韩周说:"我爸说,钱是身外之物,要是能让大家都开心就最好了,有钱就花,没有拉倒,反正我爸的工资都上交,每月从我妈那儿领三百块零花钱。"

刘仲齐听完以后,觉得匪夷所思。他实在想象不出来,一个大人,每月拿三百块钱可怎么活。但这大半年来,他先后经历了出走、绑架与升高二,还是比以前成熟了一点,没有贸然评价,问韩周:"这么晚了,你跑这儿来干什么?专程给大骗子送零花钱?"

韩周小朋友似乎有点不好意思,伸长了脖子,确定甘卿还在厨房,这才趴在刘仲齐耳边说:"哥哥,我一个人在家害怕。"

"一个人?"刘仲齐奇怪地问,"你爸妈呢?"

韩周小声说:"找我姥爷去了。"

"你姥爷去哪儿了?"

"不知道,"韩周摇摇头,"丢了。"

刘仲齐听说过丢钱、丢手机、丢钥匙的,第一次听说还有人丢姥爷。

"每天晚上我放学的时候,我姥爷都已经买菜回来准备做饭了,今天他不知道跑哪儿去了,楼底下邻居也都说没看见他,还让我妈打电话上派出所问问。我妈听见派出所,就差点跟人打起来,被我爸拉回家等。我们一直等到该吃晚饭的时间,姥爷还没回来,打他电话也打不通,他们就一起出去找了。"

这时,他俩身后突然有人出声:"给你妈打电话,告诉她你在我这儿,别一会儿老头找着了,你又丢了。"

甘卿走路悄无声息,不知道什么时候过来的,刘仲齐刚说完她坏话,吓得哆嗦了一下,差点从沙发上蹦起来。

甘卿要笑不笑地看了刘仲齐一眼:"洗手吃饭。"

刘仲齐矜持地摆摆手:"谢谢,这就不用了。"

"了"字话音没落,他的肚子就丢人地响了一声。

甘卿看着他直乐,感觉这兄弟俩虽然长得不算很像,但行为举止完全是一个模式,小的还更好逗一点。

十来岁的男孩好像永远吃不饱,每天这时候也该补一顿夜宵了。刘仲齐脸色青了又红,屈服在了强大的生物钟下,忍辱负重地加入了夜宵局。

因为有小孩在,怕晚上吃多了不消化,甘卿没弄很油腻的零食,她把打回来的两碗南瓜粥倒在一起,用热牛奶掺兑后重新下锅煮,放了点玉米粒,煮出了三碗玉米南瓜羹,又将培根卷和烤肉沥油,用平底锅干烤加热,与生菜、面包干和碎干酪搅成一道中西合璧的沙拉,最后切了甜橙和苹果。

不到十分钟做完，五颜六色，配上很洋气的原木餐具，随便加个滤镜就能发朋友圈。

餐具和香料都是张美珍买的，这个老太太平时什么事也没有，所有的时间和精力都用在"生活"上，把日子过得精致异常。甘卿虽然是个蹲在路边啃小龙虾的泥腿子，但也并不拒绝好东西，跟这位房东过久了，她近朱者赤，学了一手好摆盘。

韩周小朋友不吭声，也不接甘卿递给他的手机。

刘仲齐以为他不记得家长的电话号码，就说："不打电话也可以，反正就在楼下，要不然，一会儿我去你家门口贴个便条也行……"

"我不想回家，他们总吵架。"韩周闷闷地说。

小男孩抬头看向四周，甘卿卫生打扫得很勤，花瓶里连一片败叶都没有。而张美珍又是个充满了少女心的女士，喜欢把哪儿都弄得香喷喷的，什么时髦就往家里买什么。她俩一个买，一个维护，尽管两人作息时间完全对不上，但居然能在互不相扰的情况下合作无间。这个家只有几十平方米大，但一尘不染，陈设讲究，打理得很精致。

不像韩周的家，臭袜子和皱巴巴的衣服乱飞，下水道口永远塞着头发，冰箱里到处都是剩饭。四个人用一个厕所，马桶上总是留着小便的污渍，稍一返潮，就会泛起臊味，平时只能关着卫生间的门，这样一来，空气更不流通，味道恶性循环，什么时候韩周他妈忍无可忍了，会一边抱怨，一边用醋把卫生间里外冲一遍……酸味是另一种"生化武器"。

韩周伸手抠了抠漂亮的餐盘，羡慕地说，"姐姐，我今天能住这儿吗？"

甘卿眼皮也不眨地回绝道："不能。"

"我折了一瓶纸鹤，送你。"

"那也不能，这里是女生宿舍。"

刘仲齐在旁边听得无言以对，这两位"女生"，年纪加在一起，没有一个世纪也差不多了。

韩周老气横秋地叹了口气,捧起南瓜羹,小口地喝:"我要是女生就好了,可以住女生宿舍,我妈也不会老骂我——她说男人都是猪。"

甘卿:"所以你不好好上学,到处找女朋友?"

"我是真心喜欢女生,不像我以前学校里那些人,"韩周一耸肩,报出几个小男孩的名字,"他们泡妞就是为了酷,唉,一点儿也不真心。"

甘卿:"……"

现在的小学生都要上天了!这是什么破学校,怪不得父母吃糠咽菜也让他转学。

高中生刘仲齐听小屁孩学大人说话,在旁边憋笑憋得脸都红了。甘卿瞥了他一眼,觉得他纯属是五十步笑百步——好像跟女同学一起逛饰品店的那货不是他一样。

"我姥爷今天闯大祸了,我妈要出去找他的时候都快疯了,晚上回来准得撒泼;我今天数学考了四分,肯定也得吃挂落。"韩周央求她说,"姐姐,你就收留我吧。"

"怎么说你妈呢?"甘卿在他头上按了一下,又问,"数学四分?满分几分,五分?十分?"

五分还可以,十分就有点少了。

韩周用"哎呀,漂亮女孩都是小傻瓜"的宠溺眼神看了她一眼:"当然是一百分啦。"

"噗……"刘仲齐差点把烤肉呛出来,连忙灌了一大口南瓜羹,烫得热泪盈眶。

甘卿一辈子都是让别人心累的角色,没料到今日败北熊孩子,自己也品尝了一回"心累"的滋味。

"您二位先吃着,我去留便条。"她无奈地站起来,"吃完把餐具放在水池里,自己写作业。"

一大一小两个男孩风卷残云,没剩下一粒粮食。张美珍家太干净,干净到让熊孩子也觉得不好意思,于是俩人还掏出纸巾,仔细地把桌子擦了。

韩周看着大哥哥居然真的老老实实地拿起书,非常惊讶。他以前学校里的大男孩——也就是五六年级的那帮——因为自小不学好,长到十来岁,都已经很有社会气息了,别说自觉念书,在学校里有老师看着,他们还要兴风作浪呢。

韩周敬畏地看了一眼刘仲齐的英语作业:"哥哥,你学习好吗?"

刘仲齐矜持地回答:"一般。"

韩周说:"我们以前学校的老大最鄙视学习好的,因为我转学到这边,他们都跟我绝交了。他们说这学校都是学习好的……我又不是故意当叛徒的,我妈非得让我转。"

"你妈是为你好。"刘仲齐头也不抬地说,跟小学生在一起,他觉得自己可成熟了,"学习好的人选择多,你长大了就懂了。"

韩周觉得这腔调跟学校老师一模一样,就撇了撇嘴。

刘仲齐余光瞥见小屁孩的眼神,把笔一搁,人五人六地教训道:"我们就像是生活在河里的鱼,上游的水下来的时候,可能很和缓,也可能很急,偶尔也会非常狂暴……这都不一定,看它自己心情。在和缓的水流里,你可以游得很舒服,但是它要是狂暴起来,不管大鱼还是小鱼,就都会被冲下去,卷到泥沙里,有的鱼从此再也爬不出来,有的鱼会再挣扎着游一次。你现在不用自己游,有你父母带着,这是'新手保护时间'。等你长大了,就会被放下来,如果你在'新手村'里没有准备好,将来就会比别的鱼弱,遇上风暴,你会被冲到更远的地方,也会比别的鱼更难游回来。"

这是刘仲齐以前一个初中老师上课时候说过的话,超出了小学生的理解水平。韩周听完,觉得喘不上气来:"我离长大还远着呢,我才不想长大。反正我妈说,等我长大了,肯定跟我爸一样。"

甘卿来到八楼的时候，正好碰见韩东升。韩东升回家查看周老先生是不是已经自己回来了，结果发现不但老丈人不在，连孩子都没影了，急得脸色都变了。

"韩先生，"甘卿叫住他，"韩周在十楼玩，我下来跟您说一声，别着急，什么时候方便什么时候上去接就好了。"

"那就好，实在不好意思……谢谢您！"韩东升大喘了几口气，连忙说了一堆感激的话。他脑门上的汗好像总也擦不干净，因为胖，连气息都很急促的样子，整个人已经变了形，厚实的手背上有一排水肿的坑。

甘卿不动声色地让过他，目光打量着韩东升的背影——她以前见过这个人，二十多年前的事，那会儿，她还是个吃手的小女孩，"浮梁月"的后人已经是初长成的少年了。她跟着师父来拜访喻怀德老人，师父不想惹麻烦，没在武林大会上露面，只在喻家坐了一会儿，她却趁大人寒暄的时候偷偷跑出去看热闹。

有人起哄让"浮梁月"露一手，那腼腆的少年先是脸红推拒，实在推不过，就打了一套表演性质的掌法。以甘卿当时的年纪，看不出这套掌法里有什么玄机，只记得少年人的身形翩若游龙，说不出地圆融洒脱。

她当时羡慕极了，觉得这比自家那些枯燥的功夫好看多了。

二十年，就已经够把一个人挫骨扬灰，变得面目全非了吗？

甘卿觉得有点疲倦，生物钟提醒她该睡觉了。她摇摇头，回到楼上，还得哈欠连天地盯着两只熊孩子写作业，等着他们家长来领。

刚和小朋友装过大尾巴狼的刘仲齐，"改错专题训练"题目又错了一半，甘卿在旁边撑着头看了一会儿，实在看不下去了，忍不住插嘴："你这个主谓语人称和数量不一致啊亲。"

刘仲齐仔细一看："哦……对。"

"这个 suggested 后面不是 to do，应该跟 ing 吧。"

刘仲齐："……"

"第三行主语前面缺冠词。"

韩周充满同情地抬头看了刘仲齐一眼，心想：你还真是学习一般啊。

刘仲齐脸酸，在小朋友面前挂不住了，把笔一摔："你这么有本事，干吗还坑蒙拐骗的，怎么不去联合国当翻译？"

"不行，不行，"甘卿谦虚地摆摆手，"我是考试型选手，看美剧都得靠字幕。"

刘仲齐挑衅道："那你考上哪个大学了？"

甘卿面不改色道："加州里尔顿斯科大学，荣誉毕业生。"

"你还是个留学生？"刘仲齐愣了愣，"那怎么混成这样了？"

甘卿笑眯眯地补充道："简称家里蹲。"

刘仲齐："……"

哪天非得挠死她不可！

甘卿顺手替他收拾起摊了一地的书本："这一堆都是英语习题册啊？早这么用功，也不至于学成这样。"

刘仲齐从牙缝里挤出一句话："要你管！"

"因为你哥不肯教你功夫吧？"甘卿冲他挤挤眼，"我猜猜，他是不是说，英语及格了才教你打拳？"

"才没有！"刘仲齐炸毛道，"我英语本来就……本来就偶尔能及格！他说的是要上一百二。"

甘卿笑出了声。誓死捍卫"一百二"尊严的刘仲齐恼羞成怒。

"学这些打打杀杀的事情，以后有的是机会，"她说，"就算没机会了也不要紧，反正学了也没什么用。相比起来，你哥还是觉得高考重要吧。"

刘仲齐愣了一下。甘卿说这话的时候，脸上不正经的笑容忽地消散了，露出了一点说不出的沉敛来。

"我像你这么大的时候也满脑子坑,"甘卿站起来,伸了个懒腰,"后来长大了才知道自己不对,狠狠地用了好几年功,想把浪费的时间补回来。"

刘仲齐愣愣地看着她:"然后呢?"

"没有然后。"甘卿在他头上按了一下,"时间是补不回来的——你哥回来了。"

第六章

甘卿说这话的时候，喻兰川其实才刚刚走出电梯间，一抬头，就发现他的傻弟弟从隔壁家露出个脑袋，左顾右盼，也不知在踅摸什么。

"找什么呢？"喻兰川出了声，他看了一眼表——这个时间，甘卿一般已经连顾客上帝的微信都不回了，"几点了，你还在别人家里打扰？"

刘仲齐循声望去，见了他，表情非常震惊："哇，这么远！"

喻兰川不耐烦地一挑眉。

"我忘带钥匙了。"刘仲齐飞快地解释了一句，但显然，这少年此时的心思完全不在他哥身上，他回过头去，大惊小怪地对甘卿发出了一连串的问题，"离这么远你也能听见？真的假的？我原来看见武侠小说里写，有人偷听别人说话，喘了一口大气就被别人发现了，一直以为是夸张，原来真的可以吗？这是天生的还是能练出来？怎么练……哎哟，哥！"

喻兰川一抬手按住他的后脑勺，强行把刘仲齐的脑袋掰了回来，冲甘卿一点头，面无表情地拎着走了。

刘仲齐："哥，她在屋里坐着，能听见电梯间的动静哎，就像蝙蝠一样！"

喻兰川冷酷地说："你就算练成个雷达，英语考听力，不还是得靠抓阄？"

刘仲齐："……"

"哎。"甘卿出声叫住他俩。

那声音像是顺着喻兰川的后脊捋了一下，他激灵一下站住了，感觉这神婆连声音都透着不正经。

甘卿把刘仲齐的书包递过来："别忘了东西。"

刘仲齐的帆布书包上挂了几个胸章，有足球、加勒比海盗，还有超级英雄什么的，然而喻兰川一概没注意，他就看见正中间的那个胸章上有条卡通狗。狗头再一次唤起了喻兰川的"创伤记忆"，于是他转头喷刘仲齐："挂一堆什么破玩意儿，你幼不幼稚？！"

刘仲齐晕头晕脑地被他捏成一团，滚回了自己家，没明白大哥怎么突然对胸章起了意见："我一直挂着的，你也没说过什么啊……"

回了家，刘仲齐还是没想明白甘卿最后那句话的意思，什么叫作"时间是补不回来的"？

如果她真像自己说的那样，知道自己不对，过后狠狠地用了几年功，并且卓有成效——刘仲齐同学痛苦地承认，起码现在要是考英语的话，她似乎是比自己强点——那也不晚啊。

高考又没有限制，即使以一个高中生有限的社会经验，刘仲齐也能替她说出很多办法：可以申请助学贷款，各大院校都有"绿色通道"；要是她成绩好，一年下来，各种奖学金和助学金足够用了；成绩不够好也没关系，可以自己打份工，只要她别太沉迷于坑蒙拐骗不可自拔，现在那份店员工作也花不了多少精力，大可以保留。这些并不是刘仲齐同学站着说话不腰疼，凭空想象的，他身边就有实例——喻兰川当年就是靠各种竞赛奖金和奖学金自给自足的，所以青春叛逆期过得极其有恃无恐，想搬到哪儿住，就搬到哪儿住，非常嚣张，谁也别想用经济制约他。

虽然以未成年的眼光看,甘卿是个"老女人",但社会上二三十岁的人回学校深造也是很平常的事,她既不用养家,也没有什么生活负累,怎么就不能试试呢?

不管大学四年能不能学出什么名堂,总比在小黑店里当神婆强吧? 就算不参加高考,在当代环境下,想学一项专业技能,渠道也还是很多的,线上的、线下的、付费的、免费的……看她一天到晚游手好闲那样,居然还有脸说出"时间补不回来的"?

"分明是自己懒,烂泥扶不上墙!"刘仲齐越想越觉得自己又被忽悠了。

少年吃饱了夜宵,又回屋背了一会儿单词,度过了十分充实的一天,三秒入睡,所有的烦忧都被隔绝在他身外。

可是,这种幸福太稀有了。

喻兰川给自己倒了杯热茶,听着隔壁背单词的声音渐消,在沙发上坐着发呆。

他上学那会儿,到大爷爷这里来,住的就是刘仲齐的房间,深夜上完竞赛班的课,回来就像那小子一样,在小书桌上奋笔疾书,而大爷爷就拿着个大烟斗,像他现在这样,自己一个人,静静地闲坐着。

那时的喻兰川真羡慕他们这些大人——不用考试,没有屁事,想神游多久就神游多久,多奢侈啊!

现在他终于也有了"奢侈"的权利,却羡慕起了隔壁忙忙碌碌的高中生。

喻兰川今天心也很累,没接到刘仲齐电话,是因为他在会议室关门处理事,处理的还不是什么正经事——他部门一个下属,跟隔壁财务总监勾搭上了,一个有夫之妇,一个有妇之夫,瞎搞不说,还被人撞破,闹得沸沸扬扬,整个CBD都在吃瓜,热闹得跟提前过大年似的,全公司都跟着他俩丢人现眼。

大家每天工作起来昏天黑地,压力山大,个别胆子大的,就亲自上脚踩高压线、乱搞、赌博，获得廉价的刺激和多巴胺，胆子小的则盼着他们东窗事发，在围观大戏的窃窃私语里，获得微妙又暧昧的快意。

每次遇到这种事，喻兰川都会有种说不出的挫败感。

并不是因为喻总道德水平高尚，见不得一点龌龊，而是他感觉得到，这里面透着一股很悲凉的无力感——曾经以为自己能飞上天，可是随着光阴流逝，意气尽了，却越来越有种"自己什么都不是，而且这辈子可能就这样了"的感觉，习得性无助，只好转而寻求最低等、最容易获得的食与色。

大大方方地追逐声色犬马，是风流倜傥，人们承认这样也别有魅力。可因为无助无力而寻求麻痹刺激，就是可怜可笑，是中年危机了，人们都要来看笑话。

隔壁，韩周被深夜赶回来的韩东升接走了，甘卿没有多问，但看韩东升那焦灼的神色，老头大概还没找到。

"这老头，能去哪儿呢？"她脑子里浮现了这么个念头，却懒洋洋地不肯接着想，把自己大脑放空了，准备睡觉。

可是奇怪了，早就困得哈欠连天的甘卿莫名失了眠。她在床头静坐了一会儿，没有觉出自己有什么值得失眠的事，只好归咎于过了困点，于是她打开床头灯，随手刷起手机来。手机能刷到全世界的新闻，大事小事奇葩事，想刷多久就能刷多久，反正永远也看不完。但那些文字和配图像水一样流过她的视网膜，什么都没剩下，甘卿一会儿就看串行了。

月光从窗外流进来，洒满了窗台上的海棠。

甘卿忽然想起一件事，在她还小的时候，有个人曾经对她说过："大人不一定聪明，不一定孔武有力，也不一定很老。他们可能还没有你懂的东西多，动手也打不过你。大人和少年的区别就是，人人都有喜怒哀乐，但少年如果不高兴，都是有缘由的——可能是因为一件具体的事，也可能是因为身体不舒服，生病了，脑子里某种激素分泌不足。大人就不一样了。所谓'大人'啊……他们有时候，明明身体什么毛病没有，心里什么事也想不起来，就是会在深更半夜睡不着觉的时候，无缘无故地想哭。"

"这不是大人，这是有病的人吧？"十几岁的甘卿放肆地跷着脚丫子，不以为然地对那个人说。

那个人就轻轻地笑了起来："等你也到睡不着觉，还不知道自己为什么睡不着的那一天，你就明白了。"

原来是真的。

八楼的韩东升家里灯火通明，孩子睡了，夫妻俩分头坐在茶几的两侧。

周蓓蓓眼睛里满是血丝："能去哪儿呢？他常去的地方都问遍了，还能去哪儿呢？"

韩东升："你别着急……"

"我怎么不着急？"周蓓蓓陡然提高音量，"这么冷的天！新闻里天天有走失老人冻死在路边的，我……"

"嘘，"韩东升压了压她的肩膀，往韩周屋里看了一眼，"小点声——那都是失智找不着家的老人，咱爸不至于的。我明天请假，在家等警察消息，你放心啊，肯定没事。可能就是在这边住不惯，上朋友家去了，也没准是哪个大师又骗他做了什么奇怪的体验项目……花点钱就花点钱，就当是哄老头高兴了，等他回来，你可别又发脾气。"

周蓓蓓好一会儿没吭声。过了一会儿，她突然抬起头："你说……会不会是因为我昨天说话太重了，我爸才……"

韩东升叹了口气。

周蓓蓓捂着脸哭了起来："可我不是故意的。"

可是说出去的话如泼出去的水，覆水难收。

老头走失一天，可能是跟家人闹别扭，可是三天后依然音信全无，问题就严重了。

"老头自己有房子，那边看了吗？"

"看了啊于哥，跟家属要了钥匙，屋里一层灰，最近根本没人去过。"

"会不会自己回老家了？"

"他就是土生土长的本地人，没老家。八竿子打不着的亲戚我们都问了，没联系过。"

"这可真是奇了怪了。"于严一边走一边嘀咕，"就算是拐卖，也不能拐卖老头啊，听说过买儿子的，谁没事买个爹？"

话音没落，他电话响了："您好，我是东平区派出所小于……对，我们这儿是有一起老年人走失的案子，正帮着找呢……什么？"

于严脚步突然停下来，听完电话，他脸色一变，撒腿就跑："兰爷！兰爷！"

喻兰川正准备出门上班，被于严堵了回来。于严上气不接下气地拽着他说："你认不认识黑道上的人？抓人打残了，组织行乞诈骗的那种？"

喻兰川莫名其妙："你有病吧？"

"刚才别的区的同事打电话，他们那儿也有走失的老年人，都是最近这一阵子的事，情况跟你们楼老周差不多。我跟你说，这不可能是巧合！"于严飞快地说，"还有最开始失踪的那个林老太太，至今也一点儿音信都没有。你赶紧帮我找人问问，火车站、汽车站……各种人多眼杂的地方，有没有断手断脚的老乞丐是生面孔的。"

喻兰川被他过于丰富的想象力震撼了。

然而于警官已经无暇和他细说，转身跑去调查监控了。

丐帮绝不承认在自己眼皮底下会有于严说的那种事，几天之内，全城的乞丐都成了"义务警察"，风声鹤唳地在自己地盘上巡视。又过了一个礼拜，连最开始失踪的林老太太在内，向各地派出所报案失踪的老人已经有了十二位,全都是信仰各种民间"专家"和保健品传销的。

警察们掘地三尺,拔出萝卜带出泥地挖出了好几个类似的窝点。

有组织"养生讲堂",卖治疗仪的,还有线上微商,隐形在网络里的……更离谱的是,连"气功大师"都有一众拥趸,一帮老头老太太风雨无阻地跟着"大师"打坐,抢着买"大师"发过功的鸡蛋。

"大师亲自下的鸡蛋也不值这个价!"于严愤怒地跑过来对喻兰川说,"他还跑了,当着我的面跑的!就跟你们家楼下那个'蜘蛛侠'似的,一个跟头翻到树上,跑酷似的,两下就没影了。现在他那帮信徒眼睛都亮了,非得说这是大师的真功夫,是我国非物质文化遗产,我们警察什么都不懂,中伤传统文化!这货是你们哪个门派的?盟主,我跟你说,这人现在是重大嫌疑人!失踪的周老先生和林老太太以前都从他那儿买过鸡蛋!"

"气功大师?"老杨大爷听完,沉吟片刻,"这……我倒是确实知道一些人……"

这时,门口突然传来一个声音,插话说:"是行脚帮的。"

图书在版编目（CIP）数据

无污染无公害 / Priest 著. -- 北京：中国友谊出版公司, 2019.8（2020.1重印）
ISBN 978-7-5057-4744-9

Ⅰ.①无… Ⅱ.①P… Ⅲ.①言情小说—中国—当代 Ⅳ.①I247.5

中国版本图书馆 CIP 数据核字 (2019) 第 107186 号

书名	无污染无公害
作者	Priest
出版	中国友谊出版公司
发行	中国友谊出版公司
经销	新华书店
印刷	河北鹏润印刷有限公司
规格	880×1230毫米 32开 9.625印张 240千字
版次	2019年10月第1版
印次	2020年1月第2次印刷
书号	ISBN 978-7-5057-4744-9
定价	48.00元
地址	北京市朝阳区西坝河南里17号楼
邮编	100028
电话	(010) 64678009

如发现图书质量问题，可联系调换。质量投诉电话：010-82069336

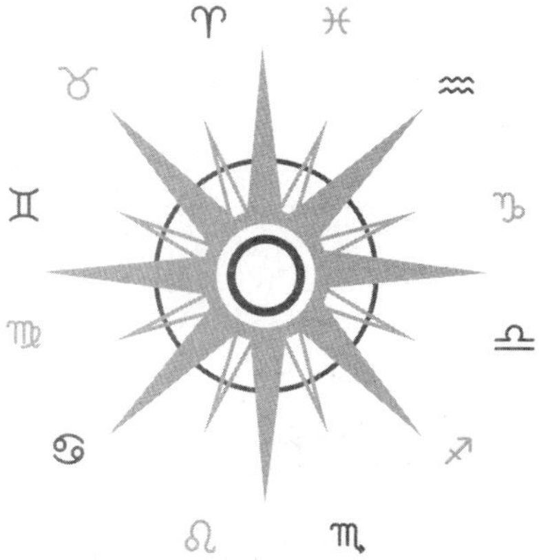

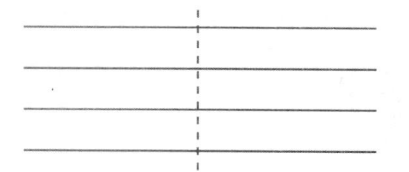

1月
- Jan. -

| 星期一 | 星期二 | 星期三 |

星期四	星期五	星期六	星期日
	★		

2 月
- Feb. -

星期一	星期二	星期三

星期四	星期五	星期六	星期日

3月
– Mar. –

星期一	星期二	星期三

星期四	星期五	星期六	星期日

4月
- Apr. -

星期一	星期二	星期三

星期四	星期五	星期六	星期日

5月
- May -

| 星期一 | 星期二 | 星期三 |

星期四	星期五	星期六	星期日

6月
- Jun. -

星期一	星期二	星期三

星期四	星期五	星期六	星期日

7月 - Jul. -

星期一	星期二	星期三

星期四	星期五	星期六	星期日

	星期一	星期二	星期三
8月 - Aug. -			

星期四	星期五	星期六	星期日

9 月
- Sept. -

星期一	星期二	星期三

星期四	星期五	星期六	星期日

10 月
- Oct. -

星期一	星期二	星期三

星期四	星期五	星期六	星期日

11 月
- Nov. -

星期一　　　星期二　　　星期三

星期四	星期五	星期六	星期日

12 月
- Dec. -

星期一　　　星期二　　　星期三

星期四	星期五	星期六	星期日

★日计划

★用计划

★日计划

★周计划

★日计划

★周计划

♍

♎

♏

♐

★ 2020 年

一月 January

日	一	二	三	四	五	六
			1 元旦	2 初八	3 初九	4 初十
5 十一	6 小寒	7 十三	8 十四	9 十五	10 十六	11 十七(小年北)
12 十八	13 十九	14 二十	15 廿一	16 廿二	17 廿三	18 廿四(小年南)
19 廿五	20 大寒	21 廿七	22 廿八	23 廿九	24 除夕	25 春节
26 初二	27 初三	28 初四	29 初五	30 初六	31 初七	

二月 February

日	一	二	三	四	五	六
						1 初八
2 初九	3 初十	4 立春	5 十二	6 十三	7 十四	8 情人节
9 十六	10 十七	11 十八	12 十九	13 二十	14 廿一	15 廿二
16 廿三	17 廿四	18 廿五	19 雨水	20 廿七	21 廿八	22 廿九
23 二月	24 初二	25 初三	26 初四	27 初五	28 初六	29 初七

三月 March

日	一	二	三	四	五	六
1 初八	2 初九	3 初十	4 十一	5 惊蛰	6 十三	7 十四
8 妇女节	9 十六	10 十七	11 十八	12 植树节	13 二十	14 廿一
15 廿二	16 廿三	17 廿四	18 廿五	19 廿六	20 春分	21 廿八
22 廿九	23 三十	24 三月	25 初二	26 初三	27 初四	28 初五
29 初六	30 初七	31 初八				

四月 April

日	一	二	三	四	五	六
			1 愚人节	2 初十	3 十一	4 清明
5 十三	6 十四	7 十五	8 十六	9 十七	10 十八	11 十九
12 二十	13 廿一	14 廿二	15 廿三	16 廿四	17 廿五	18 廿六
19 谷雨	20 廿八	21 廿九	22 四月	23 初二	24 初三	25 初四
26 初五	27 初六	28 初七	29 初八	30 初九		

五月 May

日	一	二	三	四	五	六
					1 劳动节	2 十一
3 十二	4 青年节	5 立夏	6 十五	7 十六	8 十七	9 十八
10 母亲节	11 二十	12 廿一	13 廿二	14 廿三	15 廿四	16 廿五
17 廿六	18 廿七	19 廿八	20 廿九	21 小满	22 闰四月	23 初二
24/31 初三/初十	25 初四	26 初五	27 初六	28 初七	29 初八	30 初九

六月 June

日	一	二	三	四	五	六
	1 儿童节	2 十二	3 十三	4 十四	5 芒种	6 十六
7 十七	8 十八	9 十九	10 二十	11 廿一	12 廿二	13 廿三
14 廿四	15 廿五	16 廿六	17 廿七	18 廿八	19 廿九	20 五月
21 父亲节/夏至	22 初二	23 初三	24 初四	25 端午节	26 初六	27 初七
28 初八	29 初九	30 初十				

七月 July

日	一	二	三	四	五	六
			1 建党节	2 十二	3 十三	4 十四
5 十五	6 小暑	7 十七	8 十八	9 十九	10 二十	11 廿一
12 廿二	13 廿三	14 廿四	15 廿五	16 廿六	17 廿七	18 廿八
19 廿九	20 六月	21 初二	22 大暑	23 初四	24 初五	25 初六
26 初七	27 初八	28 初九	29 初十	30 十一	31 十二	

八月 August

日	一	二	三	四	五	六
						1 建军节
2 十四	3 十五	4 十六	5 十七	6 十八	7 立秋	8 二十
9 廿一	10 廿二	11 廿三	12 廿四	13 廿五	14 廿六	15 廿七
16 廿八	17 廿九	18 七月	19 初二	20 初三	21 初四	22 处暑
23/30 初六/十三	24 初七	25 七夕	26 初九	27 初十	28 十一	29 十二
31 十四						

九月 September

日	一	二	三	四	五	六
		1 十五	2 十六	3 十七	4 十八	5 十九
6 二十	7 白露	8 廿二	9 廿三	10 教师节	11 廿五	12 廿六
13 廿七	14 廿八	15 廿九	16 三十	17 八月	18 初二	19 初三
20 初四	21 初五	22 秋分	23 初七	24 初八	25 初九	26 初十
27 十一	28 十二	29 十三	30 十四			

十月 October

日	一	二	三	四	五	六
				1 国庆节/中秋	2 十六	3 十七
4 十八	5 十九	6 二十	7 廿一	8 寒露	9 廿三	10 廿四
11 廿五	12 廿六	13 廿七	14 廿八	15 廿九	16 九月	17 初二
18 初三	19 初四	20 初五	21 初六	22 初七	23 霜降	24 初九
25 重阳节	26 十一	27 十二	28 十三	29 十四	30 十五	31 十六

十一月 November

日	一	二	三	四	五	六
1 十七	2 十八	3 十九	4 二十	5 廿一	6 廿二	7 立冬
8 廿四	9 廿五	10 廿六	11 廿七	12 廿八	13 廿九	14 十月
15 初二	16 初三	17 初四	18 初五	19 初六	20 初七	21 初八
22 小雪	23 初十	24 十一	25 十二	26 十三	27 十四	28 十五
29 十六	30 十七					

十二月 December

日	一	二	三	四	五	六
		1 十七	2 十八	3 十九	4 二十	5 廿一
6 廿二	7 大雪	8 廿四	9 廿五	10 廿六	11 廿七	12 廿八
13 廿九	14 十一月	15 初二	16 初三	17 初四	18 初五	19 初六
20 初七	21 冬至	22 初九	23 初十	24 十一	25 圣诞节	26 十三
27 十四	28 十五	29 十六	30 十七	31 十八		